cmz

CMZ. Wir machen die guten Bücher. Seit 1979.

Rolf Eversheim, Jahrgang 1959, Dr. agr., Studium der Agrarwissenschaften; 20 Jahre Geschäftsführer des Deutschen Jagdverbandes; Moderator und lösungsorientierter Berater in Sinzig. *Abschuss* ist sein erster Roman.

Rolf Eversheim

Abschuss

Eifelkrimi

Bibliografische Information der Deutschen Nationalbibliothek

Die Deutsche Nationalbibliothek verzeichnet diese Publikation
in der Deutschen Nationalbibliografie; detaillierte bibliografische Daten
sind im Internet über http://dnb.d-nb.de abrufbar.

© 2016 by CMZ-Verlag
An der Glasfachschule 48, 53359 Rheinbach
Tel. 02226-9126-26, Fax 02226-9126-27, info@cmz.de

Alle Rechte vorbehalten.

Satz
(Aldine 401 BT 11 auf 14,5 Punkt)
mit Adobe InDesign CS 5.5:
Winrich C.-W. Clasen, Rheinbach

Papier (Muncken Print Cream 90 g mit 1,5f. Vol.):
Grycksbo Paper AB, Grycksbo/Schweden

Umschlagfoto (*Einsamer Baum*, o.J.): N.N.

Trotz intensiver Nachforschungen konnte der Rechteinhaber dieses Fotos
nicht ausfindig gemacht werden; er wird eine Vergütung im üblichen Rahmen
erhalten, wenn er sich mit dem Verlag in Verbindung setzt.

Umschlaggestaltung:
Lina C. Schwerin, Hamburg

Gesamtherstellung:
Livonia Print Ltd., Riga/Lettland

ISBN 978-3-87062-182-7

20161105

www.cmz.de

www.blutundwurst.de

Einen sicheren Freund erkennt man in unsicherer Lage.

Quintus Ennius

Prolog

Die Luft ist zum Schneiden dick. Vollgepackt mit Bierdunst, Kerzenbrand und Männerschweiß. Keiner der sechzig Anwesenden stört sich daran. Gekleidet in schwarze Anzüge, das Burschenband stolz auf der Brust und die schwarzen Mützen in den abenteuerlichsten Positionen auf den Köpfen, feiern sie sich gerade in einen ekstatischen Zustand. Das Sommersemester geht zu Ende und es entspricht dem alten Brauch, es mit einer Semesterabschlusskneipe feierlich unter den Tisch zu schlagen.

Solide Holztische sind in U-Form entlang der holzvertäfelten Wände aufgestellt. Kleine gerahmte Bilder mit den Porträts lebender und verstorbener Bundesbrüder sind akkurat angebracht und stellen in chronologischer Folge ein Mitgliederverzeichnis dar. Unschwer ist zu erkennen, dass der Trauerflor am Rahmen die verstorbenen Mitglieder ehrt.

Ein schwarzer Flügel, an dem die vielen Bierorgien sichtbare Spuren hinterlassen haben, steht im Raum. Enthusiastisch haut ein Student in die Tasten. Ihm ist es egal, dass das jeweils in den Semesterferien stattfindende Stimmen des Flügels, das sich die Alten Herren etwas kosten lassen, längst nicht mehr zu erkennen ist. Klaus Kupp ist wegen seiner musikalischen Begabung seit den ersten Tagen seiner Mitgliedschaft Biermusikus und erfüllt diese Aufgabe mit großer Freude. Voraussetzung ist, dass er ausreichend mit Bier versorgt wird. Dann kann man ihn zu jeder Tages- und Nachtzeit an die Tasten holen.

Die Stimmung ist hervorragend. Lautes Stimmengewirr, Lachen, Gläserklingen erfüllen den Raum. Am Kopfende der Tischordnung sitzt der Präside, der aktive Senior, der das Semester so erfolgreich geleitet hat. Ihm gegenüber, an den beiden Enden der Tischreihen, sitzen seine wichtigsten Mitstreiter, der Fuchsmajor und der Consenior, die in ihren jeweiligen Tischreihen für Ordnung zu sorgen haben.

Auf ein unauffälliges Kopfnicken des Seniors hin erheben sich die drei Chargen. Im Verlaufe des Semesters haben sie gelernt, sich mit winzigen, unauffälligen Gesten sicher zu verständigen. Sie wissen dies zu schätzen, hat es doch dazu beigetragen, Konflikte oder schwierige Situationen schnell und unauffällig zu klären, ohne dass andere es mitbekamen. Auch die Debatten auf ihren Conventen, den regelmäßigen Mitgliederversammlungen mit basisdemokratischem Prinzip, hatten sie so schnell unter Kontrolle gehabt.

Die drei Chargen in Vollwichs heben ihre Schläger in die Höhe und lassen sie in parallelen Bewegungen mit lautem hartem Schlag auf die vor ihnen liegenden Speckbretter krachen. Es geschieht synchron, so dass nur ein Schlag im Saal zu hören ist, der dies mit einem Raunen quittiert.

Ein lautes »Silentium« donnert durch den Kneipsaal, und die Corona ist schlagartig still. Disziplin ist ein elementarer Bestandteil ihres Zusammenlebens und bedarf keiner weiteren Erläuterung. Wer gegen die Regeln verstößt, wird mit geeigneten Maßnahmen diszipliniert. Das gilt beim Trinken genauso wie auf dem Fechtboden oder im Studium. Das Corps Tartarus zu Bonn legt größten Wert darauf, dass seine Mitglieder ordentliche akademische Ausbildungen mit überdurchschnittlichen Examina absolvieren.

Der Senior hat das Wort. »Es steige nun der altehrwürdige Cantus *Alles schweige! Jeder neige*. Biermusikus, eine Weise voraus.« Klaus Kupp stärkt sich noch mit einem ordentlichen Schluck aus dem Glas und gibt der Corona weich und leise die Melodie vor.

Auf das Kommando »Ad stropham!« erheben die Männer ihre Stimmen. Sie sind sich der Bedeutung des Augenblickes bewusst und ein voller Chor scheint seine ganzen Gefühle in dieses Lied zu legen.

»1. Alles schweige! Jeder neige
ernsten Tönen nun sein Ohr!

|: Hört, ich sing' das Lied der Lieder,
hört es, meine deutschen Brüder!
|: Hall es :| wider, froher Chor! :|

2. Laß dir reichen nun zum Zeichen,
was den Bund nach außen ziert:
|: dieses Band, das uns verbindet,
das der Außenwelt verkündet,
|: was uns:| was uns hier zusammenführt. :|«

Der Senior bittet die Corona mit knappen lateinischen Formeln, die allen längst in Fleisch und Blut übergegangen sind, sich von den Plätzen zu erheben.

»Es folgt nun die Burschung unseres Fuxen Roman Mülenberk. Der Fuchsmajor geleite den Fuxen zu mir nach vorne. Ebenfalls nach vorne bitte ich seinen Leibburschen Tom Lammers.«

Im Lichte des Kerzenscheins bewegen die drei sich nach vorne zum Senior. Roman Mülenberk hat lange auf diesen Augenblick gewartet. Er hatte sich für ein alternatives Lebensmodell zu der immer anonymeren, digitalisierten Welt an der Universität entschieden und dabei ganz bewusst das Corps Tartarus ausgesucht. Es ist für ihn die perfekte Mischung aus Tradition und Moderne, aus Geborgenheit und Herausforderung, aus Freundschaft und einem funktionierendem Netzwerk, das weit über das Studium in den Lebensalltag hinein reicht. Besonders gefiel ihm, dass er im Corps Tartarus, obwohl es eine schlagende Verbindung ist, das Fechten mit seinem körperlichen und mentalen Training erlernen konnte, jedes Mitglied aber selber entscheidet, ob es eine oder mehrere Partien mit der scharfen Waffe ausfechten will.

Natürlich gibt es einen nicht unerheblichen sozialen Druck, wenn ein Bundesbruder »sich drücken« will. Aber er hat immerhin die Wahl.

Nach Ende seiner Fuxenzeit musste er zu einem festgelegten Termin vor dem Convent erklären, ob er nach aller Vorbereitung und dem intensiven Training bereit sei, eine Partie auszutragen. Für Roman war es immer klar gewesen, ein persönliches Zeichen zu setzen, dass er das Risiko auf sich nimmt und für die Verbindung »den Kopf hinhält«. Er hatte die Partie gegen einen gleichwertigen Gegner gewonnen, wobei ihm eine kleine Unachtsamkeit des Gegners für den entscheidenden Hieb ausreichte. Rudolph von Pleskau hatte sich einen Augenblick zu lange darauf verlassen, dass er aus einem erfolgreich fechtenden Adelsgeschlecht stammte und ein Kampf gegen »den Mülenberk« unter seinem Niveau lag. Doch konnte von Pleskau auch ohne Betäubung die drei Nähte an der Stirn locker aushalten. Dagegen schmerzte ihn die Niederlage noch lange innerlich und hinterließ einen Schmiss auf seiner Seele.

Roman Mülenberk genoss seit dieser Partie ein noch höheres Ansehen bei Tartarus, als es aufgrund seiner herausragenden sportlichen Leistungen, seiner Geselligkeit und Kameradschaft sowie seinem charmanten Auftreten den Damen gegenüber ohnehin schon der Fall war. Seine mäßigen Bemühungen im Studium der Agrarwissenschaften, das ihn nie sonderlich interessierte, wurden noch vom Corps toleriert und am Tag seiner Burschung würde er sich bestimmt nicht mit solchen Lebensqualität vernichtenden Themen beschäftigen.

Mülenberk und sein Leibvater Tom Lammers stehen nun vor dem Senior, hinter ihnen die Fahne der Verbindung. Die versammelte Gemeinschaft hat sich erhoben und die Kopfbedeckungen zum Zeichen der Bedeutung dieses besonderen Aktes abgenommen.

Dann spricht der Senior, in der Studentensprache kurz X genannt, die Burschungsformel:

»Roman Mülenberk, schwörst du mir mit deutschem Handschlag auf Burschenehre, der Lebensverbindung Tartarus treu ergeben zu sein, ihr Wohl zu fördern, an den Prinzipien unverbrüchlich festzuhalten, Freud und Leid mit ihr zu teilen, das Conventsgeheimnis zu wahren und dich stets zu den Farben zu bekennen?«

Tom Lammers gibt ihm die Fahne in die linke Hand. Der X reicht ihm die rechte Hand.

Laut und deutlich spricht Mülenberk: »Ich schwöre es!«

Der X reißt Roman mit einem kurzen festen Ruck das schwarzblaue Fuxenband, das er während seiner Probezeit getragen hat, von der Brust und bindet es als äußeres Zeichen der Verbundenheit seinem Leibburschen Tom Lammers an den linken Oberarm.

X: »So nimm denn hin das schwarz-rot-blaue Band Tartarus' und trage es in Ehren, stets eingedenk seiner Bedeutung. »Niemals zurück« sei dein Losungswort auf ewig!«

Der Ruf des Fuxmajors geht durch den Kneipsaal: »Was ist Roman?«

Die Corona antwortet: »Bursch!«

Fuxmajor: »Wer ist Bursch?«

Die Corona antwortet mit Mülenberks allen bekannten Biernamen »Romulus«.

Sie hatten es seit seinem Eintritt sehr passend gefunden, seinen Vornamen Roman, der Römer, unmittelbar mit den Gründern der Stadt Rom, Romulus und Remus, zu verbinden. Er führte seinen Biernamen mit heiterer Gelassenheit und war sogar ein wenig stolz darauf.

X: »Das stehende Lied zieht fort und fällt über seine Letzte!«

Der Biermusikus gibt ein letztes Mal die Melodie vor und alle stimmen ein.

»Wir begrüßen und umschließen,
Bruder dich nach Bruderart.
|: Nicht ein Freundschaftsbund alleine,
Brüder sind wir im Vereine,
|: um ein:| um ein edles Burschenband geschart. :|«

X und der Neobursch besiegeln diesen Pakt fürs Leben mit einem großen Krug Bier, den sie beide in langen, sicheren Zügen zur Neige bringen. Die Corona äußert ihre Freude über den perfekt zelebrierten Biercomment durch Klopfen der Gläser und Krüge auf die Holztische. Weicheier, die ewig am Humpen nuckeln, sind verpönt.

Während das Bier seinen Weg in den Magen findet und dort ein freies Plätzchen sucht, ist Roman Mülenberk als vollwertiges Mitglied des Corps Tartarus ergriffen und tief bewegt. Er hatte sich seit langem vorgestellt, in diesem Augenblick der glücklichste Mensch der Welt zu sein und wäre es auch sicherlich, wenn auch nur kurze Zeit, gewesen, wenn ihn nicht sein sicherer Instinkt gewarnt hätte, etwas in Tartarus sei so gar nicht in Ordnung. Als sich sein Blick mit dem seines Leibburschen trifft, spürt er die tiefe Gewissheit, dass sein Instinkt ihn auch diesmal nicht trügt. Und hätte er sich in diesem Moment herumgedreht und die Tränen in den Augen eines Bundesbruders sehen können, der sich ganz tief über sein Bierglas gebeugt hat, wäre seine Unruhe ins Unermessliche gestiegen.

1. Kapitel

Der Regen trommelte sanft auf das Dach des Wohnmobils. Doch davon wurde Roman Mülenberk nicht geweckt. Dieses Trommeln war ihm vertraut und beruhigte ihn, seit er vor zwei Jahren beschlossen hatte, sein Eigenheim zu verkaufen und gegen ein komfortables Wohnmobil zu tauschen. Der Schritt war heftig gewesen und keiner seiner Freunde hatte ihn verstanden. Es störte ihn nicht. Er wollte nicht verstanden werden, er wollte einfach nur noch das tun, was er wollte. Er fühlte sich in der Mitte seines Lebens, wenngleich die Statistik ihn mit seinen zweiundfünfzig Jahren jenseits der Mitte einordnete. Was schere ihn die Statistik. Er konnte morgen sterben oder auch hundertvier werden. Den heutigen Tag aber hatte er nur einmal zur Verfügung.

Die Uhr zeigte 4:35 Uhr. Erst in gut zwei Stunden würde Dämmerlicht die Dunkelheit verdrängen, in der so viele Menschen und Tiere Schutz suchten. Mülenberk spürte, dass es eine innere Unruhe war, die ihn geweckt hatte. Er konnte keinen Grund dafür erkennen. Seit er vor zwei Jahren beschlossen hatte, seinen gut bezahlten Job an den Nagel zu hängen und das Hamsterrad zu verlassen, konnte er sich seine Tage so gestalten, wie er es wollte. Anfangs hatte er sich schwer damit getan, die alleinige Verantwortung für sein Leben zu übernehmen. Sein ganzes Leben war er es gewohnt gewesen, dass andere ihm konkret sagten, was er zu tun habe. Oder das Leben hatte zumindest einen Rahmen für seinen Tagesablauf, Halt und Sicherheit gegeben. Es waren nicht finanzielle Ängste, die er feststellte. Seine Rücklagen und seine monatlichen Einkünfte erlaubten ihm dieses freie Leben und zum ersten Mal seit vielen Jahren war er wirklich überzeugt davon, wie gut es sei, keine familiären Bindungen zu haben.

Mülenberk hatte sich als Berater und Coach selbstständig gemacht und war mehr als zufrieden mit seinen Aufträgen. Er hatte gelernt, dass es Phasen mit mehr Arbeit und mehr Einkommen gab, von denen er in den eher lauen Monaten zehrte. Stresssymptome traten bei ihm nur noch sporadisch auf. Da sie vorübergehende Erscheinungen waren, beachtete er sie nicht weiter.

Er hatte seine Nische gefunden und nahm seine Kunden mit in die Natur, wenn sie wollten, auch zum Jagen oder Angeln. Dadurch fiel es ihnen leichter, die linke, stark vom Verstand beherrschte Gehirnhälfte ruhigzustellen und die meist brachliegende rechte, in der Emotionen und Kreativität beheimatet waren, zu aktivieren. Schnelle und überdurchschnittlich gute Lösungen waren das Ergebnis. Seine Kunden waren dankbar und empfanden die gemeinsame Zeit mit Mülenberk so, als wären sie mit einem guten Freund zusammen.

Er schaute aus dem Fenster, dann auf die Uhr. Alle Versuche, noch einmal in einen erholsamen Schlaf zu finden, würden nicht von Erfolg gekrönt sein. Mülenberk beschloss, sich in den neuen Tag einzufädeln.

Bevor er sich ans Steuer setzte und seinen nächtlichen Standort verließ, bereitete er sich einen Tee aus gerösteten Mateblättern zu, so wie er es in Argentinien gelernt hatte. Am Vorabend hatte er sich in der Wellnessabteilung des Beauty Spa Hotels Maravilla in Bad Bodendorf verwöhnen lassen. Eine Annehmlichkeit, die er sich regelmäßig gönnte. Sollte er sich irgendwann einmal so wie Udo Lindenberg dazu entschließen, in einem Hotel zu leben, wäre das »Maravilla« für ihn die Eifler Alternative zum Hamburger »Atlantic«. Anschließend hatte er bei einem Sauerbraten vom Hirsch reichlich dem Ahrrotwein zugesprochen. Dass er den Hirsch selber erlegt hatte, verschaffte ihm zusätzlich das Gefühl, im richtigen Leben angekommen zu sein.

Der Spätburgunder Blauschiefer traf seinen Geschmack und erwies sich als sehr bekömmlich. Nach dem Genuss des Rotweins hatte er sich in sein Wohnmobil begeben, noch einige Seiten gelesen und war dann in tiefen Schlaf gefallen.

Mülenberk liebte diese frühen Morgenstunden, in denen er noch die Jungfräulichkeit des neuen Tages spüren konnte. Wenige frühe Pendler und die Zeitungsboten waren die einzigen, denen er um diese Uhrzeit begegnete.

Er fuhr über Sinzig und bog am REWE-Kreisel Richtung Königsfeld ab. Die Mitte des Kreisels zierte ein besonderer Sinziger Bürger: ein bronzener »Stadtmauredrisser«, der in den sozialen Netzwerken schon massiv gebasht worden war.

Die Statue zeigte einen Mann, der mit heruntergelassenen Hosen auf der Stadtmauer hockte. Das entblößte Hinterteil stadtauswärts ausgerichtet, begrüßte er die von Westen kommenden Autofahrer auf spezielle Weise. Schon zu historischen Zeiten war der Gang zur Behörde eine Zumutung. Denn um die langen Wartezeiten zu überbrücken, wurde der Behördengang erst einmal zum Stuhlgang umfunktioniert. Und eben dies geschah auf der Stadtmauer. Dem Sinziger Plumpsklo. Und richtigerweise hatte der Stadtmauredrisser auch Papier in der Hand. Mülenberk stellte sich jedesmal vor, es sei sein Steuerbescheid.

Schmunzelnd bog er rechts ab, verließ Sinzig und fuhr hinter Schloss Ahrenthal nach rechts Richtung Königsfeld. Die Straße durch den Sinziger Stadtwald, den Harterscheid, passierte er stets mit Vorsicht, da mit Wildwechsel zu rechnen war. Besonders am frühen Morgen wechselte das Wild gerne von den Plätzen, wo es Nahrung gesucht hatte, zu seinen verborgenen Ruheplätzen.

Weiter ging es nach Dedenbach. Hier hatte er die Jagd gepachtet und für seine Freunde und sich ein Refugium geschaffen. Kurz hinter der kleinen Marienkapelle, in der er gelegentlich ein paar Kerzen aufstellte, begann sein Revier. Er fuhr in den Ort hinein und steuerte den Parkplatz hinter der Gaststätte »Zur wilden Sau« an. Hier war der Stellplatz für seinen Jagdwagen, denn das Wohnmobil war für den jagdlichen Einsatz denkbar ungeeignet.

Er hatte die Genehmigung bekommen, einen Waffenschrank in sein Wohnmobil einzubauen, der – von außen nicht sichtbar – in den Boden eingelassen war.

Mülenberk nahm Minox-Fernglas, Waffe und Messer und packte alles mit wenigen Handgriffen in seinen Jagdwagen, den er sich so umgebaut hatte, dass jedes Teil schnell und sicher platziert werden konnte.

Als er alles verstaut hatte und gerade losfahren wollte, bemerkte er Licht im großen Fenster des ersten Stocks. Er glaubte, durch die Gardinen die Umrisse eines Mannes erkannt zu haben, was ihm einen leichten Schlag in die Magengrube versetzte. Er mochte es nicht, wenn die Wirtin Besuch hatte, seine Person ausgenommen. Ein Paar waren sie nie gewesen und so würde es wohl auch bleiben, aber sie verstanden sich sehr gut und daher kam es gelegentlich vor, dass sein Wohnmobil leer blieb und er in der »Wilden Sau« sein Nachtlager fand. Sie hatten die gleichen Vorlieben, was ihrem Zusammensein Leichtigkeit und trotzdem eine hohe Intensität verlieh. Daraus konnte er jedoch kein Alleinstellungsmerkmal herleiten, zumal sie einander stets gegenseitig Freiheit und Toleranz bescheinigten. Eine Mischung aus Neid, Eifersucht und Verlustangst hatte dem Haken in seinen Bauch die Wucht verliehen. Er machte, dass er fort kam, nicht ohne vorher den schwarzen Porsche mit holländischem Kennzeichen am Ende des Parkplatzes bemerkt zu haben.

Die Dämmerung hatte noch nicht begonnen und die schmale Sichel des abnehmenden Mondes war zu schwach, um den Sauen den schützenden Vorhang der Nacht zu entziehen. Er lenkte sein Fahrzeug den Plattenweg Richtung Oberdürenbach hinauf, jene gesperrte Straße, auf der jeder hin und her fuhr, wie er lustig war. Gemeinde und Behörden tolerierten die Nutzung dieser stark befahrenen Abkürzung, und er hatte zu Beginn der Jagdpachtperiode schnell begriffen, dass es sinnlos war, auf Änderungen zu drängen, um dem Wild in der viel beanspruchten Feldflur mehr Ruhe zu ermöglichen. Niemand wollte sich mit der Bevölkerung anlegen, entweder um wieder gewählt zu werden oder, ganz einfach, um im Dorf seinen Frieden zu behalten. Das war in der Eifel nicht anders als auf den großen politischen Bühnen dieser Welt.

Wenn der Schnee die Eifel in weiße Stille packte und Feld und Flur nicht begehbar, geschweige denn befahrbar waren, dann begann das Wild langsam wieder, seinem natürlichen Rhythmus von Nahrungsaufnahme und Ruhephasen zu folgen, und war somit auch tagsüber aktiv. Mülenberk hielt sich in dieser Zeit sehr zurück, um Störungen zu vermeiden, die stets zu einem Fluchtverhalten und in der Folge zu erhöhtem Nahrungsbedarf führten. Einzig, wenn das Wild hungerte, fuhr er mit einem Traktor Futter ins Revier. Er konnte dabei beobachten, dass das Wild kurze Fluchtwege wählte, als wüßte es, dass keine Gefahr von ihm und dem Traktor zu erwarten war.

Jetzt ging sehr wohl Gefahr von ihm aus. Er konnte durch Schlammspuren auf dem Weg einen breiten Wechsel von Sauen aus dem Wald in die Wiesen ausmachen. Er hielt an, stieg aus und schnell war er sich sicher, dass hier erst vor kurzem eine starke Rotte ins Feld gelaufen war, um bei der Suche nach tierischem Eiweiß in Form von Würmern, Käfern und Engerlingen die Wiesen umzudrehen. Wenn er nicht aufpasste, konnten die Schäden in die tausende Euro gehen, vom Ärger mit den Landwirten ganz abgesehen.

Er stellte seinen Wagen ab, schulterte die Waffe, nahm seinen Schießstock, der ihm im Feld eine sichere Schussabgabe ermöglichte, sowie das Nachtsichtgerät. Es erlaubte ihm, in der Dunkelheit die Sauen ausfindig zu machen, um sie dann anzupirschen. Sauen sehen nicht sehr gut, dafür ist ihr Geruchssinn stark ausgeprägt. Der Wind blies ihm in den Rücken. Das bedeutete, er musste einen Bogen schlagen, um aus dem Wind herauszukommen, sonst würden die Sauen sofort mit ihren langen Rüsselnasen Wind bekommen und wären auf und davon. Da zwei kleine Waldstücke, die inselartig in den Wiesen lagen, ihm die Sicht versperrten, entschied er sich, einen Bogen um sie herum zu schlagen in der Hoffnung, die Sauen dahinter auf frischer Tat zu überraschen.

Mülenberk hatte immer großen Wert auf eine gute körperliche Verfassung gelegt und so hatte er in wenigen Minuten die kleinen Waldstücke umschlagen. Er trat an den Wiesenrand und stellte zufrieden fest, dass ihm der leichte Wind nun plangemäß ins Gesicht wehte. Er schaltete das Nachtsichtgerät an und suchte die Wiesen ab. Er zuckte. Fehlalarm! Zwei kräftige Dachse machten sich in den Wiesen zu schaffen. Waren die Sauen einfach ohne Halt durchgezogen? Hatten sie ihn vielleicht sogar mitbekommen und waren flüchtig ab? Das hatte er mehr als einmal erlebt, denn eine kaum bemerkbare kurze Richtungsänderung des Windes, die durch Temperaturgefälle oder kleinräumige Veränderungen der Bodenverhältnisse verursacht wurde, reichte aus, um einige Moleküle der verräterischen menschlichen Witterung in die langen schwarzen Nasen zu tragen. Die Sauen quittierten dies mit einem kurzen Grunzen der Bachen, die ihre Frischlinge zusammentrommelten, um dann in einer geordneten Flucht zu verschwinden, bei der sie gerne, wie um ihn zu verhöhnen, die Pürzel nach oben stellten und ihm zum Abschied damit winkten.

Enttäuscht wollte er die Aktion abbrechen, als er in der kleinen Senke etwa hundertfünfzig Meter entfernt einen dunklen Fleck ausmachen konnte. Mit dem Nachtsichtgerät konnte er erkennen, dass eine Rotte Sauen aus der Senke hochkam. Direkt auf ihn zu. »Heiliger Hubertus hilf!«, betete Mülenberk. Nicht weil er Angst hatte, sondern weil das Dämmerlicht gerade erst zaghaft begann, ein wenig Licht ins Dunkel zu bringen. Es war noch viel zu dunkel für einen sicheren Schuss. Sein Atem ging schneller, während er sich mit dem Nachtsichtgerät einen Überblick verschaffte. Das war eine starke Rotte, die sich auf ihn zu bewegte. Er zählte vier Bachen und dreizehn Frischlinge. Die Leitbache, eine Mordssau, führte die Rotte an und wachte umsichtig. Vom Abschuss her war es eine klare Sache. Es kam nur einer der Frischlinge in Frage. Der Abschuss führender Muttertiere war gesetzlich streng verboten.

Die Rotte begann auf der Wiese zu brechen, wie die Jäger es nennen. Sie drehten mit ihrem Rüssel die Grasnarbe um und untersuchten sie auf Fressbares. Ein paar Minuten noch, dann sollte der Morgen genug Licht für einen Schuss hergeben. Geräuschlos brachte Mülenberk den dreibeinigen Schießstock in Position.

Er legte die Waffe oben hinein, schaltete das kleine, schwach rot leuchtende Kreuz im Zielfernglas an, das auch bei ungünstigen Lichtverhältnissen einen sicheren Schuss ermögliche, und entsicherte die Waffe. Alles geschah unter hoher Konzentration und Anspannung.

Mülenberk wollte sich gerade kurz entspannen und tief durchatmen, als es im Wald links hinter ihm knackte. Er erschrak auch nach den vielen Jagdjahren immer noch, wenn Geräusche in seiner unmittelbaren Nähe aus der Dunkelheit kamen. Er lauschte. Offensichtlich waren es zwei oder drei Rehe, die unterwegs waren, um auf der Wiese zu frühstücken. Jetzt wurde es eng. Noch wenige Meter, dann würden die Rehe Wind von ihm bekommen und polternd und unter lautem Fluchen die Flucht ergreifen, dadurch die Sauen warnen und mit in die Flucht ziehen.

Jetzt zählte jede Sekunde. Ein Blick durchs Zielfernrohr bestätigte, dass das Licht ausreichend sein würde, wenn die Sauen noch fünfzig Meter näher kämen. Mülenberk bemerkte einen kleinen Windstoß im Gesicht und Sekunden später begann der Pirsch-GAU, der größte annehmbare Unfall. Die Rehe polterten, durch die nahe menschliche Witterung gewarnt, schreckend von dannen und setzten die Rotte blitzartig in Alarmbereitschaft. Die Leitbache war erfahren genug, um zu wissen, dass keine Zeit zu verlieren war. Die heraufziehende Dämmerung hatte ihr bereits vor einigen Minuten signalisiert, dass es an der Zeit sei, ihren Familienverbund in den schützenden Wald zu führen.

Wenn er auch nur noch den Hauch einer Chance haben wollte, musste Mülenberk sich jetzt voll auf die Frischlinge konzentrieren, die manchmal ein paar Sekunden zu lange brauchten, um in den Fluchtmodus zu gelangen. Die Rotte rannte auf ihn zu, um 40 Meter vor ihm Richtung Wald abzudrehen. Tatsächlich blieben zwei Frischlinge kurz stehen, um sich einen Überblick über die Situation zu verschaffen – ein tödlicher Fehler. Mülenberks Stammhirn hatte den Befehl, den Abzug zu ziehen, unmittelbar an den rechten Zeigefinger weitergeleitet, nachdem es vom Auge die Botschaft bekommen hatte, dass das kleine rote Kreuz sich im Herzbereich des Frischlings festgesaugt hatte.

Ohne das Auge vom Zielfernglas zu nehmen, hatte der geübte Schütze mit schnellem Repetieren eine neue Patrone schussbereit gemacht und dabei den zweiten Frischling nicht aus dem Auge gelassen. Es hatte ihn schon gereizt, einen zweiten Schuss hinterher zu setzen, doch der Frischling rannte ohne zu zögern mit einem Affenzahn der Rotte hinterher. Das ergab keine realistische Chance mehr. Er sicherte die Waffe, nahm die Patronen heraus und atmete einige Male tief durch. Er sog die reine Luft des frühen Morgens tief ein und rekapitulierte die Ereignisse der letzten Minuten. Er war zufrieden mit sich und der Welt. Diesen jagdlichen Erfolg hatte er seinem Können, seiner Erfahrung und seiner guten körperlichen Verfassung zu verdanken. Und dem heiligen Hubertus.

Als das Licht hell genug war, ging Mülenberk zu seiner Beute, die auf dem kühlen Gras leicht dampfte. Mit wenigen sicheren Handgriffen waidete er den Frischling aus und zog ihn an den Wegrand.

Als er seinen Wagen holte, sah er auf dem Feldweg, der zum Sendemast und zur Schutzhütte »Schau ins Land« führte, ein Auto ohne Licht fahren. Durch das Fernglas sah er einen schwarzen Porsche mit holländischem Kennzeichen. Ihn fröstelte.

2. Kapitel

In der »Wilden Sau« hängte er den Frischling in den Wildkühlschrank. Er hatte mit der Wirtin eine Vereinbarung getroffen und konnte das erlegte Wild quasi mitten im Revier kühlen.

Ihn schauderte jedes Mal bei dem Gedanken, dass man in früheren Zeiten Wild bis zur Fäulnis hängen ließ und das Ganze Hautgout nannte. Dieser »Hohe Geschmack« war in Wirklichkeit nichts anderes als der süßlich-strenge und intensive Geruch wie Geschmack von überlang oder zu warm abgehangenem Wild. Um es überhaupt noch essen zu können, wurde es deshalb früher in einem Sud aus Rotwein und Gewürzen gebeizt und überdeckte so den Hautgout.

Nachdem er seine Waffe und die anderen Jagdutensilien im Tresor des Wohnmobils verstaut hatte, traf er in der Gaststättenküche auf die Wirtin, die anders wirkte als sonst. Den meisten wäre es nicht aufgefallen, doch Mülenberk sah mit einem Blick, dass die sonst stets perfekt abgestimmte Kleidung am heutigen Morgen nur provisorisch ihren gut gebauten Körper umhüllte.

»Guten Morgen, meine liebe Anna«, grüßte Mülenberk fröhlich und tat so, als ob er niemals diesen Schatten in ihrem Zimmer gesehen hätte.

Doch statt des üblichen kleinen Rituals, bei dem Anna ihn in den Arm nahm und ihm ein »Guten Morgen, mein lieber Roman« ins Ohr flüsterte, wobei sie es wie zufällig mit ihrer Zungenspitze berührte, wich sie einen Schritt zurück und antwortete nur kühl: »Was gibt's?«

Mülenberk kannte sie gut genug, um zu wissen, dass er erst mal nicht nachfragen sollte. »Ich habe uns eine Frischlingsleber mitgebracht und fände es schön, wenn wir die gemeinsam zum Frühstück essen würden.« Frisch gebratene Leber zum Frühstück empfanden viele als Zumutung, doch Anna und er liebten deren Geschmack. Würde sie jetzt ablehnen, läge ein Mega-Problem vor, bei dem sein Computer immer die Meldung »Error 403. Zugriff verweigert!« anzeigen würde.

»Ich habe keinen Hunger!« Zugriff verweigert. Jetzt wurde es schwierig. Natürlich konnte er die Leber auch in die Kühlung legen oder in seinem Wohnmobil zubereiten. Doch jetzt ging es erst einmal um Anna, die gerade den Kaffeeautomaten hochgefahren hatte.

»Magst du auch einen Cappuccino?«, fragte Anna.

»Ja, gerne.«

Immerhin keine Totalverweigerung. Er setzte sich auf die gemütliche Eckbank, die, wie es in Eifler Küchen auch heute noch üblich ist, dafür sorgte, dass in diesem arbeitsreichen Raum noch Platz für Erholung, Entspannung und Miteinander blieb. Nachdem die Maschine ihre Geräusch- und Dampforgie beendet hatte, stellte Anna wortlos zwei Tassen Cappuccino auf den blitzeblank geputzten Holztisch.

Er sog den Geruch tief ein und freute sich auf den ersten Schluck. Aus den Augenwinkeln beobachtete er Anna, die ihre Tasse in beiden Händen hielt und sich daran wärmte.

Anna Hergarten war eine stattliche Mittvierzigerin, die sich und ihre damals zwölfjährige Tochter allein durchgebracht hatte, nachdem ihr aus Italien stammender Mann allen Vorurteilen gerecht geworden war und sich über Nacht nach Italien abgesetzt hatte. Anna war sich eine Zeit lang sicher, dass es wegen einer anderen Frau war. Die Erkenntnis, dass dies nicht der Fall war, sondern er es in der kalten Eifel mit ihren knorrigen Bewohnern nicht mehr ausgehalten hatte, war für sie noch schwerer zu ertragen gewesen. Sie kannte auch in jungen Jahren das Leben schon gut genug, um damit klar zu kommen. Das Leid, das er ihrer Tochter Sarah gebracht hatte, wog viel schwerer für sie. Mutter und Tochter hatten damals gemeinsam beschlossen, einen Schlussstrich zu ziehen und ihn nie wieder gesehen. Die Tochter hätte ihren Vater jederzeit besuchen können; Anna hatte es selber mehrfach vorgeschlagen. Aber es war nie dazu gekommen. Jetzt studierte Sarah in Bonn, so dass jeder sein eigenes Leben führen konnte und sie trotzdem nahe beieinander waren. Das war beiden wichtig.

Anna schwieg und trank in kleinen Schlucken. Sie fasste sich wie in Trance mit ihrer Hand unter das Halstuch und schien sich vorsichtig zu massieren. Dabei verrutschte das Tuch und gab ihren Hals frei. Mülenberk erschrak, als er die blauen Flecken sah. Die mussten mit dem Mann im Schlafzimmer und vermutlich auch dem schwarzen Porsche zusammenhängen. Er wusste, dass Anna freiwillig kein Wort hierüber verlieren würde, und ohne lange darüber nachzudenken, stand er auf, ging auf sie zu und riss ihr den Schal herunter. Ihre grünen Augen funkelten und sprühten Gift und Galle und im selben Moment fing er sich eine Ohrfeige ein, die nicht von schlechten Eltern war. Zugleich beschimpfte sie ihn mit den übelsten Flüchen, von denen »Mülenberk, mögen dir die Gedärme im Leib verfaulen« noch der harmloseste war. Bizarr – er musste dabei an die Frischlingsleber denken, die jetzt so schön in der Pfanne brutzeln könnte.

Er hatte das Schlimmste hinter sich und wartete ab, bis der Taifun, der über ihn hinwegfegte, sich gelegt hatte. Dann nahm er sie in den Arm und drückte sie so zärtlich an sich, wie man Kinder tröstet. Er spürte, wie sie zitterte. Er strich über ihr volles rotblondes Haar. Die Tränen brachen sich ihren Weg, und er hatte das Gefühl, dass alle Traurigkeit, die sie in ihren inneren Kammern verschlossen hatte, hinaus ins Licht wollten, um sie für immer zu verlassen. Er ließ sie so lange in seinen Armen weinen, bis keine Tränen mehr kamen.

»Dieses gottverdammte dreckige Schwein!«, schluchzte Anna und wiederholte es immer und immer wieder. Dann erzählte sie, anfangs nur in Brocken, später einigermaßen flüssig, die Ereignisse des Abends und der Nacht.

Wenn er alles verstanden und Fehlendes richtig ergänzt hatte, hatte ein gut aussehender, braungebrannter Mann mit holländischem Akzent am späten Abend, als die Stammgäste sich auf den Heimweg machten, die Gaststätte betreten. Er bestellte zu essen und zu trinken und schäkerte mit Anna, die den Fremden auf Anhieb sympathisch fand. Bereitwillig ließ sie sich von ihm zu dem roten Sekt von der Ahr einladen, den sie so mochte. Nachdem, schon weit nach Mitternacht, auf dem Bierdeckel keine freien Stellen mehr zu finden waren, äußerte der Fremde den Wunsch nach einem Zimmer.

Anna gab ihm einen Zimmerschlüssel, zeigte ihm den Weg, räumte noch auf und ging dann ebenfalls zu Bett. Sie hatte es als sehr angenehm empfunden, dass der Fremde keinerlei Anstalten gemacht hatte, sie über den Flirt hinaus anzumachen, was sie bei den Stammgästen regelmäßig nervte, wenngleich sie wusste, dass ihre Eifler Gäste ab einem gewissen Alkoholpegel nicht nach Hause gehen konnten, ohne wenigstens versucht zu haben, ob nicht doch ein bisschen was ginge. Es erinnerte sie an den Klammerreflex der Froschlurche während der Paarungszeit, bei dem die Männchen ungestüm jeden passend erscheinenden Gegenstand zu umgreifen versuchen, selbst Treibholz oder tote Fische.

Wie der Fremde schließlich in Annas Zimmer gekommen war, konnte Mülenberk nicht herausfinden. Vielleicht hatte Anna eine durch Alkohol oder Schock ausgelöste Erinnerungslücke. Jedenfalls hatte er plötzlich vor ihr gestanden, sie süffisant angelächelt und ihr zugeflüstert: »Jetzt machen wir beide uns eine schöne Nacht, meine kleine Anna!«

Seine Mimik und seine Körpersprache hatten ihr unmissverständlich zu verstehen gegeben, dass Widerstand ihr nicht gut bekommen würde. Während sie gegen die Lähmung ihres Verstandes ankämpfte und überlegte, was zu tun sei, hatte der Fremde, nach dessen Namen sie unverständlicherweise nie gefragt hatte, sie mit der linken Hand an den Haaren gefasst und ihr den Kopf ins Genick gezogen. Als sie den Mund öffnete, um zu schreien, hatte er ihr lächelnd zweimal aus einer kleinen Sprayflasche in den Mund gesprüht.

Annas Verstand gab das Signal zur Flucht und zur Abwehr, so wie sie es in den beiden Selbstverteidigungskursen gelernt hatte, die sie besucht hatte, nachdem einige Gäste etwas zu aufdringlich geworden waren. Doch ihr Körper folgte seltsamerweise nicht. Wärme breitete sich in ihr aus, und während sie noch dachte, dass das Spray über die Mundschleimhäute ganz besonders schnell seinen Weg in ihr Nervensystem gefunden hatte, öffnete sie ihren Mund und küsste den Fremden leidenschaftlich und hemmungslos. Sie war nicht nur von Sinnen, sondern genoss es fast, dass seine Hände mit geübten Griffen ihre Kleidung abstreiften und sich wie selbstverständlich an ihr bedienten. Während sie – ohne nachzudenken und ohne zu zögern – alles tat, was der Fremde ihr ins Ohr flüsterte, nahm sie die Rolle einer Sklavin an, die absoluten Gehorsam leistete. Je hemmungsloser und gehorsamer sie wurde, desto mehr Lust empfand sie.

Erst als der Fremde, anscheinend selber wie von Sinnen, die Hände um ihren Hals legte und ihr dabei ins Ohr flüsterte: »Ich will dich sterben sehen!«, erwachte Widerstand in ihr. Er fühlte sich wie ein erweckendes Tauchbad nach einem viel zu langen Saunagang an. Sie wollte dem Fremden mit aller Kraft zwischen die Beine treten und merkte aber voller Entsetzen, dass ihre Füße ans Bettende gefesselt waren. Während der Fremde mit seinem ganzem Gewicht auf ihr lag und ihr abwechselnd Drohungen und Zärtlichkeiten ins Ohr flüsterte, um dann mit der Zunge über ihren Mund zu fahren, hatte sie es endlich geschafft, ihre Panik zu unterdrücken und sich ihr Notfall-Kit ins Bewusstsein zu rufen.

Zum Glück hatte er ihre Hände nicht gefesselt, damit sie mit ihnen seinen Anweisungen Folge leisten konnte. Unter Aufbringung ihres ganzen Willens und mit letzter Dehnung ihres Körpers schob sie die rechte Hand unter die Matratze. Ihre Finger umschlossen das Pfefferspray, das Roman ihr besorgt hatte, und suchten Düse und Druckknopf. Dann holte sie tief Luft, hielt den Atem an, schloss die Augen und sprühte dem Vergewaltiger voll ins Gesicht.

Die Mischung aus dem Extrakt scharfer Pfefferschoten wirkte unmittelbar. Der Fremde fing an zu husten und zu weinen und ließ fluchend von ihr ab. Die Zeit, die er brauchte, um sich die Augen zu reiben und ein Waschbecken zu suchen, nutzte sie, um sich von den Fesseln zu befreien. Sie hielt neben dem Pfefferspray stets ein kleines scharfes Messer versteckt. Nach zwei entschlossenen Schnitten war sie frei und stürzte sich mit dem Messer auf den Eindringling.

Der Vergewaltiger nahm jedoch mit tränenverschleiertem Blick ihre Bewegungen wahr. Er schien zu überlegen, ob er die Sache hier zu Ende bringen sollte, entschied sich aber wegen des eigenen Handikaps und der Entschlossenheit der Frau, die eben noch seine Sklavin gewesen war, für einen schnellen Rückzug.

Letztlich war Anna erleichtert darüber gewesen, dass der Peiniger mit seinen Kleidern unter dem Arm nackt geflohen war. Sie hatte noch gehört, wie er die Haustür mit dem von innen steckenden Schlüssel aufgeschlossen hatte und mit heulendem Motor davongebraust war.

»Machst du uns noch einen Cappuccino?«, bat Mülenberk. Schweigend saßen sie einander gegenüber und waren froh, dass sie sich an den Tassen festhalten konnten.

»Hattest du dir die Autonummer aufgeschrieben?«

»Nein, ich hatte keinen Grund dazu«, stellte Anna fest. »Ich habe es mir zwar angewöhnt, bei Gästen, die ich nicht kenne, die Autonummern zu notieren, falls einer die Zeche zu prellen versucht. Dieser Schweinekerl hat allerdings die gesamte Rechnung einschließlich Übernachtung bar gezahlt, bevor er in sein Zimmer ging.«

»Sonderbar. Wenn er die Absicht gehabt hätte, dich zu töten, wieso hätte er dann zahlen sollen?«

Anna zuckte mit den Schultern. »Vielleicht wollte er mich möglichst lange in Sicherheit wiegen. Anders kann ich es mir nicht erklären.«

Ihre Augen füllten sich mit Tränen. »Weißt du, was jedoch das Allerschlimmste ist?«

Roman sah sie an.

»Dass es mir bis zu seiner Drohung, mich zu töten, Spaß gemacht hat.«

Mülenberk wusste, was sie meinte. Anna konnte sich beim Sex völlig fallenlassen; dies setzte jedoch größtes Vertrauen voraus, was einem Fremden gegenüber absolut unmöglich war. Es musste an dem Spray gelegen haben, das er Anna verabreicht hatte. Anders konnte Mülenberk sich ihr Verhalten nicht erklären. Wenn der Holländer damit durch die Lande zog oder kriminelle Organisationen es in Händen hatten, ging eine massive Bedrohung davon aus.

»Anna, wir brauchen diese Sprayflasche! Vielleicht können wir sie in deinem Schlafzimmer finden.«

»Ich habe schon alles durchsucht, die Bettwäsche in die Waschmaschine gestopft, alles geputzt und desinfiziert, und mich gefühlte drei Stunden unter die heiße Dusche gestellt.« Anna hatte Tabula rasa gemacht. Die Spurensicherung würde sich bedanken.

»Wann kommt die Polizei?«, erkundigte sich Mülenberk. Sie sah ihn an, als hätte ein Außerirdischer zu ihr gesprochen. »Du bist der einzige Mensch, mit dem ich darüber gesprochen habe und jemals sprechen werde. Und das auch nur, weil du gerade da warst.«

»Anna, ich kann dich ja wirklich gut verstehen. Oder ich versuche es zumindest. Du warst bestimmt nicht die erste Frau und wirst auch nicht die letzte sein, der dies widerfährt. Du hast die Möglichkeit, weitere Taten dieses Mannes zu verhindern.«

»So, habe ich das? Du glaubst, dass die Polizei irgendetwas herausfinden wird? Man wird sich genüsslich meine Geschichte anhören, dabei hinter meinem Rücken verstohlen grinsen und ansonsten wenig unternehmen, um den Täter zu fassen. Nicht aus Desinteresse, sondern weil es keine Spuren mehr gibt, denen man folgen kann.«

Jetzt bestimmt nicht mehr, dachte Mülenberk, doch er verkniff sich die Bemerkung. »Anna, ich bitte dich …«

»Nein!«, sagte sie scharf, und das Funkeln der grünen Augen gab einen Blick auf ihre tief verletzte Seele frei. »Dann wird niemand mehr diese Kneipe betreten und mich freundlich begrüßen, ohne dabei zu denken, dass er es auch gerne so mit mir treiben würde!«

Er widersprach nicht. »Dann werden wir über alles schweigen?«
»Schweigen.« Mit diesem Wort und einem Blick, der keinen Widerspruch duldete, nahm sie ihm ein Versprechen ab. Es würde ihm verdammt schwerfallen, sich daran zu halten. Er nickte. Und zur Bestätigung ihres Paktes nickte sie auch. Es bedurfte keiner weiteren Worte.

Anna stand auf und nahm die Leber, die noch auf der Anrichte lag. »Ich werde sie einfrieren und für einen Morgen aufbewahren, der für uns beide besser beginnt.« Dabei lächelte sie ihn zaghaft an. Mülenberk wusste, dass sie genug Kraft hatte, die Erlebnisse der vergangenen Nacht zu verarbeiten und das Erlittene hinter sich zu lassen. Sie war eine starke und mutige Frau. Dennoch würde sie mit einem Trauma zu kämpfen haben. Und zwischen ihnen würde es vermutlich nie mehr so sein wie vorher.

3. Kapitel

Der Cappuccino und noch viel mehr das Gehörte hatten Mülenberks Tatendrang geweckt. Er untersuchte den Parkplatz an der Stelle, wo der Porsche gestanden haben musste. Fehlanzeige. Nur einige Spuren im grauen Lavasplit zeugten von durchdrehenden Reifen. Verdammt nochmal. Der Kerl war doch nackt aus dem Haus gestürmt. Irgendwo würde er sich angezogen haben!

Mülenberk ging in sein Wohnmobil und machte sich erst einmal sein Überlebensfrühstück, wie er es nannte. Eifler Bauernbrot aus der kleinen Bäckerei, in der noch nach überlieferter Handwerkskunst gebacken wurde. Dazu Butter, Schinken aus der Eifel und Eier von Hühnern, die noch frei herumliefen und von einem stolzen Sizilianerhahn bewacht wurden, Spross einer sehr alten Rasse, die angeblich schon auf italienischen Gemälden aus dem 16. Jahrhundert zu sehen sind. Dies behauptete jedenfalls Ludwig Innsbrucker, der gemeinsam mit seinem Enkel dafür Sorge trug, dass die Dedenbacher Bio-Eier auf den Tisch bekamen. Wenn er sprach, grinste er immer schelmisch und zeigte die braunen Stümpfe seiner Zähne, zwischen die eine scheinbar nie verglimmende Gauloise geklemmt war. Offensichtlich ein Relikt der französischen Besatzungsmacht, die nach dem Zweiten Weltkrieg das Vergnügen hatte, die eigenwilligen Eifler zu verwalten. Augenscheinlich hatten die Franzosen, die bereits im Jahre 1794 den linksrheinischen Teil Deutschlands besetzt hatten, keine Lehren aus dem Umgang mit dem kleinen, listigen Bergvolk gezogen.

Dieses hatte dafür schnell von den Franzosen gelernt und auf seine Freiheit gewartet. *Tout vient à point à qui sait attendre.* Zu dem, der warten kann, kommt alles mit der Zeit.

Mülenberk wusste nie, ob er es bei dem alten Innsbrucker mit einem Eifler Genie oder einem Wahnsinnigen zu tun hatte. Oder ob das nicht dasselbe war.

Während drei Spiegeleier in der Pfanne brutzelten, belegte er Brotscheiben mit Schinken und strich eine dünne Schicht Wildkräuter-Bärlauch-Senf aus der Mühle in Monschau darüber. Frisch gepresster Grapefruitsaft vervollständigte das Frühstück und gab ihm das Gefühl, seinen Vitaminhaushalt zu versöhnen.

Währenddessen ließ er seine beiden Gehirnhälften in Ruhe ihre Arbeit machen. Er hatte sich angewöhnt, sich mit schwierigen Aufgaben viel Zeit zu lassen und betrachtete dies immer noch als einen Luxus, der ihm in seinem früheren Beruf nie vergönnt gewesen war. Da herrschte oft das Motto: »Als sie den Überblick verloren hatten, verdoppelten sie ihre Aktivitäten.« Er hatte anderen dieses Feld überlassen.

Zum Frühstück hörte er am liebsten die »Rheinische Symphonie« von Robert Schumann. Sie beschreibt den Rhein, den König der deutschen Flüsse, Burgen und Schlösser, geheimnisvolle Ruinen und alte Fachwerkbauten, Weinberge, imposante Landschaften und Felsen wie die »Loreley«, Legenden und Sagen, die im Gedächtnis der Deutschen seit vielen Generationen verankert sind.

Er hatte genießen gelernt und vor allen Dingen, im Hier und Jetzt zu leben. Er genoss das musikuntermalte Frühstück. Noch vor Kurzem hätte er dabei Zeitung gelesen und Nachrichten im Radio gehört, nachdem er schon im Bett auf dem Smartphone die neuesten Meldungen abgerufen hätte. Heute schenkte er dem, was er gerade tat oder wahrnahm, ungeteilte Aufmerksamkeit. Beste Arbeitsbedingungen für sein Gehirn, das sich nach einer halben Stunde mit einem konkreten Handlungsplan bei ihm dafür bedankte. Er notierte alles auf einer To-do-Liste, wie sie ihm schon als Kind stets geholfen hatte:

1. *Untersuchung Parkbucht am Sendemast und Parkplätze an der Schau-ins-Land-Hütte*
2. *Verabredung mit Oberstaatsanwalt Westenhoff*
3. *Besuch von Gaststätten im Umkreis, die von Frauen geführt werden*
4. *Besuch bei Sarah, Bonn*

In wenigen Minuten hatte er die Reste des Frühstücks weggeräumt, heiß geduscht und sich rasiert, war in seine Cordhose gestiegen und hatte im Wohnmobil klar Schiff gemacht. Er hatte kurz überlegt, ob er die Fahrt zu den Parkplätzen nicht besser mit dem Jagdwagen machen sollte, sich dann aber aus Zeitgründen für das Wohnmobil entschieden.

Er fuhr die Feldwege hoch und untersuchte die Parkbucht am Sendemast. Auf dem Feldweg, auf dem er am Morgen den Porsche gesehen hatte, warteten tiefe Schlaglöcher darauf, unaufmerksamen Fahrern teure Reparaturen ihrer Autos zuzufügen. Entweder kannte der Fahrer des tiefliegenden Porsche sich gut aus oder er hatte auf der Flucht Ruhe und Überblick bewahrt.

Mülenberk fuhr weiter bis zum Parkplatz der Schau-ins-Land-Hütte. Von hier hatte man einen grandiosen Blick über Dedenbach bis weit in den Westerwald hinein und über die Burg Olbrück bis in die Eifel. Er hielt hier morgens gerne an, um sich im Dämmerlicht einen Überblick über das Geschehen im Revier zu verschaffen. Manchmal konnte er, besonders in den kurzen Sommernächten, die Sauen ausmachen, die im Getreide zu Schaden gingen, und sich umgehend geeignete Gegenmaßnahmen überlegen.

Er bückte sich tief und sah im Splitt des Parkplatzes frische Reifenabdrücke. Er suchte alles ab. Nichts zu finden. Er überlegte, was er getan hätte, wenn er im Adamskostüm gewesen wäre und sich rasch hätte anziehen wollen. Er wäre mit dem Auto ganz nahe an die Hütte gefahren, hätte sich die Kleidung geschnappt und sie im Schutz der Hütte angezogen.

Er suchte die unmittelbare Nähe der Hütte noch einmal gründlich ab. Nichts. Er holte sich im Wohnmobil eine Taschenlampe und leuchtete den Hüttenboden, der im Dunkeln lag, systematisch ab. Nur ein paar Kronkorken und einige Bifi-Hüllen lagen herum. Er wollte bereits gehen, als er hinter einem Tischbein etwas liegen sah. Er zog Latexhandschuhe an, die er zur Versorgung des Wildes stets griffbereit hatte, und hob es auf. Bingo! Eine kleine gläserne Sprayflasche, ohne Etikett, halb mit einer hellblauen Flüssigkeit gefüllt. Sie erinnerte ihn an diese kleinen Fläschchen mit »Atemfrisch«, die die meisten Eifler im Handschuhfach liegen hatten, um für den Fall einer Verkehrskontrolle nach dem nächtlichen Kneipenbesuch die Alkoholfahne zu verbergen. Den Polizisten in der Region war dieser Duft so vertraut wie die Parfums ihrer Ehefrauen und sie wussten sofort, dass dem berühmten »Ins-Röhrchen-Blasen« eine Blutentnahme folgen würde.

Er packte das Fläschchen in einen Gefrierbeutel aus seiner mobilen Küche und verstaute es sorgfältig. To-do-Liste Punkt 1 abgehakt.

Er nahm das Handy und wählte die Durchwahl von Oberstaatsanwalt Westenhoff in dessen Bonner Büro. Nach mehrmaligem Klingeln meldete sich das Vorzimmer. »Nein, Herr Oberstaatsanwalt ist derzeit nicht zu erreichen. Darf ich eine Nachricht hinterlassen?«, fragte die Dame freundlich, aber mit einer Resolutheit in ihrer Stimme, die jeden erneuten Anlauf, zu ihrem Chef vorzudringen, unterband. Mülenberk verneinte, bedankte sich artig und legte auf.

Er holte aus seiner Westentasche ein kleines Handy hervor, das mit einer Prepaidkarte ausgestattet war. Ein enger Kreis von Bundesbrüdern hatte so sichergestellt, dass sie füreinander in dringenden Fällen schnell erreichbar waren. Sie hatten einander versichert, das Handy immer bei sich zu führen. Das rote Telefon seiner Studentenverbindung Tartarus. Sie nutzten es selten, und Missbrauch war streng untersagt.

Er wählte die eingespeicherte Nummer seines Bundesbruders Westenhoff, die in der Namensliste mit einem schlichten X chiffriert war. X war in Studentenverbindungen das offizielle Kürzel des Bundesbruders, der ein Semester lang die Führung der studentischen Mitglieder inne hatte. Während seiner aktiven Zeit war Albert Westenhoff X gewesen, weshalb sich diese Abkürzung anbot.

Westenhoff spürte den leisen Vibrationsalarm des Tartarus-Handys in der Tasche seines Jacketts. Er war in einer vertraulichen Besprechung zur Ermittlung in einem Mordfall und die Annahme eines Telefonates war ein absolutes Tabu. Westenhoff entschuldigte sich kurz, stand auf und ging zwei Meter zur Seite. Er sah auf dem Display seines Handys »Anruf von Romulus«. Er nahm das Gespräch an. »Was gibt es Dringendes, Herr Kollege?« Mülenberk wusste, dass er in einem Gespräch war und sein Telefonat mitgehört wurde. »Ich muss dich dringend sprechen.« »Heute um 13:15 Uhr. Danke und auf Wiederhören.« Dann nahm Westenhoff mit ausdrucksloser Miene wieder in der Runde Platz. Niemand hätte sich getraut, dem Autorität und Souveränität ausstrahlenden Mann auch nur einen fragenden Blick zuzuwerfen.

Für Mülenberk war alles klar. Sie hatten sich für diese Fälle eigene Gesprächsregeln aufgestellt. Sie würden sich um 13:15 Uhr in einer unscheinbaren Gaststätte in Bonn zum Mittagessen treffen.

To-do-Liste Punkt 2 erledigt. Er hatte jetzt genug Zeit für seine weiteren Vorhaben. Zügig setzte er die Fahrt über die L88 nach Königsfeld fort. An der Kreuzung zögerte er. Eigentlich war es zu früh für einen Besuch der »Kleinen Weinstube« in Heimersheim, aber vielleicht konnte er gerade deshalb in Ruhe mit der Wirtin reden. Da er mit dem Wohnmobil nicht die kürzeren, nur eingeschränkt befahrbaren Wege durch den Harterscheid und über Löhndorf nutzen wollte, bog er rechts ab, um über Waldorf den Autobahnzubringer in Niederzissen zu erreichen. Erleichtert stellte er fest, dass die A61 in Richtung Bonn frei war, mittlerweile eine Seltenheit, da die Autobahn unter den ständigen Brückeninstandsetzungsarbeiten ebenso litt wie unter dem Schwerlastverkehr und den Wohnwagen mit gelben Kennzeichen. Mit dem liebenswerten Volk der Holländer, das dem Eifler mit seiner Mobilität und Liberalität sehr suspekt erschien, söhnte er sich auf seine eigene Art in Witzen aus.

Mitten in Heimersheims historischem Ortskern an der Ahr lag die »Kleine Weinstube«. Nachdem ihr Mann Peter und sie sich getrennt hatten, führte Monika Vollrath das sehr gepflegte Gasthaus alleine. Ihr Ex-Mann war Winzer im Nebenerwerb, weil der über Generationen vererbte Weinberg nicht mehr den Lebensunterhalt sicherte und Vollrath auch, wie so viele, Gefangener der Familientradition war. Er hatte also, wie die meisten anderen kleinen Winzer, eine Vollzeitstelle als Handwerker angenommen. Im Weinberg waren Achtzig-Stunden-Wochen in den Hauptarbeitszeiten keine Seltenheit. Die Ehe hatte das auf Dauer nicht ausgehalten, und natürlich war er zu sehr Winzer, um seinen Weinberg zu verpachten, wie es Monika vorgeschlagen hatte. Die beiden hatten sich im Guten getrennt, auch weil sie weder Zeit noch Lust zum Streiten hatten. Monika hatte die kleine Gaststätte bekommen.

Die Weinstube hatte gerade geöffnet und war noch erfüllt vom Geruch der schwarzen Seife, wie hier die Schmierseife genannt wurde.

Er betrat die Gaststube und rief fröhlich »Guten Morgen alle zusammen!« in den leeren Raum.

Monika kam die Kellertreppe hoch mit einem Korb voller Weinflaschen in jeder Hand. »Nachschub! Gestern war vielleicht was los.« Ihre Müdigkeit wurde von der Freude über das gute Geschäft verdrängt. »Guten Morgen, Roman. Schon durstig zu so früher Stunde?«

Die mehr als gut aussehende Frau von Ende Dreißig nahm ihn kurz in den Arm, stellte die Körbe ab und drückte ihn, eine ehrliche und bodenständige Umarmung. Er hatte ihr in der Zeit der Trennung beigestanden und maßgeblichen Anteil daran, dass die Scheidung einvernehmlich über die Bühne gegangen war. Wunden blieben immer in der Seele zurück, aber sie verheilten bei Monika schneller, als sie es erwartet hatte.

Da es nicht »seine Zeit« für Kneipenbesuche war, fragte sie ihn direkt heraus. »Was treibt dich um?« Er mochte diese direkte Art und hatte sich in seinem Berufsleben oft genug anhören müssen, er möge doch diplomatischer mit den Menschen umgehen. Ihn amüsierte das immer, weil seine Gesprächspartner die direkte und ehrliche Art, mit ihnen zu kommunizieren, höher schätzten als das Geschwafel vieler seiner Kollegen.

»Bist du in letzter Zeit belästigt worden?«

Monika lachte lauthals. Ihre Attraktivität war ein nicht unerheblicher Teil ihres Geschäftsmodells, und der Wein lockerte nicht nur die Zungen, sondern auch oft die Hände der Gäste, die ein Stück von ihr begehrten.

»Nein, im Ernst.« Mülenberk blieb dran. »Hat mal jemand so eine richtig fiese Tour mit dir versucht?«

»Roman, ist alles in Ordnung mit dir?«

»Oder war mal ein attraktiver Mann mit holländischem Akzent hier, der dir nicht geheuer war?«

»Roman, jetzt reicht es aber. Was ist denn in dich gefahren?«

»Es gab kürzlich einen Vorfall in der Region und ich habe die Befürchtung, dass es kein Einzelfall ist. Und der Täter kommt vermutlich immer davon, weil die Frauen sich schämen oder andere Gründe haben, darüber zu schweigen.«

»Ich habe nichts von einem angeblichen Vorfall gehört. Und ich erfahre hier so gut wie alles, was sich in der Gegend abspielt.« Neugierig hakte sie nach. »Wann soll das denn gewesen sein?«

Auch wenn es nahe lag, dass Monika bei der Antwort zwei und zwei zusammenzählen würde, blieb er bei der Wahrheit, um ihr Vertrauen nicht zu gefährden.

»Letzte Nacht.«

Monika zählte natürlich zwei und zwei zusammen. Schlagartig verlor sie alle Farbe aus dem Gesicht und setzte sich. Sie sah ihm fest in die Augen.

»Anna?«

Er nickte stumm.

»Was ist passiert?«

»Schweigegelübde.«

»Ok. Wie geht es ihr?«

Er hob resignierend die Schultern. »Körperlich, soweit ich es beurteilen kann, anscheinend ganz gut. Die Seele dagegen …«

Monika stand auf und ging wortlos in die Küche. Wut und Angst hatten ihre Augen mit Tränen gefüllt. Sie wollte nicht, dass er es sah. Mülenberk wusste es, auch ohne sie zu sehen.

»Monika, ich muss los. Sag mir bitte Bescheid, wenn ich etwas für dich tun kann. Oder wenn du etwas hörst, das hilfreich sein könnte. Und pass bitte auf dich auf!«

Er hörte keine Antwort und hatte auch keine erwartet. Leise schloss er die Tür und war froh, dass ihm ein frischer Wind ins Gesicht wehte.

Bei seiner Weiterfahrt sah er die Winzer bei ihrer schweren Arbeit in den Weinbergen. Peter Vollrath war einer von ihnen.

Mülenberk schaute auf die Uhr. Es war kurz vor 12 Uhr. Ausreichend Zeit, auf den Zug umzusteigen.

In Sinzig fand er direkt vor dem Bahnhof einen Parkplatz und erreichte ohne Eile den Regionalexpress um 12:39 Uhr, der ihn in zwanzig Minuten zum Bonner Hauptbahnhof bringen würde. Er mochte die Fahrt mit dem Auto nach Bonn über die B9 nicht. Zu oft hatte er im Stau gestanden. Und über die viel zu teuren Parkplätze in Bonn, wenn überhaupt welche zu bekommen waren, brauchte er sich nicht mehr zu ärgern.

Ein weiterer nicht zu verachtender Vorteil war, dass er als Bahnfahrer nicht der Promillegrenze unterworfen war. Wie alles im Leben, hatte aber auch das Bahnfahren seinen Preis. Man musste sich nach dem Fahrplan richten und auch immer darauf gefasst sein, dass ein Zug nicht pünktlich war oder ganz ausfiel. Anfangs hatte ihn das aufgeregt, heute nutzte er die Zeit für Atemübungen oder Meditationen. Und dank der Jahreskarte erster Klasse brauchte er sich auch nicht mehr mit den ständig defekten Ticket-Automaten zu streiten und mußte sich über die überfüllten Zweite-Klasse-Wagen keine Gedanken mehr machen.

Heute war der Zug pünktlich. Vom Bonner Bahnhof aus erreichte er in zehn Minuten das kleine Restaurant in der Nähe des Landgerichts, das ausschließlich von Stammgästen lebte. Zwei Ur-Bönnsche – ledige Schwestern –, Klara und Erna Schmitz, beide um die Siebzig, betrieben die Gaststätte in ihrem Elternhaus seit Menschengedenken. Die wenigen Tische waren in Nischen versteckt und die kleine Theke fasste nur wenige Gäste, die sich, wenn in den Büros Feierabend gemacht wurde, den Platz in Zweier- und Dreierreihen freundschaftlich teilten.

Nachdem die Gaststätte fast vierzig Jahre namenlos geblieben war, hatten die Geschwister zu aller Überraschung die Schnapsidee einer fröhlicher Thekenrunde aufgegriffen und ein kleines Schild aus Emaille mit der Aufschrift »Büro« anbringen lassen. So konnten die Gäste vor dem Betreten des Lokals immer schnell eine Nachricht nach Hause schicken: »Bin noch im Büro. Kann länger werden.« Denn in diesem Büro herrschte Handyverbot und wer sich nicht daran hielt, bekam für eine oder im Wiederholungsfall für zwei Wochen Lokalverbot. Erna führte genauestens Buch darüber, und keiner der Gäste traute es sich, ihre Anweisungen zu missachten. Rauchen war ebenfalls strengstens untersagt. Die Geschwister hatten das Passivrauchen ihrer eigenen Gesundheit zu Liebe nie gestattet, und es gab auch vor der Tür keinen geeigneten Ort für Raucher. So hielten sich die Raucher entweder fern, rissen sich für ein paar Stunden zusammen oder, was gar nicht mal selten vorkam, gewöhnten sich das Rauchen ganz ab.

Mittags wurde Hausmannskost angeboten. Eine Speisekarte gab es nicht. Auf den Tisch kam, was morgens auf dem Bonner Markt erstanden wurde. Fleisch wurde jeden zweiten Tag vom Schnitzel-Jupp angeliefert, einem alten Schulkameraden der beiden, der seine kleine Metzgerei ein paar Häuser weiter nur noch für wenige Stammkunden betrieb. Die Investitionen, die er für die strengen Auflagen des Lebensmittelhygienegesetzes hätte tätigen müssen, waren in der ihm noch verbleibenden Lebensarbeitszeit nicht mehr hereinzuholen. So hatte er sich mit den Bonner Behörden nach rheinischer Art arrangieren können, was bedeutete, dass jeder das Gefühl hatte, er habe das bessere Geschäft gemacht. Man ließ ihn in gewissen Grenzen gewähren, und der Behördenleiter legte Wert darauf, die jährlichen Kontrollbesuche persönlich durchzuführen, damit nicht ein übereifriger Mitarbeiter auf die Idee kam, dem Schnitzel-Jupp das Handwerk zu legen. Dieser dankte es nach rheinischer Art mit einer Tüte besten Rindfleischs, aus dem die Gattin des Behördenleiters leckerste Braten zaubern konnte. Im Übrigen zählte auch sie zu den Stammkunden von Schnitzel-Jupp.

Hinter vorgehaltener Hand kursierten Gerüchte, dass der allzu früh verwitwete Schnitzel-Jupp mit einer oder gar mit beiden Schwestern *Fisternöllchen* gehabt habe. Mülenberk hätte ein heimliches Verhältnis allen dreien gegönnt. Er betrat das Büro.

»Tach, Herr Doktor. Schön, datt Se noch enns do sinn«, hofierte Klärchen. »Dä Herr Oberstaatsanwalt ess noch nett do. Se können sich ävver att an Ihre Desch setze!«

Erwartungsgemäß hatte der X einen Tisch reservieren können, was für Normalsterbliche nicht möglich war. Allerdings war der Oberstaatsanwalt ein geschätzter und gut gepflegter Gast.

Mülenberk bestellte ein Kölsch. Das trübe obergärige Bönnsch gab es leider nur noch direkt im Brauhaus am Sterntor. Bis der X eintraf, hatte er schon ein zweites Glas geleert. Die Kölschstangen waren aber auch elend klein.

Westenhoff war wie immer pünktlich. Sie begrüßten sich herzlich und, was für Außenstehende nicht erkennbar war, mit einem speziellen Händedruck, der dem der Freimaurer ähnlich war. Bei einer normalen Begrüßung per Handschlag nahm der Freimaurer seinen Daumen und drückte zweimal kurz, einmal lang auf die Außenfläche der Hand des anderen. Bundesbrüder des Corps Tartarus drückten in gleicher Weise einmal kurz, einmal lang und dann noch zweimal kurz.

Westenhoff wirkte gestresst, was sehr untypisch für ihn war. Tiefe Augenringe zeugten von Schlafmangel. Er bestellte sich ein Wasser, und ohne nachzufragen orderte jeder beim Klärchen »ein Essen«.

»Du siehst angespannt aus«, sagte Mülenberk.

»Im Gegensatz zu dir«, konterte Westenhoff. Die Ereignisse des Morgens hatten Spuren in Mülenberks Gesicht hinterlassen, das sich fahler und furchiger als sonst präsentierte.

»Was ist los, Romulus?«

»Ich weiß selber nicht so genau und brauche deinen Rat.« Er informierte Westenhoff kurz, aber ohne Wesentliches zu vergessen, über Annas Vergewaltigung.

Westenhoff hörte aufmerksam zu, fragte nach und konnte sich bald ein gutes Bild vom Geschehen machen.

»Warum hatte Anna eigentlich ein Messer und Pfefferspray in Reichweite ihres Bettes?«

»Ich hatte ihr dazu geraten«, erklärte Mülenberk.

»Und wieso?«

»Erinnerst du dich noch an die flotte Lotte?«

»Nein, sollte ich?«

»Könntest du, lieber Westenhoff, könntest du. Du warst jedenfalls mal schwer hinter ihr her. Charlotte von Rheineck. Ein Vollblutweib mit kurzen blonden Haaren und Beinen, die nie mehr aufhören wollten.«

»Ach, du heiliges Kanonenrohr. Ja, die Lotte. Die war urgeil! In großen Dingen genügt es, gewollt zu haben. Aber du hattest doch was mit ihr?«

»Schöne Stunden. Und eine ganz besonders unvergessliche!«

»Ja?« Der X war froh, mit einem Schwank aus ihrer Studentenzeit ein wenig von der brutalen Wirklichkeit seines aktuellen Falls abgelenkt zu werden.

»Ich habe niemals darüber gesprochen.« Mülenberk wollte den X ein wenig ködern, weil er wusste, dass sein Plan sonst noch schwieriger würde, als er es ohnehin schon war. »Also, anfangs wollte sie meine geliebten Rollenspiele mit Fesseln und so nicht. Doch in einer schönen Nacht, nach unserer legendären Maifete, wollte sie auf einmal unbedingt. Wir waren beide berauscht, abgetanzt, die Luft war voller Zukunft und Lebenshunger. Wir gingen auf meine Bude in der dritten Etage unseres Verbindungshauses. Auf der ersten Etage waren noch einige Bundesbrüder dabei, sich den Rest zu geben. Sonst schliefen alle, vermutlich komatös. Wir köpften noch eine Flasche Sekt, ein wenig passte ja immer noch rein. Nachdem ich sie an die Fesseln gewöhnt hatte und sie anfing, bei dem Ausgeliefertsein große Lust zu empfinden, machte ich den ersten großen Fehler. Ich schlug ihr einen Rollentausch vor.«

»Sie hat dich dann gefesselt?«

»Ja. Schnell hatte sie die Handgriffe mit dem dünnen Seil 'raus.«

»Und dann?«

»Dann habe ich den zweiten großen Fehler gemacht. Ich wollte sie noch rasender machen und spielte den Verweigerer, den man zum Gehorsam zwingen muss. Ganz offensichtlich war sie gerade in einem anderen Film. Ihre Stimmung kippte unter den Nullpunkt. Sie zog sich an, verabschiedete sich mit einem unadeligen ›Vollidiot‹ und ging.«

»Und du bliebst gefesselt am Bett?« Der X konnte sich vor Lachen kaum einkriegen.

»Ja, verdammt noch mal. Ich lag da wie ans Andreaskreuz gefesselt. Ich hatte alles probiert, aber von alleine schien ich mich nicht befreien zu können.«

»Und dann? Was geschah dann?« Der X war aufs Höchste amüsiert. Und im Nachhinein sehr erleichtert, dass die flotte Lotte ihm ihre offensichtlich zweifelhafte Gunst nie erwiesen hatte.

»Ich hatte ja kaum eine andere Wahl, als um Hilfe zu rufen. Dann wären irgendwann einige völlig betrunkene Bundesbrüder in mein Zimmer getorkelt, hätten sich krumm und schief gelacht und, bevor sie mich losgebunden hätten, noch reichlich Fotos von mir geschossen.«

»Davon kannst du ausgehen. Gut, dass wir damals noch kein Facebook hatten. Du wärst über Nacht der Shooting-Start von Tartarus geworden. Alle hätten dich *geliked*.«

»So sehe ich das auch. Ich bin dann zufällig mit der Hand an ein Sektglas gekommen, das noch auf dem Nachttisch stand. Es war meine einzige Chance. Vorsichtig packte ich es mit zwei Fingern am Stiel und schlug es gegen die Wand, so dass es zerbrach. In den Fingern hatte ich nun eine scharfe Glasscherbe, mit der ich das Seil durchschneiden konnte – immer in Sorge, mir durch eine ungeschickte Bewegung die Pulsadern aufzuschlitzen.«

»Oh, das wäre eine schöne Sauerei geworden«, wusste der X aus beruflicher Erfahrung. »Dann hätten wir das Zimmer neu streichen müssen.«

»Danke. Sehr mitfühlend. Jedenfalls konnte ich mich so befreien. An Erfahrung hatte ich jedenfalls gewonnen. Und daher habe ich der phantasievollen Anna geraten, stets ein scharfes Messer und Pfefferspray in Reichweite des Bettes zu haben. Du weißt ja nie, was so alles aus dem Ruder laufen kann, wenn die Hormone bei der Arbeit sind.«

»Davon können wir in unserem Beruf ein Lied singen«, sagte der X und schloss das Thema. Seine Gedanken waren bei Anna und dem, was ihr widerfahren war.

Er kannte Anna so gut, wie man eine Wirtin von einigen Besuchen im Lokal her eben zu kennen glaubt. Er wusste, dass sie eine couragierte und taffe Frau war. Als Oberstaatsanwalt hatte er recht wenig Sympathie für die Weigerung Annas, mit den Behörden zusammenzuarbeiten. Er konnte allerdings die Beweggründe, wenn auch nur widerstrebend, nachvollziehen. Westenhoff und Mülenberk stimmten überein, dass jeder Versuch, Anna umzustimmen, im Sande verlaufen würde.

»Romulus, warum wolltest du mich treffen? Du weißt, dass ich ohne Anzeige nichts unternehmen kann.« Mülenberk entging der angesäuerte Unterton in der Stimme des Oberstaatsanwalts nicht. »Wir arbeiten hier praktisch rund um die Uhr, um einem internationalen Fall von organisierter Kriminalität auf die Spur zu kommen. Mädchenhandel, Drogen, erzwungene Prostitution. Das volle Programm. Ich treffe mich mindestens einmal in der Woche mit meinem holländischen Kollegen. Alle Spuren führen dorthin.«

Der Holländer. Mülenberk durchlief es heiß und kalt. »X, hast du über ähnliche Fälle wie bei Anna von den Kollegen in Koblenz irgendwas gehört?«

»Nein. Wie sollte ich auch, wenn alle schweigen! Aber ich kann mal nachfragen. Die Koblenzer sind wegen der Grenznähe ebenfalls in die Ermittlungen eingebunden.«

»Ich habe da noch was, das vielleicht interessant sein könnte.« Mülenberk druckste herum und holte ein wenig umständlich die kleine Sprayflasche hervor, die der Holländer beim Anziehen in der Schau-ins-Land-Hütte verloren hatte. Er reichte Westenhoff die kleine Plastiktüte mit der Flasche. »Die hat der Holländer beim überhasteten Aufbruch verloren. Ich habe sie nicht berührt. Vielleicht könnest du ...«

»Roman Mülenberk, das ist doch nicht dein Ernst? Du kennst die Vorschriften, denen ich unterworfen bin. Keine Anzeige, keine Untersuchung.« Westenhoff war sauer, und wenn Mülenberk nicht sein Bundesbruder gewesen wäre, hätte er jetzt kommentarlos das Lokal verlassen. Er war so weit nach oben gekommen, weil er sich stets korrekt verhalten hatte, und er hatte nicht vor, das zu ändern.

»Hier ist datt Essen, die Herren! Ich wünsche juten Appetit! Darf es noch was zu trinken sein?« Klärchen kam gerade zum rechten Zeitpunkt, um eine Zuspitzung der Situation im Keim zu ersticken.

Der Geruch von »Himmel un Ääd«, der rheinischen Speise mit gebratener Blut- und Leberwurst auf hausgemachtem Kartoffelpüree und Apfelmus, stieg in ihre Nasen.

»Klärchen, bringst du uns bitte zwei Kölsch? Zu so einem leckeren rheinischen Essen gehört ganz einfach ein Bier!« Der X wusste die rheinische Lebensart zu schätzen. Er hatte schon mehrere Angebote, in Berlin Karriere zu machen, abgelehnt. Er würde weder das Rheinland verlassen, noch seinen geliebten Beruf gegen eine besser bezahlte Verwaltungslaufbahn im Innenministerium eintauschen.

Mülenberk wartete eine passende Gelegenheit ab, die sich ergab, nachdem sie miteinander angestoßen hatten. »X, vielleicht gibt es ja einen Zusammenhang zwischen euren Ermittlungen und der Sprayflasche. Weiß der Teufel, was da für ein Zeug drin ist. Jedenfalls scheint es Frauen gegen ihren Willen und ihr besseres Wissen in einen willenlosen Zustand zu versetzen. Das könnte doch in das

Bild von Mädchenhandel und erzwungener Prostitution passen. Eine extrem perfide Form von Freiheitsentzug.«

Kommentarlos aß der X weiter. Die Leberwurst hatte er sich bis zum Schluss aufbewahrt. Diese Würste konnte nur Schnitzel-Jupp so herstellen. Er schloss das Essen mit dem letzten Schluck Kölsch ab. Beide hatten blank geputzte Teller hinterlassen.

Klärchen strahlte, als sie abräumte. »Ich sehe, den Herren hätt ett jeschmeckt! Datt freut mich. Noch ene Kaffee??«

Die beiden Schwestern brühten den Kaffee noch frisch von Hand auf, und so war Klärchens Frage nur rhetorisch gewesen.

»Hast du nochmal was von Tom gehört?«, erkundigte sich der X, für den das Thema mit der Sprayflasche offenkundig abgehakt war. »Er war lange nicht mehr bei unseren Treffen.«

Tom Lammers war ebenfalls Mitglied im Corps Tartarus und zu Studentenzeiten einer der besten Freunde von Mülenberk gewesen. Der X wusste zwar, dass die Freundschaft einen schweren Riss bekommen hatte, über die Gründe konnte er nur spekulieren. Es war eine Angelegenheit zweier Bundesbrüder, die diese unter sich auszumachen hatten. Sie hatten ihren eigenen Ehrenkodex. Trotzdem versuchte er, wann immer möglich, Brücken zu bauen.

Mülenberk zögerte. Das Thema war ihm unangenehm. »Ich habe lange nichts mehr von ihm gehört.« Auf den kritischen Blick des X fügte er hinzu: »Nur, dass es ihm ganz offensichtlich gesundheitlich dreckig geht. Vornehm ausgedrückt.«

»Und?«

»Nichts *und*. Wie sagte schon der alte Dichter Terenz: *Quod sors feret, feremus aequo animo.* Was das Schicksal bringen wird, werden wir mit Gleichmut ertragen.«

Der X kannte Romulus sehr lange. Hinter dieser Antwort verbargen sich Sorge und Ratlosigkeit. Das war eine Baustelle, die nicht in einer Mittagspause bearbeitet werden konnte.

Sie zahlten jeder für sich. Im Dienst nahm der Oberstaatsanwalt keine Einladung an.

Zum Abschied drückten sie einander die Hände. Kurz, lang, kurz, kurz.

Der X sah Mülenberk an. »Nun gib mir schon die Sprayflasche!« Dann eilte er in sein Büro.

TOP 2 der To-do-Liste erledigt. Mülenberk schlenderte zufrieden zum Bahnhof.

4. Kapitel

Auf dem Weg zum Bahnhof hatte er es sich anders überlegt. Er würde erst später zurückfahren und vorher noch im Haus seines Corps Tartarus vorbeischauen. Gedankenverloren nahm er den vertrauten Weg durch die Bahnhofsunterführung Richtung Poppelsdorf.

Wie andere Studentenverbindungen auch unterhielt das Corps ein eigenes Haus, das interessierten Studenten und Mitgliedern ein Zimmer mit Anschluss an ihre Gemeinschaft bot.

Bis vor wenigen Jahren hatte sich das Corps den Luxus eines eigenen Faxen-Ehepaares erlaubt. Es bewirtschaftete die stattliche mittelalte Villa, die über einen Thekenraum und zwei unterschiedlich große Festsäle verfügte. Mittags wurden die Studenten bekocht, was immer ein gern angenommener Fixpunkt im Tagesablauf war.

Die heutigen Bachelor- und Masterstudiengänge hatten den Studenten diese Freiheiten genommen. Solche Studiengänge waren ein junges Phänomen an deutschen Hochschulen. Ihre Geburtsstunde war 1999 in Bologna, als beschlossen wurde, die Studienabschlüsse in Europa zu vereinheitlichen. Eine so gewaltige Umstrukturierung war noch nie da gewesen, und Mülenberk musste zugeben, dass er sich schwer tat, das neue System zu verstehen. Er mochte es nicht, besonders weil die universitäre Ausbildung in seinen Augen dadurch viel zu stark verschult wurde und die verkürzten Studienzeiten viel zu wenig Freiraum für eine individuelle Persönlichkeitsbildung ließen, die beim Corps Tartarus stets großzügig gefördert worden war.

Zudem kamen die meisten Abiturienten direkt aus einem gut behüteten Elternhaus an die Universität, ohne – wie es früher normal gewesen war – Wehr- oder Zivildienst abgeleistet zu haben. Dadurch hatte sich der studentische Alltag im Verbindungsleben völlig verändert. Die gemeinsamen Mittagessen und der regelmäßige Thekenbetrieb wurden wegen des von der Uni vorgegebenen Tagesablaufs kaum mehr nachgefragt.

Er war heute froh, gemeinsam mit ein paar ebenfalls visionär denkenden Bundesbrüdern diese Veränderung frühzeitig analysiert und Alternativen entwickelt zu haben. Die angestrengten internen Beratungen auf den Conventen und die vielen Vier-Augen-Gespräche, die der X und er im Hintergrund geführt hatten, hatten schließlich eine breite Mehrheit gefunden.

Er hatte inzwischen die Villa auf der Meckenheimer Allee, nicht weit vom Denkmal des August Kekulé, erreicht. Mülenberk kramte in seinem Gedächtnis. Es musste 1867 gewesen sein, als Kekulé nach Bonn berufen wurde. Das damals neue Chemische Institut beim Poppelsdorfer Schloss zog viele deutsche und ausländische Studenten an den Rhein, so dass das Gebäude bald aus allen Nähten platzte. Mülenberk trauerte dieser Blütezeit studentischen Lebens nach.

Obwohl er einen Schlüssel für das Verbindungshaus hatte, drückte er den Klingelknopf, der mit »Chargenzimmer« beschriftet war. Er hielt es für einen Akt von Höflichkeit und Respekt, nicht ungefragt die Wohn- und Arbeitsbereiche der Studenten zu betreten.

Ein gut aussehender Zwanzigjähriger mit sportlicher Figur, kurzem blonden Haar und dem schwarz-rot-blauen Band auf der Brust hatte den Öffner betätigt und erwartete ihn im Treppenhaus.

»Alter Herr Mülenberk! Welch' Glanz in unserer Hütte! Ich grüße dich.« Er streckte ihm die Hand entgegen und drückte sie selbstverständlich nach Tartarus-Art.

»Bundesbruder Christoph Meyerholz, es ist mir eine außerordentliche Freude, so empfangen zu werden.«

Sie hatten ihren Spaß an den kleinen Wortspielen, zeigten sie doch, dass man sich selber nicht so wichtig nahm. Meyerholz gehörte zwar der Generation »Kreißsaal – Hörsaal – Plenarsaal« an, hob sich aber in seiner zupackenden Art wohltuend ab.

»Ein Bierchen, Alter Herr?«, bot er Mülenberk an.

»Danke nein, aber über eine Tasse Kaffee oder Tee freue ich mich.« Mülenberk wollte einen klaren Kopf behalten. »Hast du ein paar Minuten Zeit für einen kleinen Plausch?«

»Klar, ich muss nur meine Forschungsarbeiten unterbrechen«, grinste der Gefragte. »Setzen wir uns in die Lounge?«

Die Lounge war ein gemütlicher Treffpunkt und ersetzte den früheren Thekenraum. Sie war in einem modernen Design eingerichtet, matte und glänzende Kunststoffe in dezenten Farben wie Weiß, Grau und Silber dominierten im eher schlichten Lounge-Stil. Die Stühle wirkten durch die transparenten Beine sehr leicht, ein Container wurde als Beistelltisch verwendet und bot sogar Platz für einen kleinen Tischgrill. Ein Getränkekühlschrank im Edelstahldesign war stets gut gefüllt und abends lief der integrierte Eisspender oft genug heiß. Ein moderner Kaffeevollautomat sowie eine kleine Spülmaschine vervollständigten die Einrichtung.

Meyerholz bereite einen Cappuccino für Mülenberk zu und für sich einen doppelten Espresso. »Teuflisch gut, der Cappu. Was für Bohnen nehmt ihr denn?«

»Du weißt doch, dass Moritz Wiegmann in Hellenthal wohnt. Und da fährt er, wenn er am Wochenende zu Hause ist, schnell die paar Kilometer nach Losheim rüber und deckt uns mit belgischem Kaffee ein. Lecker. Und preiswert.«

Mülenberk kannte Losheim gut. Das hatte aber weniger mit dem Kaffee als mit einem amourösen Abenteuer zu tun. Losheim lag direkt an der westlichen belgischen Staatsgrenze. Nach dem Zweiten Weltkrieg war der Ort unter belgische Verwaltung geraten und erst 1958 wieder in den Kreis Schleiden eingegliedert worden. Im »Kaffeeparadies Ardenner Grenzmarkt« war Mülenberk eine Zeitlang erotischer Grenzgänger gewesen. Er beschloss, in nächster Zeit einen kleinen Abstecher dorthin zu machen. Der Reisfladen war auch heute noch unwiderstehlich.

Das Gespräch plätscherte vor sich hin, bis Mülenberk zum Anlass seines Besuches kam. »Hör mal, die Sarah Hergarten ist doch Coleurdame bei uns?«

Die Frage schien Meyerholz zu irritieren. »Ja, und?«

»Ist sie noch oft hier?«

»Keine Ahnung. Das fragst du den Falschen.«

Mülenberk entgingen weder Mimik noch Tonfall des Studenten, die eine andere Sprache als die vorgespielte Gleichgültigkeit sprachen.

»Wer wäre denn der Richtige, den ich fragen sollte?«

Christoph Meyerholz nippte wortlos an seiner leeren Espressotasse.

»Komm schon, Christoph. Ihr wart doch ein Kopp und ein Arsch. Und knutschen habe ich euch auch oft genug gesehen. Was ist los?«

»Was soll schon sein? Weg ist sie halt!«

»Wie weg?«

»Mit einem anderen. Weg. Einfach so. Keine Erklärung. Keine Ankündigung. Einfach weg.«

Während Christoph Meyerholz von seinen Gefühlen überwältigt wurde, ging Mülenberk zum Kühlschrank und kam mit zwei Gläsern und einer Flasche Kräuterschnaps zurück.

»Lass uns auf den Schreck erst mal einen trinken«, sagte er aufmunternd zu seinem jungen Bundesbruder. Er war sich bewusst, dass dies kein Schritt hin zur Problembewältigung war. Er brauchte aber so viele Informationen über Sarah Hergarten, wie er nur bekommen konnte. Und die bekam er erfahrungsgemäß leichter, wenn der Alkohol die Nerven beruhigt und die Zunge gelockert hatte.

Der eiskalte Schnaps wärmte Meyerholz' Magen und ein leichtes Wohlgefühl kam in ihm auf. »Bis vorige Woche war alles bestens mit uns.«

»Ja?«

»Wir hatten doch am Freitag die große Erstsemesterfete der Bonner Studentenverbindungen. Drüben. In der ›Bursa‹.«

Die »Bursa« war eine Gaststätte in Poppelsdorf nur für Verbindungsstudenten. Sie ging auf eine Idee von Mülenberk zurück, den Kneipen- und Feierbetrieb von den Verbindungshäusern in eine Gaststätte auszulagern, die speziell von Verbindungsmitgliedern für Verbindungsmitglieder geführt wurde.

»Und, hattet ihr wieder ein volles Haus?«

»Klar. Seitdem wir Verbindungsleute aller Dachverbände uns zu einer losen Plattform zusammengeschlossen haben, die an der Universität mit gemeinsamen Auftritten in die Öffentlichkeit geht, haben wir eine ganz andere Akzeptanz. Es waren bestimmt 400 Personen, die gemeinsam gefeiert haben.«

Mülenberk wusste, dass die »Bursa« aus allen Nähten geplatzt sein musste – von unvermeidlichen Verstößen gegen alle möglichen Sicherheitsauflagen ganz zu schweigen.

»Gab es Probleme mit den Anwohnern?«, fragte er besorgt.

»Nein. Seit wir für die Anwohner als Entschädigung ein eigenes Fest in der ›Bursa‹ organisieren, gibt es keine Probleme mehr. Na ja, fast keine. Die ewigen Meckerer kannst du sowieso nicht beruhigen.«

»Nein, das können wir nicht«, gab Mülenberk zu. »Und Sarah war auch beim Fest?«

»Klar. Wir waren verabredet. Mir war immer wichtig, dass sie ihre Freiheiten hat, auch wenn wir gemeinsam unterwegs waren. Wegen meines Dienstes an der Bonkasse hatte ich sie für zwei Stunden aus den Augen gelassen. Das war wohl ein Fehler.«

»Wieso?«

»Weil sie danach einfach nicht mehr zu finden war. Spurlos verschwunden.«

Mülenberk schenkte beiden einen Kräuterschnaps nach. »Man kann nicht spurlos verschwinden«, sagte er und dachte, dass man das doch sehr wohl konnte. »Wann hast du sie zum letzten Mal gesehen?«

»Als ich den Dienst übernommen habe. Sie ist dann Richtung Tanzfläche gegangen.«

»Du hättest sie doch von der Bonkasse am Eingang aus sehen müssen, wenn sie 'rausgegangen wäre?«

»Ja, normalerweise schon. Aber bei Veranstaltungen über hundert Teilnehmer müssen wir behördlicherseits den Notausgang, der in den Garten führt, offenhalten. Der Notausgang war für mich natürlich nicht einsehbar.«

Mülenberk musste nachfragen. »Wie ist das mit dem Notausgang geregelt?«

»Also, das ist eine Doppeltür, die normalerweise nur von innen zu öffnen ist. Allerdings ist es möglich, nur eine Türhälfte zu öffnen. So versuchen immer wieder Gäste, kurz nach draußen zu gehen und wieder rein zu kommen. Einige für einen Joint. Einige für eine schnelle Nummer im Hinterhof. Das hat beinahe schon so einen Kultstatus wie der ›Mile High Club‹ über den Wolken.«

»Der was?« Mülenberk merkte immer öfter, dass er einer anderen Generation angehörte.

»Wohl kein Vielflieger?«, grinste Meyerholz. »Sex in der engen und muffigen Bordtoilette! Erster Klasse geht es natürlich ein wenig komfortabler zu. Umfragen zu Folge haben das schon jeder fünfte Deutsche und jeder zweite Franzose gemacht.«

»Die spinnen, die Franzosen!« Mülenberk stellte sich das gerade vor, konnte dem aber nichts abgewinnen.

»Ja. Und so gibt es auch das ›Poppelsdorfer Bursagarden Clubbing‹, das seinen Reiz auch daraus zieht, dass der Garten von den Anwohnern teilweise eingesehen werden kann.«

»Na, da macht Poppelsdorf ja seinem Namen alle Ehre!« Mülenberk kam zum Thema zurück. »Gibt es denn keine Türsteher, die den Notausgang sichern?«

»Natürlich. Aber wenn ein Pärchen raus will, muss es quasi einen Wegezoll bezahlen. Von jedem eine Biermarke. Dafür läßt man es auf ein bestimmtes Klopfzeichen wieder rein. Die Türsteherposten sind deshalb sehr beliebt, und die Türsteher selber sind in kurzer Zeit ziemlich abgefüllt. Auch sind sie immer zu zweit. Einer sorgt ständig für Getränkenachschub. Daher dauert der Dienst auch nie länger als neunzig Minuten.«

»Hast du mit den Türstehern von Freitag gesprochen?«

»Nein, auf die Idee bin ich noch gar nicht gekommen. Ich wage auch zu bezweifeln, dass sie zuverlässige Zeugen sind.«

»Es gibt doch bestimmt eine Liste mit den Diensten.«

»Klar, ein Ausdruck hängt immer hinter der Theke aus.«

»Hast du seitdem noch etwas von Sarah gehört?«

Christoph Meyerholz schüttelte traurig den Kopf.

»Nichts gehört. Nichts gesehen. Das Handy meldet »not available«. An der Uni wurde sie nicht gesehen. Und zu Hause ist sie offensichtlich auch nicht. Jedenfalls macht da niemand die Tür auf.«

»Und ihr Fahrrad?« Mülenberk wusste, dass Sarah gut ohne Auto zurechtkam. Bis Sinzig fuhr sie mit dem Zug, und dann holte ihre Mutter oder ein Bekannter sie am Bahnhof ab.

»Mir ist nichts aufgefallen. Ist doch eh egal, wenn sie mit so 'nem Typen auf und davon ist.« Meyerholz war immer noch tief gekränkt.

Mülenberk war umso alarmierter, wollte sich aber nichts anmerken lassen, um seinen jungen Bundesbruder nicht in Unruhe zu versetzen. Er ließ sich zum Abschied von Christoph Meyerholz das Versprechen geben, ihn umgehend zu informieren, wenn es neue Informationen zu Sarahs Verbleib geben würde.

Draußen auf der Meckenheimer Allee atmete er ein paarmal tief durch. Dann rief er von seinem Handy aus Anna an, die sich nach wenigen Klingeltönen meldete. »'n Abend, Anna. Na, hast du deinen Laden schon auf?«

»Roman Mülenberk! Weshalb rufst du an?«

Er konnte ihre Gereiztheit mehr als nachvollziehen, weil er wusste, dass Anna auf gar keinen Fall auf die nächtlichen Erlebnisse angesprochen werden wollte. »Du, an sich nichts Besonderes. Ist Sarah bei dir?«

»Nein, wieso? Sie ist am Freitagabend spontan mit ein paar Freundinnen an die Küste gefahren. Die Ausläufer des Sommers noch einmal genießen. Wieso fragst du?«

»Ach nur so. Ein Freund von Tartarus macht sich da wohl ein paar Gedanken zu viel!«

»Dann richte dem jungen Mann aus, dass alles in bester Ordnung ist. Sarah hat mir von der Fahrt ans Meer noch eine SMS geschickt und geschrieben, dass sie in ein paar Tagen wieder zurück sein wird. An der Uni hat sie wohl keine Verpflichtungen. Und sie hat geschrieben, dass dieser Typ, ich denke mal, es ist der von deinem Corps Tartarus, ihr ziemlich auf die Nerven geht.«

»Ach, das freut mich für Sarah, dass sie auch mal was für sich tut«, wiegelte Mülenberk ab. »Die Studenten heute müssen ja ganz anders ran, als wir zu unserer Zeit. Wo ist sie denn hin?« Er versuchte möglichst beiläufig zu klingen.

»Na, die fahren doch gerne nach Holland. Kurze Fahrt, schöne Strände, nette Leute …« Anna blieb das Wort im Hals stecken.

»Die meisten, Anna, die meisten Holländer sind super nett und gastfreundlich.«

»Aber nicht alle«, murmelte Anna und beendete das Gespräch grußlos.

Mülenberk öffnete die Notizfunktion seines Smartphones, erstellte einen neuen Ordner namens »Sarah« und machte ein paar Aufzeichnungen, damit er später nichts übersah.

5. Kapitel

Die »Bursa« war eine ganz ungewöhnliche Lokalität, der man von außen nicht ansah, wie groß sie tatsächlich war. Immer, wenn er sie betrat, war er sofort von dieser einzigartigen Mischung aus Kneipe, Wohnzimmer, Studentenaura und interkultureller Mixtur der Bonner Verbindungsszene eingenommen.

Der Name leitete sich vom lateinischen *bursa* ab. Dieser Begriff bezeichnete ursprünglich eine Gemeinschaft, die aus einer gemeinsamen Kasse lebte, wie auch deren Behausung. Bursen waren studentische, streng reglementierte Wohn- und Lebensgemeinschaften, wie sie vom Mittelalter bis in das 17. Jahrhundert in Universitätsstädten bestanden. Sie waren die Vorläufer der Studentenverbindungen.

Der vordere Gastraum der »Bursa« beherbergte nahezu zwanzig Stammtische, die verschiedenen Verbindungen zugeordnet waren. Mit einer genossenschaftlich organisierten Beteiligung an der »Bursa« hatte jede teilnehmende Verbindung auch das Recht auf einen Stammtisch und die dazugehörige Wandfläche erworben. Dort hingen jetzt alle möglichen Gegenstände, die für die einzelnen Verbindungen identitätsstiftend waren: Fahnen, Bilder, Bänder, Mützen, Schläger, Bierkrüge oder andere Devotionalien. Es war wie ein Ausflug in ein Museum für Verbindungsgeschichte.

Die Tische waren eine Spezialanfertigung eines Mitglieds einer nicht-schlagenden katholischen Verbindung, dem eine Möbelfabrik gehörte. Sie waren äußerst robust und verfügten über einen präzisen und sehr einfach zu bedienenden Mechanismus, mit dem kleine Rollen sekundenschnell aus- und eingefahren werden konnten, so dass man die Tische je nach abendlicher Lust und Laune zusammenstellen konnte. Dies hatte den Austausch und den Zusammenhalt der teilweise ganz unterschiedlichen Verbindungen sehr gefördert. Mülenberk kam nicht umhin, den katholischen Verbindungen, die aus Prinzip nicht-schlagend waren, auch gute Seiten zuzugestehen. Ihr ironisches Selbstbild von »trinkfest und arbeitsscheu, aber der Kirche treu« schien jedenfalls nicht verallgemeinerbar zu sein.

An diesen Gastraum schlossen sich im hinteren Teil zwei weitere Räume an: ein kleiner Saal, der separat oder gemeinsam mit dem Gastraum genutzt werden konnte, und ein Billardzimmer mit einem versenkbaren Billardtisch. Der Raum konnte so universell genutzt werden und der kostbare Billardtisch mit seiner Schieferplatte war immer gut geschützt. Man hatte sich für einen ligurischen Schiefer aus dem Val Fontanabuona in der Nähe von Chiavari entschieden, der seit jeher fast ausschließlich für die Herstellung von Billardtischen verwendet wird, weil er dafür optimale Eigenschaften besitzt. Befreundete Mitglieder der Katholischen Akademischen Verbindung Capitolina zu Rom hatten ihnen diesen Tipp gegeben.

Der Schiefer sei leicht elastisch, nicht brüchig und sehr homogen. Zudem absorbiere er die Feuchtigkeit, ohne seine Oberfläche dadurch wesentlich zu verändern. Bei den gelegentlich verschütteten Bieren sei das ein nicht zu unterschätzender Vorteil, hatten die Freunde aus Rom gesagt. Und Recht behalten. Nun kam jedes Jahr einmal eine Abordnung aus Rom nach Bonn, um nach zügiger Erledigung kirchlicher Verpflichtungen und Erwartungen »ihren« Billardtisch zwei Nächte lang zu bespielen. Es war stets eine sehr fröhliche Runde, bei der die Capitolinen die Gelegenheit nutzten, sich fern des Petersdoms einfach mal gehen zu lassen. Wo ginge das besser als in der lebensbejahenden Geborgenheit des rheinischen Katholizismus?

Eine weitere Tür, die für gelegentliche Besucher nicht erkennbar war, versteckte sich in der Rückwand des Billardzimmers. Diese unsichtbare Tür war ein weiteres Kleinod aus der Möbelfabrik des Katholiken. Er verriet die patentrechtlich geschützte Bauweise niemals, ließ allerdings gelegentlich durchblicken, dass er dadurch ein volles Auftragsbuch hatte.

Unvorstellbar viele Menschen und Organisationen schienen etwas zu verbergen zu haben.

So auch die »Bursa«.

Auf Wunsch der schlagenden Verbindungen gab es ein geheimes Pauklokal, in dem sie ihre Pauktage abhielten. Dabei fochten die Mitglieder der schlagenden Verbindungen ihre Mensuren aus, die traditionellen, streng reglementierten Fechtkämpfe zwischen Mitgliedern verschiedener Bünde mit scharfen Waffen. Alles war rechtlich einwandfrei, jedoch hatte man ein großes Interesse daran, dass diese ganz internen und für Außenstehende kaum nachvollziehbaren Mensuren mit ihren vielschichtigen Regelwerken und oft blutigem Ausgang in einem geschützten Raum ausgetragen wurden. Der Zutritt war daher nur Mitgliedern der schlagenden Verbindungen vorbehalten.

Mülenberk fühlte sich zu Hause. Auch zu dieser frühen abendlichen Stunde war er mitnichten der einzige Gast. Eine fröhliche Runde Studenten ließ den harten Alltag ausklingen und kümmerte sich um ihre durstgequälten Kehlen. Er gesellte sich dazu und bestellte, um ihrem Verlangen zuvorzukommen, sogleich eine Thekenrunde bei dem pickeligen rothaarigen Zapfer, worauf man den Spender ausgiebig hochleben ließ.

Zum Dank musste Mülenberk auch noch einen zweifelhaften Trinkspruch der Thekenrunde über sich ergehen lassen, der in Gelächter und Gläserklingen mündete:

»Alte Männer, Tattergreise, pinkeln auf besondre Weise.
Die Weiber sind verstorben, die Geschlechtskraft ist verdorben.
Nicht mehr in dem hohem Strahle, fließen sie, die Urinale.
Nein, in aller Seelenruhe pinkeln sie sich auf die Schuhe.
Dass es uns nicht so ergehe, dass er ewig währt und stehe,
dazu gebe uns die Kraft, dieser edle Gerstensaft. Prost!«

Mülenberk trank lachend mit, beruhigt darüber, dass er sich nicht angesprochen fühlen musste. Die Jungs waren ja schon zu früher Stunde gut drauf. Er amüsierte sich. Und wartete darauf, dass Gerd Schulte, der Wirt und Seele der »Bursa«, auftauchte. Schulte stammte aus einer Juristenfamilie und war zu Beginn seines Jurastudiums Mitglied im Corps Tartarus geworden. Es hatte sich schnell gezeigt, dass der junge Mann über viele Talente verfügte, aber Jura nicht dazu zählte. Er hatte dem Drängen seines Vaters, eines angesehenen und sehr erfolgreichen Rechtsanwalts, schließlich nachgegeben und mit dem Jurastudium begonnen. Auch mangels eigener Vorstellungskraft, wie er sein Leben weiter gestalten sollte. Entlassen aus dem festen Rahmen des Schulbetriebs und des Familienlebens war er irritiert in die so lang herbeigesehnte Freiheit gestolpert.

Als er regelmäßig seine Prüfungen vergeigte, hatten seine Freunde Mülenberk auf die Situation angesprochen. Er hatte manchem schon in die Spur helfen können und genoss das Vertrauen der Studenten bei Tartarus. Er hatte mehrere Gespräche mit Gerd Schulte geführt, bei denen sofort klar wurde, dass das Jurastudium nicht das Richtige für ihn war. Aber was war das Richtige für diesen talentierten und überaus kommunikativen Sportler? Er hatte seinen Vater überzeugen können, das Studienfach zu wechseln, und begann in Köln Sportjournalistik zu studieren, was er ebenfalls nicht lange durchhielt. Er war ein Mann der Praxis, der eine ausgeprägte Phobie gegen Hörsäle, Professoren und Prüfungen entwickelt hatte.

Als die Idee von der »Bursa« konkreter wurde, war er an Mülenberk herangetreten und hatte ihn gebeten, die Gastronomie übernehmen zu dürfen. Den »Bursa«-Mitgliedern Gerd Schulte schmackhaft zu machen, war ein Leichtes gewesen, zumal er als anerkannter Fechtlehrer bei den schlagenden Verbindungen Ansehen genoss. Den neuen Werdegang zu Hause zu verkünden und durchzusetzen, war ein Höllenritt der besonderen Art gewesen. Mülenberk hatte sich breit schlagen lassen, mit Schulte in die heimische Höhle des Löwen zu gehen, um »nötigenfalls ein wenig« vermittelnd zu wirken.

Vater Schulte war eine Respektsperson, die Widerspruch schon von Berufs wegen nicht duldete. Es kam kein konstruktives Gespräch auf, das der Persönlichkeit seines Sohnes auch nur ansatzweise gerecht geworden wäre. Erst als die Mutter weinend das Zimmer verlassen hatte und wenig später Gerd Schulte wutentbrannt die Tür zugeschlagen hatte und hinterhergestampft war, wurde der Hausherr zugänglich. Er holte aus dem Schrank eine Flasche besten westfälischen Korns und zwei auf den Rheinländer sehr voluminös wirkende Schnapsgläser. Aus ähnlichen Gläsern trinken sie ihr Kölsch. Schulte senior goss großzügig ein und begann den eigentlichen Abend mit den Worten: »Wir müssen reden. Ich bin der Franz-Josef.«

Bei der ersten Flasche Korn stellte sich heraus, dass Franz-Josef als junger Mann alles Mögliche hatte machen wollen, nur nicht Jura studieren. Da er allerdings recht viel versucht, versiebt und versoffen hatte, hatte er schließlich weder Kraft noch Geld, geschweige denn Argumente, um sich dem Drängen seines Vaters, der Notar in Münster war, weiter zu widersetzen. Um es ihm zu beweisen, studierte er Jura in Rekordzeit mit summa cum laude. Er bot seinem Vater dann doch noch die Stirn, indem er auf eine lukrative und angesehene Notarlaufbahn verzichtete, die ihm sein glänzender Abschluss ermöglicht hätte. Vielmehr hatte er sich in wenigen Berufsjahren einen Namen mit der Strafverteidigung sehr vermögender und zumeist dubioser Kundschaft gemacht. Franz-Josef Schulte inszenierte, wann immer möglich, seine Prozesse in den Medien, weswegen die Richter und Geschworenen oft genug der öffentlichen Meinung hinterherlaufen mussten. Er streute in die Meute der sensationsgierigen Journalisten »natürlich nicht zitierfähige« Indiskretionen und sorgte für eine sympathieheischende Legendenbildung um seine Mandanten, die dafür horrende Summen ihres meist illegal erworbenen Vermögens an ihn abtraten.

»Ich bin nicht besonders stolz auf mich«, gestand Schulte, während er die zweite Flasche Korn aufschraubte. »Hier. Westfälischer Korn. Bodenständig, ehrlich, authentisch, qualitäts- und traditionsbewusst. Typisch westfälisch eben. Lass uns erst mal einen trinken!« Mit schon leicht beschwerter Zunge prostete er Mülenberk zu: »Mien trutzig trü Westfaolenland, du büs mi leiw un Wääd, so wied auk Guodes Sunne schint, häb ik kien Land so ärt. Prost. Roman!«* Sprachs, trank leer und schenkte schleunigst nach.

»Weißt du, Roman, dat Geld mot'k van de Lüde niëmen, van de Baime schüedeln kan ik't nich! Ach, das verstehst du doch überhaupt nicht. Trink lieber noch einen mit mir!«

Mülenberk kämpfte um den väterlichen Segen für seinen Schützling, indem er, der untrainierte Schnapstrinker, dem trinkfesten Westfalen Paroli bot.

»Pass auf, Roman, jetzt sag ich dir mal was. Ich bin erfolgreich. Ich bin vermögend. Ich habe eine gute Familie. Aber ich bin nicht glücklich. Diese Typen, für die ich die Kohlen aus dem Feuer hole, gehören nach tiefstem westfälischem Gerechtigkeitsgefühl allesamt eingesperrt. Ich komme mir vor, als hätte ich meine Seele an den Teufel verkauft. Nur um meinem alten Herren zu zeigen, dass ich anders und besser bin als er. Und ganz genau das will ich meinem Sohn ersparen. Soll er doch nach seiner Façon glücklich werden, wie schon der Alte Fritz gesagt hat.«

Dann teilte er den Rest der zweiten Flasche brüderlich zwischen ihnen auf. »Auf die Zukunft meines Sohnes und deines Bundesbruders Gerd! Danke, dass du ihm hilfst, ein besseres Leben zu führen, als meins es ist.«

Mülenberk wäre beinahe der Korn aus dem Gesicht gefallen. Was für eine Offenheit und was für ein Vertrauen brachte dieser Mann ihm entgegen! Auch wenn er sich im fortgeschrittenen Promillebereich bewegen musste, strahlte Franz-Josef eine beeindruckende Klarheit aus.

---

* Mein trutzig treu Westfalenland, du bist mir lieb und Wert, so weit auch Gottes Sonne scheint, hab ich kein Land so verehrt.

»Er soll mit unserem Segen seinen Weg gehen und glücklich werden«, sagte er, seine Ehefrau ungefragt mit einschließend. Sie hätte ihm sowieso nicht widersprochen. »Morgen, nach unserem westfälischem Frühstück, fahrt ihr ins Rheinland und dann leitest du bitte alles ordentlich in seine Bahnen.«

»Hoffentlich kein Frühstücks-Korn«, brabbelte Mülenberk vor sich hin.

»Und jetzt bitte ich dich, das Fundament unserer Freundschaft feierlich zu begießen!« Roman fühlte zwar die Grenzen seiner Aufnahmekapazität nahen, wusste aber, dass Widerstand nicht nur zwecklos wäre, sondern zum Kippen der Stimmung führen könnte, was er auf jeden Fall vermeiden wollte. »Kommste über den Hund, kommste über den Schwanz«, lallte er seinem neuen Freund Franz-Josef am Fuße der dritten Flasche zu, der allerdings nicht verstand, was der Gast aus dem Rheinland damit meinte.

»Jau. Ich vertäll dich, wie wir Westfalen gemacht sind. Hörst du mir zu? Gott und Sankt Peter gingen über die grüne, westfälische Landschaft. Da sagte Sankt Peter: ›Schaff Menschen in dieser Einsamkeit, Menschen!‹ Gott berührte eine hohe, knorrige und zähe Eiche und sagte: ›Werde ein Mensch!‹ Plötzlich formten sich die Äste zu Armen, die Wurzeln zu Beinen, und aus dem Blätterdach entstand der Kopf – der erste Westfale war geboren. Er erhob sich und sagte empört: ›Was macht ihr auf meinem Grund und Boden?‹ Jau, jau. So sind wir Westfalen.«

Die vierte und letzte Flasche Korn tranken sie, ohne viele Worte zu verlieren. Zum einen war alles gesagt. Und zum anderen zeigten ihre Sprachzentren Ausfallerscheinungen. Sie nickten sich beim Anstoßen nur noch wortlos zu, aber, wie sie meinten, sehr aussagekräftig zu.

Allein zum Abschied, als sie sich innig umarmten, brach es aus Franz-Josef heraus:

»Un slöt de leste Stunne mi, läg ik de Hand up Hiärt:
Begriäwt mi in Westfaolenland. dat is mien letst Gebäd.

Dän russt, de hogen Eken wild, de Stürme brust met macht!
Nim, raude Erde, dienen Suon, laiw Hemaot, gute Nacht.«*

Mülenberk konnte nicht mehr beurteilen, ob das Wasser in den geröteten westfälischen Augen vom Schnaps oder von Tränen herrührte. Diesen Abend würde er jedenfalls niemals vergessen.

Gerd Schulte betrat die »Bursa« und verbreitete allein durch seine Anwesenheit eine angenehme Atmosphäre. Das Vertrauen seines Vaters hatte ihm unendlich gut getan, und er strahlte Leichtigkeit und Lebensfreude aus.

Mülenberk und Schulte begrüßten einander mit festem Händedruck. Kurz – lang – kurz – kurz. Dann nahmen sie sich in den Arm und drückten sich nach Art echter Männerfreundschaft.

»Komm, lass uns an den Tartarus-Tisch setzen, da können wir in Ruhe reden«, schlug Gerd Schulte vor. »Siggi, übernimm doch bitte noch eine Stunde den Thekendienst und bring uns ein Kölsch und einen doppelten Espresso«, bat er den Rothaarigen hinter der Theke.

»Wo hast du denn diesen Siggi aufgegabelt?«, wollte Mülenberk wissen.

»Was, du kennst Siggi nicht? Sigismund Espenlaub. Seines Zeichens Fux bei uns. Der liegt zwar mit seinem Namen und seinem Äußeren nicht im Mainstream, ist aber ein gottbegnadeter Künstler, muss man schon sagen, für alles, was mit Technik und Computern zu hat. Er studiert Physik und – was du gar nicht für möglich hältst – ist ein wirklich talentierter, mutiger Fechter, der auch vor einer Flasche Schnaps nicht zurückschreckt. Der hat schon manchem hier die Grenzen aufgezeigt!«

---

*   Und schlägt die letzte Stunde mir, leg ich die Hand aufs Herz: / Begrabt mich in Westfalenland, das ist mein letzt Gebet. / Dann rauschen hohen Eichen wild, die Stürme brausen mit Macht! / Nimm, rote Erde, deinen Sohn, lieb Heimat, gute Nacht.

Mülenberk wusste, was gemeint war. Meist wurden die Kleinen und Unscheinbaren erst einmal aufgezogen und dann waren die vermeintlich Schönen und Reichen überrascht, wenn sie eines Besseren belehrt wurden. »Dann hättest du den ja besser mit zu deinem Vater genommen!«

Siggi stellte ihnen die Getränke hin und Schulte deutete mit seinem Espresso einen Zutrunk an. »Ach komm, das war ein echt starker Aufschlag von dir! Chapeau.« Schulte grinste von einem Ohr bis zum anderen, weil er noch Mülenberks panischen Gesichtsausdruck vor Augen hatte, als sein Vater ihm nach jener legendären durchzechten Nacht tatsächlich eine Flasche Korn auf den Frühstückstisch gestellt hatte. Mülenberk hatte ohne eine Miene zu verziehen, weiter mitgetrunken, was dem alten Schulte mächtig imponiert hatte.

Gerd Schulte nahm einen Schluck Espresso und sagte: »Der Abend wird lang, ich will fit bleiben.« Dann setzte er leise hinzu: »Du kennst doch diesen Großkotz Alfred-Hildebrandt Beringer-Diegelmann von der Salia?«

»Ja, flüchtig. Der ist doch ein ganz drahtiger Fechter.«

»Das ist schon eine Weile her. Als die grausig-intellektuelle Akademikerfamilie Beringer-Diegelmann ihren Hoffnungsträger Alfred-Hildebrandt unter Druck gesetzt hat, zügig und mit Bestnoten sein Philosophiestudium abzuschließen und seinen proletarischen und aus der Gosse kommenden Verbindungsfreunden den Rücken zu kehren, konnte dieser den Erwartungen nicht entsprechen. In seiner chronischen Überforderung hat er mit dem Saufen angefangen. Jetzt haben wir von Alfred-Hildebrandt gut 20 Kilo mehr und etliche Millionen Gehirnzellen weniger.«

»Das tut mir leid.«

»Ja und nein. Er hat sich charakterlich zurückentwickelt und tritt gerne nach unten aus. Das hat er dummerweise auch bei unserem Siggi gemacht, der ihn daraufhin zwei Abende hintereinander unter großer Anteilnahme aller Gäste unter den Tisch gesoffen hat.«

»Das war seinem Ego aber nicht gerade förderlich.«

»Es kam aber noch viel schlimmer für ihn«, fuhr Schulte fort. »In seinem Suff hat der erfahrene Fechter den Fuxen zu einer Fechtpartie herausgefordert.«

»Das ist doch nach unseren Statuten untersagt und konnte somit gar nicht stattfinden.«

»Hat sie aber. Hinten im Paukzimmer. Und alle fanden es gut, weil Alfred-Hildebrandt keine Gelegenheit auslässt, einem gehörig auf den Senkel zu gehen.«

Mülenberk wusste, dass Schulte ein gewagtes Spiel eingegangen war. »Bist du von allen guten Geistern verlassen, Gerd? Sag, dass das nicht dein Ernst ist.«

»Ach komm, Roman. *No risk, no fun!*«

»Ihr habt im Paukzimmer tatsächlich im Geheimen eine in keiner Weise akzeptable Mensur zugelassen und alle Reglementarien mit den Füssen getreten?«

»Alle nicht. Die Mensur selber lief ja ordnungsgemäß im Rahmen unseres Regelwerks ab.«

Mülenberk hatte keinen Zweifel daran, dass Schulte, der erfahrene Fechtlehrer, einen perfekten Showdown inszeniert hatte.

»Wenn der dem Siggi einen ordentlichen Schmiss verpasst hätte, wäre die Kacke am Dampfen gewesen!« Mülenberk wollte sich ob des Leichtsinns nicht mehr beruhigen.

»Hätte, hätte, Fahrradkette. In der Tat gab es ein gewisses Risiko, das ich allerdings nach ein paar privaten Trainingseinheiten mit Siggi als überschaubar eingeschätzt habe.«

»Wie, du hast ihm auch noch Fechtunterricht gegeben?«

»Das kannst du so nicht sagen. Der Siggi hat mir gelegentlich geholfen, das Paukzimmer aufzuräumen. Und dann haben wir nur so zum Spaß ein wenig mit den Schlägern hantiert. Unterricht kann man das wirklich nicht nennen.«

Der Westfale hatte sich die Biegsamkeit der rheinischen Weltsicht offensichtlich schnell angeeignet. Mülenberk musste zugeben, dass er diese Assimilation sehr sympathisch fand.

»Wie ging es aus?«

Schulte griente. »Nun, es dauerte keine zwei Minuten, da hatte Siggi dem pomadigen Beringer-Diegelmann einen Schmiss verpasst, der gewaltig blutete. Klar, durch die Sauferei kam die Leber nicht nach, die Gerinnungsfaktoren im Blut bereitzustellen. Da hatte unser Miraculix einige Mühe.«

Miraculix war der Biername von Dr. Werner Bevermann, Chirurg mit eigener Praxis in Bonn, Mitglied beim altehrwürdigen Corps Aenania und, seit sich Mülenberk erinnern konnte, als Paukarzt tätig. Er hatte den Erzählungen nach schon als Student einen langen weißen Bart, den er sich zum Fechten kunstvoll zusammenband, und war selbst heute noch von langer hagerer Gestalt, was ihm den Namen des Druiden aus den Asterix-Geschichten eingebracht hatte. Also selbst der renommierte Dr. Bevermann, der während der Bonner Republik so manchem Abgeordneten und Minister seine vom ewigen Sitzen und guten Leben herrührenden Furunkel aus dem Allerwertesten entfernt hatte, war an dieser Aktion beteiligt. Sauber. Auf der anderen Seite war es logisch. Miraculix hatte in seinem langen Arztleben in nahezu alle Abgründe menschlicher Existenz geblickt und war für seine Verschwiegenheit ebenso bekannt, wie für seine einfühlsame und dennoch robuste Art.

»Miraculix hat den armen Alfred-Hildebrandt also wieder zusammengeflickt«, sagte Mülenberk. »Insgeheim?«

»Ja. Alle auch nur irgendwie am Geschehen Beteiligten haben sich mit ihrem Burschenwort darauf verpflichtet, Schweigen zu bewahren. Und so wird es auch bleiben. Du dürftest der Einzige sein, der etwas weiß, obwohl er nicht dabei war. Und jeder weiß, dass du ebenfalls schweigen wirst.«

Mülenberk genoss das Kompliment, während er nachdenklich das leere Kölschglas betrachtete und an die Schnapsgläser im Hause Schulte dachte. Er orderte bei Siggi noch ein volles und wechselte, ohne diese denkwürdige Mensur weiter zu kommentieren, das Thema.

»Gerd, am Freitag auf der Erstsemesterfete, da war ja hier volles Haus. War die Sarah Hergarten auch dabei?«

»Ja, ich denke schon, dass ich sie gesehen habe. Aber weißt du, wenn hier soviel los ist, kann ich mir keine Einzelheiten merken.«

»Das verstehe ich. Ist dir vielleicht ein schlanker braungebrannter Mann, so um die vierzig, mit holländischem Akzent aufgefallen?«

»Nein, auch wenn die meisten Gäste wesentlich jünger waren. Es kommen ja auch immer mal unsere Alten Herren vorbei und auch immer öfter Lehrkräfte von der Uni. Wir werden halt gesellschaftsfähig! Klar, nicht jeder kann und will uns mögen, aber seit wir uns zusammengeschlossen haben, kommen sie nicht mehr so schnell an uns vorbei.«

Mülenberk freute sich, dass ihre Strategie aufgegangen war, als sie das Modell der »Bursa« geschaffen hatten. »Am Notausgang gibt es ja Türsteher. Kannst du mir sagen, wer an dem Abend so zwischen 21 und 23 Uhr Dienst hatte?«

»Klar, ich hol' schnell die Liste.«

Als Gerd Schulte zurück kam, nickte er zufrieden. »Du hast Glück, Roman. Einer war der Siggi. Mit dem kannst du direkt reden! Siggi, komm mal!«

Siggi hatte sich inzwischen das schwarz-blaue Fuxenband des Corps Tartarus angezogen, so dass Mülenberk ihn jetzt direkt als Mitglied auf Probe seines Bundes erkennen konnte. Gerd Schulte machte sie kurz bekannt, dann übernahm er die Theke.

Mülenberk kam direkt zum Thema. »Am Freitag hattest du doch Türdienst am Notausgang?«

»Ja, von 21 Uhr bis 22:30 Uhr. Zusammen mit einem trinkfreudigen Burschen von den CVern mit einem blau-weiß-roten Burschenband. Hatte schon so einen drolligen Namen. Michael Saufe oder so. Der Name war jedenfalls Programm. Ein unendlich riesiger Kerl. Soviel konnte ich gar nicht beischaffen, wie der verputzten konnte.«

»Ja, die CVer. Sind schon eine interessante Truppe.«

»Hast du nie erwogen, da Mitglied zu werden?«

»Ich habe mir einige CV-Verbindungen angeschaut. Aus zwei Gründen habe ich mich dagegen entschieden. Zum einen wollte ich Fechten lernen. Und zum anderen finde ich konfessionsgebundene Verbindungen problematisch. Stell dir vor, du wirst als junger Mann Mitglied und hast da deine ganzen Freunde. Dann ergibt sich im Verlauf deines Lebens, dass du aus der Kirche austrittst. Vielleicht, weil dir der Machtapparat herzlos erscheint und du dafür keine Kirchensteuer zahlen willst. Oder dich der Umgang der Kirche mit wiederverheirateten Geschiedenen ankotzt. Oder warum auch immer. Dann hast du satzungsgemäß das Recht der Mitgliedschaft verloren und müsstest austreten. Deshalb bin ich lieber zu Tartarus gegangen.«

»Verstehe. Da denkst du als Student ja gar nicht drüber nach. Trotzdem ist der lange Saufe ein sympathischer Kerl.«

»Ist er. Dem bin ich auch schon mal begegnet. Ein Ur-Typ. Hast du die Sarah Hergarten bemerkt?«

»Wer soll das sein?« Das war jetzt ein schwieriger Zeuge.

»Die hast du sicher schon mit Christoph Meyerholz gesehen. So eine mit rötlichen Haaren ...« Weiter brauchte Mülenberk nicht auszuholen. Siggi konnte eine perfekte Personenbeschreibung einschließlich der Kleidung und Schuhe abliefern. Entweder war er in Sarah verliebt oder er verfügte über eine ganz ungewöhnliche Beobachtungsgabe.

»Was hast du gesehen?«

»Nun, da ist es schwierig, einen Überblick zu behalten. Die Sarah ist nicht nur gut gebaut, sondern auch besonders gesellig und für jeden Spaß zu haben.« Dann stellte er sich in Pose wie Marlene Dietrich in *Der blaue Engel* und sang mit überkieksender Stimme: »Männer umschwirren mich wie Motten das Licht. Und wenn sie verbrennen – ja, dafür kann ich nicht.«

Ja, der passt zum Corps Tartarus, stellte Mülenberk fest. »Ist sie mal rausgegangen? Vielleicht sogar mit einem braungebrannten Vierziger mit holländischem Akzent?«

»Gesehen habe ich das nicht«, bedauerte Siggi. »Aber das will ja nichts heißen. Ich habe ja die meiste Zeit für den durstigen CVer Bier rangeschafft. Und lustig war der auch noch. Immer einen guten Spruch drauf. Den sollten wir keilen.«

»Lassen wir das besser. Zuviel Durst und zu viel Trefferfläche. Meinst du, der kann sich an was erinnern?« Mülenberks Hoffnung schmolz dahin. Er bestellte zwei Kölsch.

»Das würde mich wundern, aber möglich ist alles. Außerdem ist das gar nicht nötig.«

»Wieso?«

»Ich habe hier Überwachungskameras installiert, die alles aufzeichnen.«

Mülenberk schaute sich um. »Ich sehe keine.«

»Sollst du auch nicht. Ich habe sie nahezu unsichtbar angebracht. Eine vor dem Eingang. Eine für den Thekenbereich. Eine für den hinteren Bereich des Saales. Eine auf der Herrentoilette. Und eine am Notausgang.«

»Natürlich keine im Paukzimmer. Und keine im Billardzimmer«, stellte Mülenberk mehr fest, als dass er fragte.

»Natürlich nicht«, erwiderte Siggi trocken. »Und keine auf der Damentoilette.«

»Wer weiß von den Kameras?«

»Na, Gerd und ich. Sonst wüsste ich niemanden.«

»Und wo sind die Aufnahmen?«

»Bei mir auf dem Server.«

»Wie bitte?«

»Ja. Zur Sicherheit. Gerd ist in Sorge, dass hier mal Dinge aus dem Ruder laufen. Jetzt nicht bei uns Verbindungsleuten. Aber bei solchen Großveranstaltungen wie am Freitag. Oder wenn sich hier Gestalten eingeschlichen haben, die uns schaden wollen. So gewaltbereite linke Radikalinskis.«

Obwohl ihm die Wortwahl missfiel, wusste Mülenberk, wovor Gerd sich fürchtete. Die »Bursa« war ein sichtbares Symbol für das Erstarken von Studentenverbindungen, was nicht nur an der

Universität vielen ein Dorn im Auge war. Gewaltbereite Typen gab es überall. Und Gerd Schulte, der immerhin mal einen Hörsaal der Jurisprudenz von innen gesehen hatte, hatte offensichtlich ein hohes Interesse daran, nicht in Haftung genommen zu werden.

Siggi war in seinem Element und redete sich in Fahrt. Mülenberk verstand von den ganzen technischen Fachbegriffen nichts und trank lieber noch ein Kölsch, während er immer interessiert und zustimmend nickte. Offensichtlich wurden die Aufnahmen kabellos sowohl per Funk als auch übers Internet direkt auf Siggis Server übertragen. Mit mehr Wissen wollte Mülenberk sich nicht belasten.

»Wann kann ich mir die Aufnahmen mal anschauen?« fragte er Siggi.

»Jetzt sofort!« Siggi war froh, dass sich jemand für seine Arbeit interessierte. »Ich habe eine Bude auf dem Tartarenhaus.«

6. Kapitel

Der Abend war mittlerweile fortgeschritten und in der Lounge des Corps Tartarus hatten sich an die zehn Studenten eingefunden, um den Abend gemeinsam zu verbringen. Mülenberk grüßte kurz, hielt einen kleinen Smalltalk und zog sich dann mit Siggi in dessen Bude zurück. Den Begriff Bude revidierte er sofort, als Siggi die Tür aufgeschlossen hatte. Der Raum war vollgestopft mit Computern, Monitoren und weiterem Zubehör, das seine Lebenskraft aus einer umfangreichen und sorgfältig verlegten Verkabelung bezog. Lediglich Schreibtisch, Bett und ein prall gefüllter Getränkekühlschrank mit gläserner Tür deuteten auf menschliche Existenz hin.

Ungefragt holte Siggi zwei Flaschen Bier aus dem Kühlschrank und erweckte mit einigen geübten Handgriffen die Technik zum Leben. Nach ein paar Minuten konnte Mülenberk die Videoaufnahmen des Abends zeitgleich von allen Kamerapositionen auf fünf Monitoren sehen. Er war beeindruckt.

»Siggi, ich kann ja gar nicht alles gleichzeitig beobachten. Nimmst du Theke und Herrentoilette? Ich nehme Eingang und Notausgang. Den hinteren Saalbereich lassen wir erst mal außen vor.«

»Klar, Alter Herr Mülenberk, mache ich gerne. Ab welchem Zeitpunkt schauen wir? Und worauf soll ich besonders achten?«

»Es dürfte reichen, wenn wir die Aufzeichnungen ab 21 Uhr anschauen. Zu dem Zeitpunkt war Sarah ja offensichtlich noch da. Bitte auf Sarah achten und auf einen braungebrannten Vierzigjährigen, der mit hoher Wahrscheinlichkeit kein Band trägt.«

Siggi hämmerte kurz auf die Tastatur ein, dann ging es los. Es war anstrengender, als Mülenberk vermutet hatte, und die Konzentration hatte durch das Bier gelitten. Er ignorierte es und starrte auf die Aufnahmen des Eingangs und des Notausgangs. Am Eingang zeigte sich wenig Auffälliges. Die Türsteher des engagierten

Wachdienstes machten ihre Arbeit freundlich und korrekt. Bereits ihre körperliche Präsenz sorgte für einen geordneten Ablauf. Im Zweifelsfall ließen sie sich die Personalausweise zeigen und warfen einen Blick in Taschen.

Die Bilder vom Notausgang waren spannender. Hier herrschte reger Betrieb und nach einer Viertelstunde hatte Mülenberk einen geübten Blick dafür bekommen, wer zum Luftschnappen oder für einen Joint nach draußen ging und wem mehr der Sinn nach dem »Poppelsdorfer Bursagarden Clubbing« stand. Manchmal hatten sich Pärchen getrennt, um nicht in Zusammenhang gebracht zu werden, aber das nützte ihnen kaum. Ausnahmslos zahlten sie unaufgefordert den Wegzoll an die Türsteher, wobei der lange CVer nicht mit dankenden Worten sparte.

Einige blieben eine Zigarettenlänge draußen, andere, meist die Pärchen, ungefähr eine Viertelstunde, einige kamen früher, andere später. Wohl im doppelten Sinne des Wortes, sinnierte Mülenberk.

»Schau mal!« Siggi schrie fast. Er hielt die Aufzeichnung an und spulte kurz zurück. »Die Herrentoilette. Könnte das dein Holländer sein?«

Mülenberk holte tief Luft. Der Mann entsprach Annas Beschreibung.

»Und von wegen kein Burschenband!« Siggi war aufgeregt. »Hier kannst du es sehen!« In der Tat war unter dem legeren Sakko kurz ein Band zu sehen gewesen. »Dann wollen wir doch mal schauen, in welcher Verbindung der feine Herr ist!« Siggi stoppte und vergrößerte den Ausschnitt messerscharf.

Mülenberk betrachtete das Band und nickte kurz. »Keine Farben zu sehen, Siggi. Unser Mann gehört zur Verbindung der Pistolenholster-Träger!« Während die Vergrößerung in Zeitlupe weiterlief, war ganz leicht eine Ausbeulung unter dem Jackett zu sehen. Der Holländer zog sich schnell das Jackett zurecht, als er im Spiegel gesehen hatte, dass seine »Unterwäsche« ein wenig rausschaute. Doch was machte er jetzt? Er sah sich vorsichtig um, und als er sicher war, dass ihn niemand beobachtete, zog er einen kleinen Beutel aus einer verschließbaren Innentasche seine Jacketts, riss ihn auf und holte eine kleine Sprühflasche heraus, die er umgehend in seiner Hosentasche verschwinden ließ.

Kein Zweifel! Auch wenn trotz bester Vergrößerung auf dem Fläschchen keine Aufschrift zu erkennen war, wusste Mülenberk, worum es sich handelte. Die Uhr, die während der Aufzeichnung mitlief, zeigte 21:48 Uhr. Er bat Siggi, die Aufzeichnung normal weiterlaufen zu lassen. Er sah gerade noch, wie Alfred-Hildebrandt Beringer-Diegelmann sich zum Kotzbecken schleppte – jener Grundausstattung in Studentenverbindungen, im Kölner Früh und im Münchener Hofbräuhaus. Alfred-Hildebrandt Beringer-Diegelmann tat ihm leid.

Dann konzentrierte er sich auf die Aufzeichnungen vom Notausgang. Die eingeblendete Uhr zeigte 22:18 Uhr, als er Sarah erkannte. »Stopp!«, rief er, worauf Siggi die Aufzeichnung anhielt und auf den Monitor mit den Bildern vom Notausgang starrte. »Sieh mal an, keine 20 Minuten nachdem unser Freund auf dem Lokus war, erscheint er am Notausgang.«

»Wo?« Mülenberk hatte ihn noch nicht erkannt.

»Du siehst Sarah, ziemlich in der Mitte.«

»Klar!«

»Dann schau jetzt mal auf 14 Uhr. Er ist schwer auszumachen, weil der lange Michael Saufe ihn verdeckt, als er ihm den Wegzoll in die Hand drückt.«

Siggi zoomte das Bild heran. Deutlich konnte man erkennen, dass der Holländer dem Langen zwei Biermarken gab.

»Verdammt. Siggi, kannst du bitte mal Sarahs Gesicht vergrößern?«

»Null problemo!« Ein paar Sekunden später sah Siggi, was er am liebsten nicht gesehen hätte: Sarahs veränderte Augen. Und auch wenn er Anna erst ein paar Stunden nach der Anwendung des Sprays gesehen hatte, waren ihm selbst dann noch die leichte Rötung der Augen und die erweiterten Pupillen aufgefallen. Er hatte dies allerdings auf das Weinen zurückgeführt.

»Hier, Siggi, schau mal. Sarahs Augen sind rot und blutunterlaufen. Darüber hinaus sind ihre Pupillen stark erweitert, so, als wollten sie mehr Licht aufnehmen. Das hängt vermutlich mit chemischen Substanzen wie Drogen zusammen, die ihr verabreicht wurden. Vielleicht Kokain, Amphetamine oder die Partydroge MDMA.«

»MDMA? Muss ich das kennen?«

»Hoffentlich nicht. In meiner wilden Zeit bestand das damals aufkommende Ecstasy ausschließlich aus MDMA. Es führt unter anderem zu einer erhöhten physischen Sensibilität, so dass Berührungen sowohl aktiv als auch passiv als überdurchschnittlich angenehm empfunden werden. Daher auch die Bezeichnung *Kuscheldroge*. Es ist dem mittelamerikanischen Pflanzenextrakt Meskalin sehr ähnlich.«

»Du kennst dich aber ziemlich gut aus, Alter Herr Mülenberk«, sagte Siggi.

»Es geht. Ich wollte immer informiert sein, was das für Zeugs ist, mit dem junge Menschen in Kontakt kommen können.«

»Rein theoretisch also«, grinste Siggi ihn an, während er neues Bier aus seinem beeindruckenden Kühlschrank holte. »Ich hole uns lieber noch eine legale Droge.«

Sie tranken jeder einen ordentlichen Zug, dann ließen sie die Aufzeichnung weiterlaufen.

»Da, schau! Sarahs untypisches Lachen, obwohl es augenscheinlich gar nichts zum Lachen gibt. Das beobachtest du bei Menschen, die Marihuana genommen haben.«

»Haste Haschisch in der Tasche, haste immer was zu nasche …«

»Das ist nicht ganz dasselbe. Als Marihuana oder Gras bezeichnet man die getrockneten Blüten der weiblichen Hanfpflanze«, dozierte Mülenberk ungefragt. »Marihuana ist je nach Qualität, Herkunft, Anbaumethode und Trocknungsgrad grün bis bräunlich. Haschisch ist das gesammelte und meist gepresste ›Harz‹ der Hanfpflanze. Es kann nicht nur aus den Blüten, sondern auch aus mit Harzen besetzten Blättern gewonnen werden. Je nach Qualität und Herstellungsmethode schwankt seine Farbe von hellem Graubraun bis zu mattem Schwarz.«

»Wow, und das hat der Alte Herr mal eben so drauf? Das kannst du deinem vollgekoksten Goldhamster erzählen, aber nicht mir!«

Mülenberk hatte schon genug redet. Das Bier und die vertraute Umgebung machten ihn redseliger als sonst. Er musste aufpassen.

»Siggi, wir müssen zwei Dinge tun. Vielleicht gibt es eine Sequenz, die Sarah und den Holländer näher zusammen zeigt.«

»Und das Zweite?«

»Wir müssen sehen, ob und, wenn ja, wann sie wieder rein kommen.«

»Verstehe.« In Siggis Stimme war kein Murren zu hören, obwohl es eine lange Nacht werden könnte.

Ein paar Sekunden später gab es eine ganz kurze Sequenz mit Blickkontakt zwischen Sarah und dem Holländer. Mülenberk bat Siggi um zwei Ausdrucke, die er umgehend erhielt.

Dann stellte Siggi die Aufzeichnungen vom Notausgang und vom Eingang nebeneinander. Sollten Sarah oder der Holländer wieder hereingekommen sein, gab es ja nur diese beiden Möglichkeiten.

Nach drei Stunden und zahlreichen Entnahmen aus Siggis voluminösem Designer-Kühlschrank gaben sie auf. Es war fast zwei Uhr morgens und sie waren ziemlich geschafft. Und ein ganzes Stück vertrauter miteinander, weil sie sich beim »Fernsehen« gut unterhalten hatten.

Da kein Zug mehr fuhr, verbrachte Roman die Nacht in einem der beiden Gästezimmer. Hier lagen immer Reisesets mit allem bereit, was man für die Nacht und den Morgen brauchte. Zudem reichlich Wasser und Kopfschmerztabletten, von denen er allerdings nie Gebrauch machte. Wozu gab es frische Luft?

Er öffnete das Fenster weit, legte sich aufs Bett und fiel sofort in tiefen Schlaf. Das Narkotikum Alkohol würde noch ein paar Stunden wirken.

7. Kapitel

Um 7 Uhr meldete sich sein innerer Wecker. Mülenberk stand auf, duschte lange und zog sich an. Er klopfte leise an Siggis Zimmertür, doch es blieb ruhig. Er nahm einen Umschlag aus dem Gästezimmer und legte 130 Euro hinein. Hundert für Siggi, seinen Einsatz und die großzügige Bewirtung. Es war Ehrensache, dass die nicht an dem Studenten hängen blieb. Die restlichen dreißig Euros würde Siggi der Kasse des Hauswarts für die Übernachtung geben. Dies war ein festgelegter Preis und Mülenberk fand ihn in Ordnung.

Er nahm die Ausdrucke von Sarah und dem Holländer und steckte sie in seine Jackentasche. Er nutzte die Zeit, bis der Zug abfuhr, zu einem schnellen Frühstück in der Stadtbrotbäckerei und erreichte gerade noch den Regionalexpress um 7:57 Uhr, mit dem er in 21 Minuten in Sinzig sein würde.

Er mochte die Zugfahrt entlang des Rheins und schaute gedankenverloren zum Fenster hinaus. Durch das Klingeln des Handys fühlte er sich empfindlich gestört, er ging aber, ohne aufs Display zu schauen, trotzdem dran.

»Mülenberk«, raunzte er und war froh, alleine im Abteil zu sein. Handygespräche mithören zu lassen und mithören zu müssen waren ihm ein Gräuel.

»Hallo Roman, Tom hier. Tom Lammers.«

Mülenberk zuckte zusammen. Er war auf den Anruf nicht vorbereitet. Sie waren Bundesbrüder bei Tartarus. Tom Lammers war sein Leibvater, was eine besonders enge Beziehung zum Ausdruck brachte. Einige Zeit waren sie gemeinsam durch Dick und Dünn gegangen, doch nachdem Mülenberk nach einem einjährigen Auslandsstudium zurückgekehrt war, war von der Freundschaft so gut wie nichts mehr übrig geblieben. Offene Feindschaft gab es nicht, es war eher eine dicke hohe Mauer von Unausgesprochenem, die sie voneinander trennte.

»Hallo Tom. Schön, dich zu hören.«

»Lass mal stecken, ist schon ok.« Lammers war sich der Schwierigkeit der Beziehung bewusst und dieser Anruf hatte ihn Überwindung gekostet. »Ich muss mit dir reden, Roman.« Mülenberk hatte ein mulmiges Gefühl, was sein schwerkranker Bundesbruder, mit dem ihn nicht mehr viel zu verbinden schien, ihm sagen wollte. »Natürlich, was ist los?«

»Marie ist entführt worden.«

Marie war das einzige Kind von Lammers, an dem er noch viel mehr als ohnehin hing, nachdem seine Ehefrau Esther vor zwei Jahren im Alter von achtundvierzig Jahren plötzlich an einem Aneurysma verstorben war. Es war eine herzzerreißende Beisetzung damals, die auch Mülenberk unwahrscheinlich mitgenommen hatte. Seine unerfüllte Liebe zu Esther hatte ihn sein Leben lang begleitet.

»Bist du sicher?«

»Leider ja. Ich werde erpresst.«

»Warst du schon bei der Polizei? Oder hast zumindest den X angerufen?«

»Roman, komm bitte so bald wie möglich zu mir nach Hause. Ich bin leider nicht mehr so mobil.«

Mülenberk überlegte kurz. Der Zug würde in ein paar Minuten in Remagen sein. Dort könnte er aussteigen und um 8:43 Uhr den Regionalexpress nach Düsseldorf nehmen. Die wichtigsten Zugverbindungen zu seinen Kunden hatte er im Kopf. Oder er fuhr durch bis Sinzig und zog sich erst mal frische Klamotten an.

»Ich werde kurz nach zehn Uhr am Düsseldorfer Hauptbahnhof sein, Tom.« Er wollte keine Zeit verlieren.

»Danke. Mein Fahrer wird dich am Hotel Madison erwarten. Bis gleich, Roman.«

Noch bevor Mülenberk etwas sagen konnte, hatte Lammers aufgelegt.

Die Bahn hatte einen guten Tag erwischt. Zwar kam er mit Verspätung in Remagen an, es war aber ausreichend Zeit für eine

Tasse Kaffee und den Erwerb einer Jagdzeitschrift im Bahnhofskiosk, bevor er in den Zug nach Düsseldorf stieg.

Den Kauf der Jagdzeitschrift hätte er sich sparen können, denn die gut einstündige Fahrt nach Düsseldorf war eine Zeitreise in seine Vergangenheit. Er blickte auf den gemächlich dahin fließenden Rhein, die Lastschiffe mit Kohlen und Schrott und die Personenschiffe, auf denen vornehmlich Rentner ihrem Herbst schöne Tage schenkten. Der Film »Das Leben ist ein langer ruhiger Fluss« kam ihm in den Sinn und er war froh, viele Stromschnellen seines eigenen Lebensflusses überstanden zu haben.

Der Zug ratterte über die Gleise, in dem metallenem Rhythmus der Räder hämmerte der Name Esther Hansen in Mülenberks Kopf. Er hatte sie nie vergessen können. Und wollen. Esther Hansen war ihm als junger Student in Paris in die Arme gelaufen. Er hatte im Corps Tartarus mit einigen Bundesbrüdern bis drei Uhr morgens gefeiert, als die Idee aufkam, zum Frühstücken nach Paris zu fahren. Mülenberk hatte wegen einer bevorstehenden Klausur den Abend als Einziger ohne Alkohol verbracht, weshalb er sich als Fahrer angeboten hatte. In einem von einem Alten Herrn geliehenen alten weißen Mercedes-Benz 200 hatten sie sich zu viert auf den Weg gemacht. Dass der Alte Herr nichts von der Leihe wusste, störte sie nicht. Er hatte wohl nach einem lapidaren Ehestreit etwas Entspannung bei seinen Bundesbrüdern gesucht und war dabei nicht nur ausgerutscht, sondern völlig abgeschmiert. Sie hatten ihn um zwei Uhr morgens in ein Gästebett gelegt, ihm die Schuhe ausgezogen und ihn zugedeckt. Er würde seinen Rausch vermutlich noch bis mittags ausschlafen.

Die 500 Kilometer nach Paris hatte der Diesel locker in viereinhalb Stunden geschafft. Die Bundesbrüder waren bald eingeschlafen und Mülenberk genoss die Stille und das erste Licht des Morgens, in den sie hineinfuhren. Es war Sommer. Es war warm. In einem Fach fand er eine Musikkassette mit Liedern von Jacques Brel. Er hörte Brel zum ersten Mal und war sofort von den Melodien und den Geschichten des charismatischen Cholerikers begeistert. Seine melancholischen Lieder von Liebe, Sehnsucht, Altern und Tod und seine Gesellschaftskritik faszinierten Mülenberk noch immer. Als er damals auf der Fahrt zum ersten Mal die Kassette in den Schacht des Autoradios schob, konnte er nicht ahnen, dass es Brels Musik sein würde, die seine Liebe zu Esther Hansen begleiten sollte.

Eine halbe Stunde vor Paris waren seine Mitfahrer wach geworden und hatten sich schnell gegenseitig mit guter Stimmung infiziert. Kurz vor Acht fand Mülenberk wie durch ein Wunder im Studentenviertel Quartier Latin in der Rue de la Harpe einen Parkplatz direkt vor einem Café, das gerade geöffnet hatte. Er wusste den Namen des Cafés noch: Le peu d'Amour. Die kleine Liebe.

Es gab den Euro noch nicht und Mülenberk, der gut französisch sprach, erkundigte sich bei der Kellnerin, ob er mit D-Mark bezahlen könne. Sie würden auch großzügig aufrunden. Dies schien aber bei aller Freundlichkeit auf beiden Seiten Probleme zu bereiten. Mülenberk ließ seinen ganzen Charme spielen, was eine junge Dame am Nachbartisch, die die ganze Szene aufmerksam beobachtet hatte, amüsierte. Schließlich rief sie Roman zu: »Salut! Ich denke, dass ich dir helfen kann!« Mülenberk drehte sich herum und es war das erste Mal, dass er Esther Hansen in die Augen schaute. Grüne Augen – sinnlich, geheimnisvoll, strahlend.

»Hallo. Ja?«, war alles, was er sagen konnte. Ihre kurzen Haare passten zu dem schmalen Gesicht mit den leicht hervorstehenden Wangenknochen. Ihre Figur war ausgesprochen weiblich, die Kleidung entsprach der Studentenszene bis auf die Riemensandalen mit Stiletto Heels, die ihre schlanken, gepflegten Füße betonten. Mülenberk merkte entsetzt, dass er sie anstarrte.

Sie lachte ihn an. »Ich kann dir Geld wechseln. Das Zahlen mit D-Mark ist hier im Studentenviertel nicht üblich. Und ich habe noch mehr Franc, als mir lieb ist. Ich fahre bald wieder nach Deutschland.«

»Das trifft sich gut. Was für eine angenehme Fügung des Schicksals.« Mülenberk, der für seine Eloquenz bekannt war, durchstöberte sein Gehirn nach passenden Worten. Keines schien ihm gut genug. Jetzt holperten seine Worte. »Kannst du mir bitte für 100 Mark Francs geben? Dann wäre uns super geholfen. Wir sind nur zum Frühstück hergefahren.«

Esther lachte ungläubig, als sie 700 Francs aus ihrer Tasche hervorkramte und gegen den blauen Hunderter tauschte. »Das ist doch jetzt nicht euer Ernst? Ihr wollt mich veräppeln!«

»Nein, nein!« Seine Mitfahrer waren hellwach geworden. »Wir sind um drei Uhr in Bonn losgefahren und möchten zum Mittagessen wieder zurück sein!«, riefen sie durcheinander.

Ein Wort gab das andere. Bald saß Esther an ihrem Tisch und frühstückte mit ihnen. Sie studierte in Bonn Französisch und hatte gerade ein Auslandssemester in Paris abgeschlossen. Und jetzt sah Mülenberk sich wieder im Café Le peu d'Amour sitzen und spürte die Lebensfreude und die Aufbruchsstimmung der Studentenzeit, als ihn der Schaffner in die Wirklichkeit zurückholte. Er zeigte seine Jahreskarte bis Bonn und löste ein Ticket bis Düsseldorf nach. In vierzig Minuten würde er dort sein.

Er nahm sein Smartphone, setzte die Kopfhörer auf und gab sich, immer melancholischer werdend, der Musik von Brel hin. *Ne me quitte pas.* Nein, verlass mich nicht. Er spürte Tränen aufsteigen. Sie hatten in Bonn ein gemeinsames Jahr wie im Rausch erlebt. Esther hatte sich schnell bei Tartarus eingelebt. Viele beneideten ihn um sie und ihre gemeinsame Liebe, aber kein Bundesbruder wäre auf die Idee gekommen, den Versuch zu unternehmen, Esther für sich zu gewinnen. Es gehörte zum Ehrenkodex, niemandem die Frau auszuspannen, und darüber hinaus mussten sie damit rechnen, in diesem Fall vom durchtrainierten Fechter Mülenberk zu einer Partie herausgefordert zu werden. So beließen sie es bei Blicken.

Das studentisch leichte Leben Mülenberks hatte unerquicklichen Niederschlag in seinen Studienergebnissen gefunden. Die Mentoren des Corps Tartarus, die sorgsam darüber wachten, dass die Mitglieder nicht nur gute, sondern überdurchschnittliche Abschlüsse brachten, hatten ihn eine gewisse Zeit gewähren lassen, bis sie einschritten. Ihnen stand satzungsgemäß ein Maßnahmenpaket zur Verfügung, um Bundesbrüder in die Leistungsspur zu bringen. Dabei war dieses fünfköpfige Gremium ohne Conventsbeschlüsse direkt handlungsfähig, vorausgesetzt, dass ihre Entschlüsse einstimmig gefasst wurden. In Mülenberks Fall waren sie einstimmig zu dem Ergebnis gekommen, ihn kurzfristig für ein Jahr ins Ausland zu schicken, damit er aus dem Bonner Umfeld und besonders aus Tartarus herauskam. In solchen Fällen kam die Verbindung für die erhöhten Lebenshaltungskosten im Ausland in Form eines Kredites auf, der bei guter Leistung nicht zurückgezahlt werden musste.

Auch wenn er einsah, dass es besser für ihn sei, ging Mülenberk nur widerwillig zur Newcastle University im Nordosten des Vereinigten Königreichs. Vorher verbrachte er mit Esther noch ein Wochenende an der holländischen Küste, von dem ihm auch heute noch jede Minute im Gedächtnis geblieben war. Sie hatten sich, in Erwartung des vor ihnen liegenden Trennungsschmerzes, in Holland mit Cannabis eingedeckt und ein kleines Zelt versteckt in den Dünen aufgeschlagen. Der Vollmond hüllte die anrollenden Wellen in helles Licht, während sie sich in Trance stundenlang liebten. Sie umarmten sich Ewigkeiten, als hätten sie beide gewusst, dass dies ihre letzte gemeinsame Nacht sein würde.

»Düsseldorf Hauptbahnhof! Düsseldorf Hauptbahnhof!«

Gerade noch rechtzeitig waren die Lautsprecher zu Mülenberk durchgedrungen. Kurz bevor die Türen schlossen, sprang er aus dem Zug und ging zügig zum Madison.

8. Kapitel

Der Fahrer von Tom Lammers erwartete ihn mit einem Renommierauto deutscher Herkunft. Als der in einen grauen Anzug gehüllte Mittfünfziger ihm die Tür aufhalten wollte, winkte Mülenberk ab.

»Lassen se mal. Ist schon gut. Danke.« Er hatte noch nie viel Verständnis für die Entgegennahme untertänig erbrachter Dienstleistungen gehabt. Er hatte ein anderes Menschenbild.

Der Fahrer fuhr ihn souverän aus der Düsseldorfer Innenstadt. Er schien die Stadt wie seine Westentasche zu kennen. Das Domizil von Lammers im vornehmen Stadtteil Himmelgeist erreichten sie in weniger als einer Viertelstunde. Himmelgeist, ein sehr alter und teurer Stadtteil von Düsseldorf, älter als die Stadt selber, war immer noch dörflich geprägt. Trotz der recht hohen Hochwassergefahr befand sich hier seit Generationen das Familienanwesen der Lammers. Eine lange Auffahrt mit Alleebäumen führte zum Wohnhaus, das eher eine Villa oder sogar ein Palast war.

Der Wagen fuhr vor, Mülenberk stieg aus.

Tom Lammers erwartete ihn an der Tür. Er war wie immer im Designer-Jagdstil gekleidet, obwohl er selber der Jagd bereits vor Jahren den Rücken gekehrt hatte. Die Eigenjagd, seit Generationen im Familienbesitz, hielt er weiter. Die Gesellschaftsjagden waren ein guter Boden für Geschäftskontakte. Auch der eine oder andere hochrangige Politiker reiste gelegentlich von Berlin zur Jagd in der Brunftzeit des Rotwildes an, weil er sicher sein konnte, dass der Gastgeber alles so organisiert hatte, dass der Gast mit einer kapitalen Trophäe und unter Wahrung seiner Anonymität wieder in die Hauptstadt fahren konnte. Man zeigte sich dafür erkenntlich.

Lammers hatte eine schlanke, sportliche Figur. Seine edlen Gesichtszüge waren allerdings von Sorge, Krankheit und Trauer deutlich gezeichnet. Er reichte Mülenberk zur Begrüßung die

Hand und sie tauschten zu ihrer beider Überraschung die vertrauten Signale aus: kurz, lang, kurz, kurz.

Als sie einander spontan umarmten, bemerkte Mülenberk, dass sich unter der perfekt sitzenden Kleidung ein ausgezehrter Körper verbarg. Tom so zu erleben schmerzte ihn.

Lammers bat ihn herein und führte ihn in ein Zimmer, das sehr persönlich eingerichtet war. Mit Sicherheit kein Raum für offizielle Anlässe. Eine Seite des Zimmers war ganz aus Glas und führte direkt in den parkähnlichen Garten. Die Einrichtung bestand aus zwei Sesseln, einem kleinen runden Tisch und Bücherregalen. An einer Wand hingen zwei Bilder eines bekannten Düsseldorfer Künstlers, der Esther und Marie porträtiert hatte. Dem Künstler war es gelungen, in seinem reduzierten Stil Esther so darzustellen, dass ihre Merkmale besonders betont wurden.

Er wusste nicht, wie lange er das Bild betrachtet hatte, als Lammers ihn einlud, Platz zu nehmen.

»Sie fehlt«, war alles, was er dazu sagte, während eine Hausangestellte Tee und Gebäck auf den kleinen Tisch stellte. Mate-Tee, stellte Mülenberk fest und war überrascht, dass Tom sich diese seiner Vorlieben gemerkt hatte.

»Roman, danke, dass du so schnell gekommen bist. Ich möchte keine Zeit verlieren und will dir sofort berichten, was sich ereignet hat.«

Sie schenkten sich Tee ein, und trotz der hochsommerlichen Temperaturen löste der Mate-Tee ein wohliges Gefühl bei ihnen aus.

»Marie wohnt hier auf dem Anwesen in einem separaten Haus. Sie fühlt sich hier verwurzelt und möchte es so. Marie ist vorgestern nach Bonn gefahren, um eine Freundin zu besuchen. Sie wollten gemeinsam zu Abend essen. Sie kam abends nicht zurück, was mir allerdings keine Sorgen bereitete. Marie ist eine gestandene Frau von 36 Jahren, die sich bei mir nicht an- oder abmelden muss. Gestern Mittag kam dann mit der Post ein Schreiben, dass Marie entführt worden sei und gegen die Zahlung von 850.000

Euros wieder unversehrt freikommen werde. Ich habe umgehend bei Maries Freundin angerufen. Sie ist dort nie angekommen und hat auch nicht angerufen.«

Die ganze Geschichte kam Mülenberk mehr als merkwürdig vor. Warum um Himmels Willen verlangte jemand ausgerechnet 850.000 Euro Lösegeld? Und nicht eine Million oder gar zwei Millionen?

»Roman, das ist eine Angelegenheit für die Polizei und nicht für mich.« Mülenberk fühlte sich völlig überfordert.

»Ja und nein, Roman«, erwiderte Lammers in ruhigem Ton. »Es gibt zwei Gründe, dich zu bitten.«

Er trank noch einen großen Schluck Tee, ehe er fortfuhr.

»Ich bin sicher, du wirst mich bald verstehen.«

Lammers zog aus seiner Jacketttasche den Erpresserbrief und faltete ihn auseinander.

»Schau. In Bonn abgestempelt. Aber das entscheidende ist meine Adresse. Der Straßenname ist »Alt-Himmelgeist«.

»Klar, das weiß ich noch von meinen früheren Besuchen mit Tartarus.«

»Genau. Das war früher. Seit zehn Jahren wurde aus irgendwelchen historischen Gründen, die jetzt keine Rolle spielen, unser Anwesen der Nikolausstraße zugeordnet. So firmieren wir auch im Telefonbuch und, weiß der Henker wo, im Internet. Wir mussten viele Änderungen vornehmen, vom Briefpapier bis hin zu Bankvollmachten. Ich habe lange nachgedacht. Nur einer Organisation habe ich die Änderung der Straße nicht durchgegeben.«

»Und?« Mülenberk konnte sich immer noch nicht vorstellen, was das mit ihm zu tun hatte.

»Ich habe die Änderung nicht an die Mitgliederkartei von Tartarus weitergegeben. Deshalb gehe ich davon aus, dass der Entführer aus unseren Reihen kommt. Oder zumindest Zugriff auf unseren vertraulichen Adressenpool hat.«

»Das ist völlig unmöglich. Das würde niemand tun, der unseren Eid geschworen hat!«

»Darüber habe ich natürlich auch lange nachgedacht. Ich bin mir nicht mehr sicher. Ich muss jetzt einfach sehr weit ausholen und es wird für uns beide sehr, sehr schwer werden.«

»Ach komm, Tom, wir haben uns zwar mit der Zeit weit voneinander weg bewegt. Das hat mich immer bedrückt. Doch warum sollten wir diese Situation nicht bewältigen?«

Lammers sah seinen alten Freund aus Studentagen sehr lange an. Dann stand er auf, ging zum Bücherregal und kam mit einer Flasche Cognac Hardy XO und zwei Cognacschwenkern zurück. Wortlos schenkte er ungeachtet der frühen Stunde ein und nickte Mülenberk zu. Das Aroma von Rosenblättern, reifen Datteln und Zedernholz stieg in seine Nase. Sie tranken und Lammers fuhr fort: »Als du so plötzlich ins Ausland gegangen bist, hat das ein Loch in unseren Freundeskreis gerissen.«

»Ich darf dich daran erinnern, dass es nicht mein persönlicher Wunsch war.«

»Ja, das wussten wir selbstverständlich. Trotzdem war es so. Das Leben ohne dich war farblos geworden, aber natürlich ging es weiter. Esther kam zwar ab und zu noch zu Veranstaltungen von Tartarus, machte sich aber rar. Eines Abends stand sie mit verweinten Augen bei mir zu Hause vor der Tür. Ich bat sie herein. Das war der Beginn unserer von Liebe und Freundschaft getragenen Beziehung.«

»Jetzt halt aber mal die Luft an. Du hast mir Esther weggenommen! Das kann ich dir nie verzeihen!« Mülenberk war außer sich, als die Mauer des Schweigens nach all den Jahren eingerissen worden war.

»Ich kann dich verstehen und würde genauso reagieren. Bitte lass mich zu Ende reden, bevor du den Stab über Esther oder über mich brichst.«

»Bitte, bitte!« Mülenberk kippte den Cognac in einem Zug weg und schenkte sich nach.

»An jenem Abend, als Esther bei mir aufkreuzte, erzählte sie mir, dass sie schwanger sei. Natürlich war recht bald klar, dass das Kind von dir war. Einen anderen Mann hatte sie nach dir nicht.«

»Tom, was ist das für eine krude Geschichte! Ich glaube dir kein Wort.«

»Das solltest du aber. Marie ist nämlich *deine* Tochter.«

Es dauerte lange, bis die Bedeutung dieser Worte Mülenberk klargeworden war. Er hatte seit 36 Jahren eine Tochter, die nur eine Autostunde von ihm entfernt aufgewachsen war und lebte. Und die er nur ein paarmal am Rande wahrgenommen hatte, wenn sie einander bei Tartarus begegnet waren. Er war erschüttert.

»Ich kann es nicht fassen. Warum hat Esther mir niemals etwas von unserem Kind erzählt? Es war doch ein Kind der Liebe!«

»Ja, Marie ist ein Kind eurer Liebe. Ganz sicher. Esther hat es immer betont.«

»Warum hat sie mir nichts gesagt? Warum? Warum?«

»Aus Liebe.«

»Tom!«, schrie Mülenberk. »Das macht man doch nicht aus Liebe!«

»Die Schwangerschaft war ja nicht alles. Bei den Untersuchungen stellten die Ärzte fest, dass Esther ein Aneurysma im Bauchraum hatte, eine krankhafte Aussackung einer Schlagader. Damit nicht genug, weitere Untersuchungen zeigten auch ein Aneurysma im Gehirn, das nach damaligem medizinischem Stand inoperabel war. Das heißt, es wäre eine Operation mit einem sehr hohen Risiko von Folgeschäden geworden. Du bist dann vielleicht nie mehr der Mensch, der du mal warst. Die Aneurysmen waren Zeitbomben, die in Esthers Körper tickten, denn die Wahrscheinlichkeit, an inneren Blutungen zu sterben, wenn ein Aneurysma einreißt, ist hoch.«

»Oh nein. Wie ist Esther damit umgegangen?«

»Die Neigung zu Aneurysmen ist erblich und liegt in der Familie Hansen. Esther wusste aus schmerzhafter familiärer Erfahrung um die Risiken. Andererseits war sie sehr spirituell und hatte ganz konkrete Vorstellungen über den Auftrag ihres irdischen Lebens. Richtiger gesagt, war sie davon überzeugt, dass sie schon früher gelebt habe und auch später wieder leben werde.«

Erinnerungen kamen in Mülenberk hoch. Esther hatte, wenn sie über den Sinn des Lebens philosophierten, immer wieder von Reinkarnation gesprochen. Er hatte dies allerdings eher in Zusammenhang mit den Drogen gesehen, die sie beide nahmen, wenn sie »auf die Reise« gingen. Er hatte sich geirrt.

»Darüber hätte sie doch mit mir reden können!« Die Welt, die Mülenberk all die Jahre so mühsam aufgebaut und für sich erträglich gestaltet hatte, brach zusammen.

»Esther hat sich in ihrer Verzweiflung an eine berühmte Wahrsagerin gewandt. Die hat ihr aus den Karten gelesen, dass du, falls ihr wieder zusammen kämt, im Falle ihres frühen Todes vor Schmerz und Trauer langsam eingehen würdest. Oder sogar versuchen würdest, ihr durch Suizid zu folgen.«

»Das ist doch völliger *bullshit*!«

»Esther sah das anders. Sie liebte dich so sehr, dass sie nicht wollte, dass du unnötig leidest. Ihr größter Wunsch war es, dass du bald wieder eine Frau finden würdest, mit der du so glücklich sein könntest, wie ihr es wart.«

»Das ging nicht. Ich habe Esther nie vergessen können und alle meine Beziehungen sind daran gescheitert, dass ich immer den Vergleich gezogen habe.«

»Esther hat das sehr wohl erkannt, was es ihr noch schwerer machte. Sie wurde immer unsicherer, ob sie die richtige Entscheidung getroffen hatte. Aber lass' mich in der Reihenfolge bleiben.«

Mülenberk hatte das Gefühl, dass er es ausschließlich dem Cognac zu verdanken habe, dass er noch nicht aus den Latschen gekippt war, und trank noch einen Schluck.

»An jenem Abend erzählte mir Esther also von der Schwangerschaft, von den Aneurysmen, von der Wahrsagerin und von ihrer Liebe zu dir. Und von ihrem Entschluss, nicht mit dir darüber zu reden, geschweige denn, mit dir zusammenzuleben. Ich habe die ganze Nacht versucht, sie umzustimmen, doch es war zwecklos. Esther hatte ihren Entschluss gefasst und der war unumstößlich.«

Mülenberk war aufgesprungen und lief im Zimmer auf und ab, während Esther ihn vom Gemälde aus mit ihren grünen Augen betrachtete. »Und wieso habt ihr dann geheiratet? Tom, ich kann dir das alles nicht glauben!«

»Setz dich bitte wieder, Roman. Ich bin noch nicht fertig.«

Mülenberk schnaubte und setzte sich unwillig.

Lammers fuhr fort. »Esther war nicht die einzige, die dich liebte.« Er hielt inne, nahm einen Cognac und schaute Mülenberk lange an. »Ich liebte dich auch.«

Nein, das konnte doch alles nicht sein. Er war im falschen Film und wollte so schnell wie möglich fort von hier. In die Eifel, in sein Wohnmobil, zu all den normalen Menschen mit ihren ganz normalen Problemen.

»Tom, ich bin schwul. Hast du eine Ahnung, was das für mich bedeutet? Ich bin der einzige Nachfahr einer Unternehmerfamilie in vierter Generation. Alle Hoffnungen und Wünsche zur Weiterführung des Unternehmens und der Familie lasten wie Blei auf meinen Schultern. Ich würde niemals eine eigene Familie gründen können, ohne mich selber zu verleugnen. Und das Stahlgeschäft ist im wahrsten Sinne des Wortes stahlhart. Würde ich mich als schwul outen, würde keiner auch nur ein Stück Blech bei mir kaufen.«

Mülenberk sank in sich zusammen. Mit einer solchen tragischen Verwicklung hatte er nicht gerechnet. Jede Lebensgeschichte für sich war schon unfassbar.

»Du hast mir nie etwas davon erzählt«, sagte er mit leiser Stimme. Es war mehr eine Feststellung als ein Vorwurf.

»Was wäre dadurch besser geworden? Für dich? Für mich? Für Esther? Für Marie? Mit der Lüge konnten wir leben. Mit der Wahrheit nicht. Dachten wir.«

»Deshalb habt ihr den Kontakt auf Eis gelegt? Und mir meine Tochter verschwiegen?«

»Das ist eine Schuld, mit der Esther und ich leben mussten. Wir haben jeden Tag daran denken müssen. An jedem Geburtstag von

Esther und an jedem Geburtstag von Marie haben wir Stunden darüber diskutiert, ob wir es dir sagen. Es war meist Esther, die nicht in der Lage war, diesen Schritt zu gehen, der ja unser ganzes bisheriges Leben in Frage gestellt hätte. Mal ganz davon abgesehen, dass wir Angst vor deiner Reaktion hatten. Esther durfte ihre Schuld zurücklassen. Ich muss mit meiner weiterleben. Ich wage nicht, dich um Verzeihung zu bitten.«

»Ich weiß nicht, ob ich das jemals verzeihen kann, Tom. Dafür werde ich wohl viel Zeit brauchen.«

»Ich bin schon dankbar, dass du so reagierst. Wie gesagt, ich liebte dich ja auch.«

»Wie konntest du das im Corps unter einen Hut bekommen?«

»Das war in der Tat eine sehr vertrackte Angelegenheit. Als Schwuler in einer Männergesellschaft, die auch noch miteinander ficht! Mein Vater und mein Großvater waren ja schon bei Tartarus und es gefiel mir dort von Anfang an. Zum ersten Mal kompliziert wurde es, als Klaus Kupp und ich uns verliebt hatten.«

»Unser Klaus Kupp? Der Biermusikus?«

»Ja, genau der! Es war ja schon ein Wunder, dass in der Aktivitas überhaupt zwei Schwule waren. Dass die sich dann auch noch ineinander verliebten, war eher eine Szene aus einem Groschenroman.«

»Wie ging das weiter mit Klaus?«

»Nun, du und ich verbrachten ja viel Zeit miteinander und irgendwann bekam Klaus mit, dass meine Hinwendung zu ihm immer oberflächlicher wurde. Er kannte mich gut genug um zu wissen, dass du der Grund warst.«

»Aber zwischen uns war doch nie etwas!« Mülenberk konnte das alles nicht nachvollziehen.

»Ja und Nein. Von meiner Seite aus war es Liebe, von deiner Seite aus immerhin Freundschaft. Um deine Nähe nicht zu verlieren, habe ich immer geschwiegen.«

»Tom, bitte sag, dass das alles nicht wahr ist. Dann trinken wir die Flasche leer und ich fahre wieder nach Hause.«

»Es ist alles so, wie ich es dir erzählt habe. Klaus und ich sind schließlich getrennte Wege gegangen. Genau so erzählte ich es in jener besagten Nacht Esther, mit ihrem völligen Unverständnis rechnend. Doch was machte sie? Sie hörte mir aufmerksam zu und entwickelte aus der Krise eine Chance.«

Mülenberk nahm noch einen Cognac. »Wie soll ich das verstehen? Esther war zwar überdurchschnittlich schnell im Kopf. Aber in so einer Situation?«

»Esther liebte Herausforderungen. Je chaotischer, umso besser! Sie schwieg ein paar Minuten und sagte dann: ›Tom, ich habe *die* Lösung für uns!‹ Ich sah sie ungläubig an und dann eröffnete sie ganz sachlich ihren Plan. ›Tom, wir werden heiraten. Dann hat mein Kind einen Vater und deine Eltern eine Schwiegertochter und einen Erben. Ich repräsentiere bei privaten und offiziellen Anlässen als deine Ehefrau, und du verkaufst deinen Stahl wie geschnitten Brot.‹ Ich fragte, wie das gehen sollte. Sie würde mich nicht so lieben können, wie sie dich liebte. Und ich würde sie nicht lieben können, wie ich dich liebte. Vom Sexuellen ganz zu schweigen. Esther wischte alle Bedenken beiseite. ›Wir beide lieben denselben Mann. Wir beide werden ihn nie bekommen. Aber wir beide können einen Befreiungsschlag machen und ein anderes Leben beginnen.‹ Roman, du hast sie gekannt. Was sie sich in den Kopf gesetzt hatte, setzte sie auch durch.«

»Ja, das tat sie.« Mülenberk lächelte wehmütig. »Bitte, Tom, wie habt ihr denn diese Ehe mit Leben erfüllt?«

»Das war viel leichter, als ich befürchtet hatte. Kurz nach der Hochzeit kam Marie zur Welt und meine Eltern waren glücklich. Esther widmete Marie ihre ganze Aufmerksamkeit. Sie war der lebende Beweis eurer Liebe. Groß wurde sie allerdings in dem Glauben, dass ich ihr Vater bin. Darauf legte Esther immer Wert und ich habe alles dafür getan, ihr ein guter Vater zu sein.«

»Und sonst?«

»Und sonst? Du meinst: Sex?«

Roman nickte leicht, während er errötete.

»Die Frage ist berechtigt. Wir hatten nie Sex miteinander. Esther war eine Frau von starker erotischer Ausstrahlung, aber eben nicht für mich. Ich weiß nicht, wie sie sich verhalten hätte, wenn sich das bei mir geändert hätte. Manchmal habe ich es mir schon gewünscht, dass wir unsere langen, vertrauten Gespräche anders zu Ende gebracht hätten, als mit einer Umarmung. Esther hat nach eurer Abschiedsnacht in Holland nie mehr mit einem Mann geschlafen. Sie hatte Marie und ihre Erinnerung. Das war ihr offensichtlich genug. Sie hat leider – und das meine ich auch so – nie den Mut und die Kraft gefunden, mit dir darüber zu reden.«

»Und wie bist du damit umgegangen? Du konntest doch auch deine Sexualität nicht ignorieren!«

»Als Marie zum ersten Mal auf meinen Armen lag, hatte sie von einer Sekunde auf die andere deinen Platz in meinem Herzen eingenommen. Du warst nicht mehr wichtig. Marie war jetzt wichtig. Esther war wichtig. Klar hast du Recht. Ich fühlte mich zu jung, um meine Sexualität nicht auszuleben. Esther entging das natürlich auch nicht. Eines Abends kam sie mit einer Flasche Champagner zu mir und setzte sich auf meinen Schoß. Dann flüsterte sie mir ins Ohr: ›Du solltest mal wieder mit einem Mann zusammensein. Das Leben hält für dich noch viel mehr bereit, als Marie, Stahl und mich.‹ Dann trank sie ihr Glas aus, stand auf, nickte mir aufmunternd zu und ging.«

»Unsere Esther«, rutschte es Mülenberk heraus.

Tom Lammers überhörte es. »Ich hatte dann viele Jahre einen festen Partner, der in der Öffentlichkeit steht und dem es sehr entgegen kam, dass unsere Beziehung im Verborgenen stattfinden musste. Nach Esthers Tod veränderte sich vieles, da ich nun alles, was ich mit ihr besprochen hatte, mit ihm teilen wollte. Er war aber völlig überfordert damit. Wir sind gerade dabei, die Stellschrauben unserer Beziehung neu zu justieren.«

»Wie ist Esther gestorben?«

Lammers holte tief Luft. Das Atmen schien ihm schwer zu fallen. »An diesem Morgen war sie besonders fröhlich und wirkte ausgesprochen befreit. Es gab Tage, da empfand sie die tödliche Bedrohung in ihrem Körper als unerträgliche Bürde. Besonders wenn sie daran dachte, dass sie Marie und mich alleine zurücklassen würde. Aber nicht so an diesem Morgen. Sie hatte längere Zeit als sonst im Bad verbracht und ihre Lieblingssachen angezogen. Sie wirkte noch attraktiver als sonst. Sie verabschiedete sich, liebevoll wie immer, von Marie, bevor sie zur Arbeit fuhr. Dann ging sie in ihr Zimmer, um einige Schreibarbeiten zu erledigen. Ich hatte einen wichtigen geschäftlichen Termin, der kurzfristig abgesagt wurde, und hatte deshalb beschlossen, von zu Hause aus die notwendigen Telefonate zu führen. Plötzlich hörte ich einen Aufschlag in Esthers Zimmer. Ich eilte zu ihr und fand sie, sich vor Schmerzen windend, auf dem Boden liegend. Ich wollte natürlich sofort den Notarzt rufen, doch sie sagte nur: ›Heute ist der Tag gekommen. Bleib bei mir.‹ Blut schoss ihr aus der Nase, und wir wussten beide, dass die Schlagader im Gehirn geplatzt war. Für diesen Fall hatte sie mir unzählige Male das Versprechen abgenommen, sie nicht künstlich am Leben zu halten. Ich setzte mich neben sie, richtete sie auf und hielt sie in meinen Armen. Man musste kein Arzt sein, um zu wissen, dass die Seele sich bald auf die Reise nach Hause begeben würde. Das Letzte, was sie sagte, war: ›Danke für alles, Tom. Einen besseren Ehemann hätte ich mir nicht wünschen können. Sag Roman, dass ich ihn auch in diesem Augenblick noch liebe. Und passt beide auf eure Marie auf.‹ Dann starb sie in meinen Armen.«

Die beiden Männer weinten, bis ihnen die Tränen versiegten. Lammers fing sich als erster.

»Jetzt weißt du, warum ich dich hergebeten habe. Unsere Tochter wurde entführt. Ich bin zu krank. Du musst sie finden, Roman.«

Mülenberk sah seinen wiedergefundenen Freund an und fragte unvermittelt: »Welche Augenfarbe hat Marie?« Er hatte seltsamerweise nie darauf geachtet.

»Deine, Roman. Deine. Das hat es uns wahrlich nicht leichter gemacht.«

Mülenberk hätte darauf einiges zu sagen gehabt, aber er hielt es für richtiger, zur Tagesordnung überzugehen. Und auf der stand nun mal: »Marie finden«.

»Tom, bitte, sag mir, wie krank du wirklich bist.«

»Ich leide an einer sogenannten Transversen Myelitis, TM sagen die Ärzte. Mir geht es so wie dir, nehme ich an. Von TM hatte ich noch nie vorher gehört. Es ist eine immunologische Erkrankung, die das Nervensystem betrifft. Das ist wie Lottospielen. Einer von einer Million Menschen ist pro Jahr betroffen.«

»Und das bedeutet was?«, fragte Mülenberk, ziemlich verunsichert.

»Nun, neuroimmunologische Erkrankungen treten typischerweise ohne Vorwarnung auf. Sie sind schwer zu verstehen, weil sie sich in der Regel wie aus heiterem Himmel entwickeln. Es gab keine Warnsignale oder Hinweise, dass ich dafür anfällig sein könnte. Die eigentliche Ursache ist ebenfalls nicht bekannt. Beginn und Entwicklung verlaufen oft sehr schnell. Auch bei mir entwickelte sich die Krankheit mit beängstigender Geschwindigkeit, fast schon über Nacht. Mir blieb daher kaum keine Zeit, um Entscheidungen zu treffen, und das Zeitfenster ist eng, das Ärzten zum Eingreifen zur Verfügung steht.«

»Gibt es geeignete Therapien oder Aussicht auf Heilung?«

»Das ist nicht zu sagen. Noch ist sogar unbekannt, ob TM eine eigenständige Krankheit ist oder ein Syndrom, das wiederum Teil eines breiteren Krankheitsspektrums ist. Den Ärzten bleibt keine andere Chance, als an mir verschiedene Therapien auszuprobieren. Ende offen.«

Es trat ein langes Schweigen ein, das Mülenberk schließlich beendete. »Sag, wenn ich etwas für dich tun kann.« Mehr schien ihm in der Situation nicht angemessen zu sein.

Er ließ sich von Lammers Namen und Adresse der Freundin geben, mit der Marie verabredet gewesen war. Dann fotografierte er mit dem Smartphone Maries Bild und das Erpresserschreiben. Zuletzt bat er um einige Fotos von Marie. Lammers fand auf

Anhieb zwei, die ihm geeignet erschienen, versprach jedoch, so schnell wie möglich weitere zu mailen.

Sie waren sich darin einig, dass sie noch viel zu bereden hatten, doch Marie zu finden, war jetzt wichtiger als alles andere.

Mülenberk musste an *Casablanca* denken. »Tom, ich glaube, dies ist der Beginn einer wunderbaren Freundschaft.« Dann trank er seinen Cognac leer und machte sich auf den Heimweg.

Er hatte das Angebot von Lammers dankbar angenommen, von dessen Chauffeur nach Hause gebracht zu werden. Als sie aus dem Anwesen hinausfuhren, bat er ihn, zu Esthers Grab zu fahren. In der Friedhofsgärtnerei kaufte er einen großen Strauß roter und weißer Rosen. Den Weg zu ihrem Grab, das sich unter zwei hohen Linden befand, kannte er noch von der Beerdigung. Die Linden standen duftend und bienenumschwärmt in voller Blüte. Er stellte die Rosen in eine Vase und blickte auf den Grabstein. Esther Lammers, geb. Hansen. Ein Sonnenstrahl fiel durch die Bäume direkt auf Mülenberk. Er hatte das Gefühl, in diesem Augenblick Esther ganz nahe zu sein.

»Ich liebe dich, Esther. Ich habe nie aufgehört, dich zu lieben. Bitte hilf mir, dich irgendwann zu verstehen. Und vor allem hilf Tom und mir, unsere Tochter bald gesund wiederzufinden.« Er ließ das Gespräch mit Tom noch einmal in Gedanken vorbeiziehen. Plötzlich lachte er leise.

»Esther, dass ich nicht eher darauf gekommen bin. Von wegen, spontane Lösung finden. Du wusstest, wie auch immer, über Tom Bescheid. Du warst eine geniale Strategin. Als du bei Tom an jenem Abend geklingelt hast, wusstest du ganz genau, was du wolltest. Und du hast es ja auch bekommen. Ob es wirklich das Beste für uns alle war? Wir werden es nie erfahren.«

In diesem Moment zog eine Wolke über ihn hinweg und der Sonnenstrahl war verschwunden.

»Leb wohl, da, wo du bist, Esther. Wir sehen uns wieder im Reich des Lichts.«

9. Kapitel

Im Wohnmobil suchte Mülenberk nach etwas, das ihm Halt geben könnte. In wenigen Stunden hatte sich seine ganze Welt verändert. Er hatte auf einmal eine 36jährige Tochter, die nichts von ihrem leiblichen Vater wusste. Und die entführt worden war. Sowie die bittere Erkenntnis, dass die Liebe seines Lebens, die Liebe zu Esther, aus schicksalhaften Entscheidungen heraus nie zur Erfüllung gelangt war.

Er hatte die Bilder von Marie aufgestellt, die Tom ihm gegeben hatte. Die Ähnlichkeit mit ihrer Mutter war markant. Und die zu ihm konnte er nicht nur in ihren Augen sehen. Wie würde das sein Leben verändern? Wie würde es Maries Leben verändern? Aber zunächst war viel wichtiger: Wo sollte er mit der Suche nach Marie beginnen?

Drei mehr oder weniger brauchbare Anhaltspunkte hatte er immerhin. Der alte, nicht mehr benutzte Straßenname in Lammers' Adresse, der nach dessen Auskunft nur noch in der Mitgliederdatei von Tartarus zu finden war. Dann die Höhe der Lösegeldforderung: 850.000 Euro. Warum ausgerechnet diese Summe? Und warum schrieb der Erpresser einen Brief, statt anzurufen?

Er konnte es drehen und wenden, wie er wollte. Vieles schien auf eine persönliche Beziehung zwischen dem Täter und Lammers hinzuweisen, vielleicht sogar eine Beziehung, die ihren Ursprung bei Tartarus hatte. Und dieser Aspekt gefiel ihm überhaupt nicht. Er konnte ihn aber auch nicht leugnen.

Er loggte sich mit seinem Passwort in das Intranet von Tartarus ein und fand die Bestätigung. Hier stand noch der alte Straßenname in der Adresse von Lammers. Alt Himmelreich. Aber wie sicher war das Intranet?

Da er Siggi telefonisch nicht erreichen konnte, schickte er ihm eine Mail mit der Frage, ob Außenstehende an die Daten kommen könnten. Noch während die Mail auf ihrem Weg um die Welt nach

Bonn unterwegs war, fand Mülenberk die Frage völlig überflüssig. Warum sollte sich jemand ins Intranet hacken, wenn er die Adresse problemlos überall im Internet bekommen konnte? Lammers hatte sich trotz seines Vermögens nie versteckt. Mülenberk musste wohl in der Vergangenheit seines Corps suchen. Allein, der Gedanke verstieß gegen sein Verständnis von der Lebensfreundschaft, auf die sie alle einen Eid geleistet hatten. Was konnte einen Mann dazu bringen, die Tochter seines Bundesbruders zu entführen und ihn zu erpressen?

Wie immer, wenn er nicht weiterkam, fuhr er erst mal in sein Revier. Dort würde er den Kopf frei bekommen und konkrete nächste Schritte finden. Schlagartig wurde ihm bewusst, dass er eine ganz andere Baustelle völlig aus dem Auge verloren hatte. Er war ja unterwegs gewesen, um dem Verschwinden von Sarah Hergarten auf den Grund zu gehen.

Also hatte er plötzlich nicht nur eine Tochter, sondern auch deren Entführung und das Verschwinden einer jungen Frau zu enträtseln. Das erschien ihm zu viel für einen Mann zur gleichen Zeit. Er musste einen kühlen Kopf bewahren. Voraussetzung dafür war ein gut ernährter Körper. Er setzte sich ans Steuer des Wohnmobils und fuhr nach Kempenich zum Eifel-Gasthof »Kleefuß«. Hier gab es weit und breit das Beste vom Eifelrind, und ihm war jetzt nach einem deftigen Steak mit Salat und hausgemachten Bratkartoffeln. Außerdem würde ihm die halbstündige Fahrt durch die sommerliche Abendlandschaft der Eifel gut tun. Dass die Wirtin eine Augenweide war, stand heute im Hintergrund.

Die Fahrt hatte gehalten, was er sich von ihr versprochen hatte. Er freute sich auf die bodenständige Stefanie, ihre leckere Küche und ein wenig Stille. Als er auf den Parkplatz fuhr, schwante ihm, dass es mit der Stille heute Abend wohl nichts werden würde. Zu viele Autos standen dort. Er betrat die Gaststube und war unversehens mitten drin in der Endphase eines Eifler Leichenschmauses.

Von der Toilette kam mit schweren Schritten Willi auf ihn zu. Willi war KFZ-Mechaniker und schraubte hin und wieder an seinem Jagdwagen. Er kannte Willi nur im Blaumann, mit roter Ferrari-Kappe und ölverschmiertem Gesicht. Heute hatten sie Willi in einen schwarzen Anzug gesteckt, der ihm vielleicht zur Beerdigung seines Vaters vor fünfzehn Jahren gepasst hatte, jetzt aber viel zu eng war. Der Kragen des weißen Hemds wurde notdürftig von einer schwarzen Krawatte zusammengehalten, die nach der Beerdigung, ohne den Knoten zu lösen, vom Hals entfernt werden würde, um im Kleiderschrank auf die nächste Beerdigung zu warten.

Willi fiel ihm um den Hals, was bei einem distanzierten Eifler ein sicheres Anzeichen für überreichen Alkoholkonsum ist.

»Roman«, lallte er ihm ins Ohr, wobei er gleich einen Rülpser mitschickte. »Roman, datt ös awe schön, datt dau och opp dem Maanes seinem Begrävnes böss. Nä, der joode Maanes. Nie beim Doktor jeweäs. On nau össe dud. Gesond gestörve, bi me su schön söht. Nä, der joode Maanes. Roman, wähst dau noch, bi der Maanes fröe opp Sankt Meätes den heiligen Martin auf dem Rosse spielen tat?«

Wenn der Eifler sein Platt mit hochdeutsch vermischt, ist er entweder sehr nervös. Oder besoffen. Nervös war Willi offensichtlich nicht.

»Der hatte einen weißen Schimmel, auf dem er ritt, der Martin. Quatsch, der Maanes natürlich. Der wor op ähnmol esu besoff, datt der möt der janze Martinskostümierung vom Pääd jefalle öss. Kladderadatsch, loche öm Söllesch. Nä, watt hänn mir jelaacht. Der joode Maanes.«

Ohne dass Mülenberk eine Gelegenheit fand, Widerstand zu leisten, zog Willi ihn mit seinen Pranken an die Theke und führte ihn in die Trauergesellschaft ein. »Leut kuckt ähs. Datt ös de Roman. Der öss extra kunn für ohsem joode Maanes ett letzte Jeleit ze jenn. Stefanie, jiff dem Roman e Bier on en Korn. Däste beim Maanes änschreiwe.«

Niemand schien sich zu wundern, dass Mülenberk weder *de joode Maanes* gekannt hatte, noch in einem viel zu engen schwarzen

Anzug steckte. Die Familie und die Angehörigen hatten, gestärkt durch die Tröstungen der Eifler Dorfgemeinschaft, bereits vor geraumer Zeit den Heimweg angetreten, nicht ohne den Dank der Trauergäste entgegen zu nehmen »für diesen schönen Tag, an dem man so gelacht habe, wie lange nicht mehr!«. Die Eifler wussten um die Bedeutung dieser Worte. Einzig eine Nichte vom Maanes, die im normalen Leben ungezogene Kinder vornehmer Eltern auf einem Bonner Gymnasium, dem Aloisiuskolleg, unterrichtete, wandte sich angewidert ab. Sie hatte in ihrem Leben zwar keine zehn Sätze mit dem Verblichenen gewechselt, weil der sie für eine blöde Schnepfe gehalten hatte, konnte aber für »den schweren Verlust«, den sie zu tragen hatte, einen Tag Sonderurlaub beantragen.

Stefanie sah Mülenberk in dieser illustren Männergesellschaft und grinste ihn an.

»'n Abend, Roman. Das ist aber wirklich eine tolle Geste von dir, dass du zur Beerdigung vom Maanes kommst.«

Die Thekengemeinschaft nickte anerkennend. »Datt wor en joode, nä, der Maanes!«

Hilfesuchend blickte Roman zur Wirtin rüber. »Das war mir ein tiefes Bedürfnis, herzukommen …«

Schon lagen zwei Hände auf seinen Schultern, und zwei neue Bier standen vor ihm. »Komm Jung, mir trinken noch äne opp den Maanes. Stefanie, die tust du auf den Deckel.«

Stefanie hatte Mitleid und schaffte es irgendwie, Mülenberk unauffällig in die Küche zu manövrieren. Sie bat Karla, ihre Mitarbeiterin, für sie den Thekendienst zu übernehmen. »Schreibst du alles auf den Deckel vom Maanes? Das geht schon in Ordnung. Der hat auch kein Begräbnis ausgelassen.«

»Danke«. Mülenberk war erleichtert. »Ich wollte doch nur ein Steak bei dir essen. Mit Bratkartoffeln und Salat.«

»Kriegst du. Und einen Kaffee dazu. Bleib bei mir in der Küche. Dann können wir was ratschen.«

»Wer war denn nun der gute Maanes?«

»Ein wirklich anständiger Kerl. Rentner. War früher bei der Bahn. Hatte immer ein paar Pferde als Hobby. Ist leider zu früh gestorben. Damit lassen wir das Thema dann auch, einverstanden?«

»Sehr einverstanden.«

»Schau mal hier. Ein Rib-Eye-Steak. Wunderbar abgehangen. Wie dick soll ich es dir schneiden?«

Mülenberk maß mit Daumen und Zeigfinger eine Strecke ab, die seinem Hungergefühl entsprach.

»Gerne, Roman. Was Besonderes dazu?«

»Nee, du. Mach alles, wie es dir in den Kram passt. Hattest heute genug zu tun.«

»Wenn alle Gäste nur so wären! Du siehst übrigens recht mitgenommen aus. Was ist los?«

Mülenberk wusste gar nicht, wo er anfangen sollte. Beinahe wäre ihm rausgerutscht, dass er heute Vater geworden war. Er konnte sich gerade noch auf die Zunge beißen.

»Waren ein paar unruhige Tage«, untertrieb er. »Ach, fällt mir gerade ein. War hier in letzter Zeit mal ein Holländer, so um die vierzig. Braun gebrannt. Gut aussehend?«

Stefanie schnitt die Bratkartoffeln in die Pfanne. »Nein, ist mir nicht aufgefallen. Ich bin aber auch nicht immer hier. Manchmal macht die Karla die Theke, wenn ich einkaufen bin. Ist es wichtig?«

»Ja, schon ...«

Ehe er was sagen konnte, war Stefanie zur Theke gegangen.

»Hört mal zu, Jungs!« Schlagartig wurde es ruhig. Das Wort der Wirtin galt.

»War die letzte Zeit mal ein Holländer hier, so um die vierzig, braungebrannt. Sah nicht nach Arbeit aus.« Das war die Übersetzung für »gut aussehend«.

Die Männer sahen sich ratlos an. Keinem schien etwas aufgefallen zu sein.

»Doch, da war doch einer. Mit einem schwarzen Porsche. Den hatte der Uwe mit seinem Trecker zugeparkt.« Karla erinnerte sich.

Plötzlich schienen sich alle zu erinnern und redeten wild durcheinander. Ach, der. Ja, der war wohl mal hier.

»Waren die nicht zu zweit?« Selbst Willi konnte sich erinnern, fragte sich nur, woran.

»Doch, doch. Die konnten keinen Spaß vertragen. Das waren nicht so richtige Holländer, wie wir sie hier mögen.«

Mülenberk bekam alles mit und obwohl er gerne selber weiter gefragt hätte, hielt er es für ratsam, sich zurückzuhalten. Er wollte weder den Redefluss unterbrechen, noch weiter auf das Wohl des guten Maanes anstoßen müssen.

»Was denn für Spaß?«, wollte Stefanie wissen.

»Och, der Willi hat nur gefragt, ob ein Holländer eigentlich obdachlos ist, wenn er den Führerschein abgeben muss. Und dann hat Klaus-Peter noch gefragt, was ein Holländer mit einem Pfeil im Rücken ist?«

»Ein Käsehäppchen!«, brüllten sie im Chor und wussten sich vor Lachen nicht mehr zu lassen, obwohl sie den Witz bestimmt schon hundertmal erzählt oder gehört hatten.

»Wenn der gute Maanes das noch erlebt hätte«, sagte Willi mit tränenerstickter Stimme.

Stefanie hakte nach. »War der andere Mann auch Holländer?«

»Das glaube ich nicht, auch wenn sie sich auf holländisch unterhielten.« Ein gepflegter Mittfünfziger mit einem gut sitzenden Anzug konnte sich tatsächlich gut erinnern. »Das war ein Osteuropäer, wenn ihr mich fragt. Litauer, Ukrainer, Moldawer, Russe. So was in der Art. Schmieriger Typ. Weißer Jogginganzug. Figur wie Klaus-Peter, allerdings mit hellblonden Haaren.«

»Jetzt hör aber mal auf, sonst kriegste was auf die Nase und dann haben wir gleich die nächste Beerdigung. Beerdigung.« Klaus-Peter hatte ein wenig zu viel geladen, um dem Gespräch noch folgen zu können. Willi nahm ihn beiseite, legte ihm den Arm um die Schulter und beruhigte ihn. »Lass den feinen Herren von der Volksbank doch ruhig schwätzen. Wir trinken jetzt erst mal einen auf den Ausgeblichenen.«

Karl-Heinz war fast 1,90 Meter groß und von hünenhafter Gestalt.

Als ob Stefanie Gedanken lesen könnte, fragte sie in die Runde: »Wann war das denn?«

»Na vor drei Tagen, an deinem Einkaufstag.« Karla schien überrascht, dass Stefanie nicht selber darauf gekommen war.

»Ist ja gut«, wiegelte Stefanie ab und verschwand in der Küche, wo Mülenberk gerade dabei war, die neuen Informationen in sein Smartphone einzugeben.

Während sie das Essen zubereitete, wollte sie von Mülenberk wissen, warum das für ihn so wichtig war.

»Das ist eine etwas vertrackte Geschichte, bei der ich nur soviel weiß, dass dieser Holländer mit äußerster Vorsicht zu genießen ist. Lass ihn nicht herein, wenn du alleine bist. Und ruf mich bitte sofort an, wenn er hier auftaucht.«

»Das mache ich ganz bestimmt. Danke für Deine Warnung. Hier in der Nähe vom Nürburgring kreuzen so viele merkwürdige Typen auf. Da weißt du manchmal nicht, ob es harmlose Irre oder gefährliche Normale sind. Deshalb schaue ich schon gar nicht mehr genau hin und bin immer froh, wenn die Einheimischen kommen.«

Sie stellte Mülenberk das Steak auf den Küchentisch, wünschte ihm einen guten Appetit und verschwand. Sie wusste, wann Männer nicht reden wollen.

Nach dem Essen ging Mülenberk zur Theke und zahlte. Im Hinausgehen hörte er noch, wie die verbliebene Trauergesellschaft *So ein Tag, so wunderschön wie heute* anstimmte. Er war davon überzeugt, dass Maanes, von wo aus auch immer er das Geschehen beobachtete, sehr zufrieden war. Und seinen letzten Deckel bei Stefanie wusste er sicherlich gut angelegt. Schade, dass er nicht dabei sein konnte.

10. Kapitel

Der Sommerabend neigte sich. So lange hatte er gar nicht in Kempenich bleiben wollen. Obwohl er das Gefühl hatte, die Promillegrenze möglicherweise zu streifen, fuhr er mit dem Wohnmobil nach Dedenbach. Beim Amerikaner bog er rechts ab und wählte die Anfahrt in sein Dedenbacher Revier über Oberdürenbach.

Der laue Sommerabend hatte ein paar Rehe auf die Wiesen gelockt. Ihm fehlte die Muße, sie mit dem Fernglas zu betrachten. Er wollte noch zu Anna. Die Gäste der »Wilden Sau« hatte es in den Biergarten gezogen. Die Abende, an denen man in der Eifel ein wenig mediterrane Lebensart genießen konnte, waren rar und wollten genutzt werden.

Anna war voll im Geschäft und Mülenberk sah ein, dass es zwecklos war, jetzt ein Gespräch mit ihr zu suchen. Er fand noch einen freien Platz an einem größeren Biergartentisch und bestellte eine Apfelsaftschorle. Doch er fand keine Ruhe. Man versuchte, ihn in die belanglose Gesprächsrunde mit einzubeziehen, doch er hatte kein Interesse am jüngsten Dorfklatsch und den mannigfachen Krankheitsbildern der Einheimischen, ihrer Freunde, Nachbarn und Verwandten.

So packte er seine Jagdsachen in den Jagdwagen und nahm einen offenen Sitz im Feld an einem von Sauen gefährdeten Weizenschlag ein, der ruhig lag und ihm einen weiten Blick auf die andere Rheinseite bot. Er legte das Fernglas neben sich, die Waffe stand geladen und gesichert griffbereit neben ihm. Bald würde er sich ganz auf sein Gehör und das aufsteigende Mondlicht verlassen müssen.

Er schloss die Augen. Wo sollte er am besten anfangen? Sowohl Marie als auch Anna konnten sich in bedrohlichen Situationen befinden – Marie, von der er erst vor wenigen Stunden erfahren hatte, dass sie seine Tochter war, war entführt worden. Und es gab eine Lösegeldforderung. Da noch keine weiteren Informationen zur Geldübergabe übermittelt worden waren und die Entführung anscheinend einen Bezug zu Tom Lammers und Tartarus hatte, war Marie, so hoffte er, nicht in akuter Gefahr.

Anders sah es bei Sarah aus. Sie war zuletzt beim Verlassen der »Bursa« in Bonn mit dem Holländer gesehen worden und, wie es aussah, auch mit dem Mann verschwunden, der kurz zuvor ihre Mutter vergewaltigt hatte. Gab es einen Zusammenhang, den er nicht erkannte? Was würde Staatsanwalt Westenhoff herausfinden? Was hatten der Holländer und sein osteuropäischer Geschäftspartner in der Eifel zu suchen? Wo konnte er einen Ansatz, eine Spur finden, der er nachgehen konnte? War das nicht alles eine Nummer zu groß für ihn?

Erschöpft von den Ereignissen des Tages schlief er auf dem Hochsitz ein. Er bekam nicht einmal mit, dass sich vier stramme Sauen keine vierzig Meter vor ihm im Weizen zu schaffen machten. Erst als sie einen geräuschvollen Streit um ihre Rangordnung anfingen, wurde er wach, doch da waren sie bereits im Abgang begriffen. Sie würden sich nach dem leckeren Weizenmahl noch ein Bad in der Suhle gönnen und auf dem Heimweg die Wiesen rumdrehen. Mülenberk war zu müde, um sich über die verschlafene Gelegenheit zu ärgern. Er wollte nur weiterschlafen.

Wenig später, die Kirchturmglocken hatten gerade zwei Uhr verkündet, fuhr er auf den Parkplatz der »Wilden Sau«. Auch den letzten Gästen im Biergarten war es längst zu kühl geworden, und in Annas Reich war Ruhe eingekehrt. Er verstaute die Jagdutensilien im Tresor seines Wohnmobils. Trotz seiner Müdigkeit beschloss er, seine Gedanken bei einer Schorle mit einem spritzigen Ahr-Riesling noch einmal Revue passieren zu lassen.

Wie kam er bei der Suche nach Sarah weiter? Und wie sollte er es Anna erklären?

Es klopfte an der Tür des Wohnmobils. Wer um Himmels Willen wollte mitten in der Nacht etwas von ihm? Er schloss auf. Anna stand mit verweinten Augen vor ihm.

»Komm rein und setz dich.«

Anna nahm eine Schorle.

»Sarah meldet sich seit zwei Tagen nicht mehr. Ich kann sie auch nicht erreichen und mache mir große Sorgen.«

»Wann hat sie sich zuletzt gemeldet?«

»Am Sonntag ist sie ja nach Holland gefahren und am Montag hat sie mir noch eine Nachricht geschickt, dass es ihr gut geht. Seitdem habe ich nichts mehr gehört.«

»Anna, ich fürchte, ich habe keine guten Nachrichten für dich. Es scheint, dass Sarah nicht mit Freundinnen nach Holland gefahren ist. Ich habe ziemlich konkrete Hinweise darauf, dass der Holländer dahintersteckt.«

»Du tickst doch nicht sauber!« Es war zu viel für Anna. »Wie kommst du denn auf so einen hanebüchenen Unsinn?«

»Ich fürchte, es ist kein Unsinn«, entgegnete Mülenberk und holte den Ausdruck des Fotos von Sarah und dem Holländer am Notausgang der »Bursa« hervor. »Ist das der Mann, der bei dir war?«

Sie sah das Bild lange an und schien ganz weit weg zu sein. Nach einer Ewigkeit sagte sie in gefährlich ruhigem Ton: »Ja, das ist der Holländer. Roman, wieso ist Sarah auf dem Bild? Sag, dass das nicht wahr ist! Was geht hier vor, Roman?«

»Ich weiß nicht genau, was vorgeht. Sarah war am Sonntagabend beim Studentenfest in der »Bursa«. Dort ist sie ganz offensichtlich dem Holländer begegnet. Ob das Zufall war oder Absicht dahinter steckte, kann ich dir nicht sagen.«

Mülenberk beschloss schweren Herzens, Anna die ganze Wahrheit zu erzählen.

»Wir haben die Videoüberwachung des Abends ausgewertet. Kurz bevor der Holländer mit Sarah zur Tür gegangen ist, hat er eine kleine Sprayflasche einsatzbereit gemacht. Ich gehe davon aus, dass sie den Inhalt hatte, der dir bereits bekannt ist. Warum und wieso, kann ich nicht sagen.«

Anna erstarrte. Was ihr widerfahren war, war das Eine. Der Gedanke, dass ihre Tochter etwas Ähnliches, vielleicht sogar Schlimmeres erleiden musste, ohne sich wehren zu können, war ihr unerträglich.

Mülenberk spürte, dass es sich in den nächsten Minuten entscheiden würde, ob Anna innerlich zusammenbrach oder Wut und Verzweiflung in Kraft und Energie umsetzen konnte, um ihrer Tochter zu helfen. Behutsam nahm er ihre Hände in seine.

»Anna, egal, was du gerade empfindest, Sarah braucht dich jetzt. Wir holen sie da raus, wo immer sie auch ist.«

»Was kann ich denn tun?«

»Sarahs Handy könnte uns weiterhelfen. Offensichtlich wurde es ja noch benutzt. Kannst du mir bitte die Handynummer geben? Vielleicht kommen wir damit einen Schritt weiter.«

Auf einmal fiel Mülenberk siedend heiß ein, dass er den X noch gar nicht von den neuesten Entwicklungen in Kenntnis gesetzt hatte. Er brauchte jetzt ein, zwei Stunden Ruhe und schlug Anna vor, wenigstens zu versuchen, etwas Schlaf zu finden.

»Roman, kann ich den Rest der Nacht im Wohnmobil bleiben? Ich habe Angst!«

»Klar, kannst du. Leg dich ruhig auf mein Bett. Ich habe noch zu tun.«

Anna schrieb ihm Sarahs Handynummer auf einen Zettel. Nach ein paar Minuten war sie eingeschlafen.

Er setzte sich an den Schreibtisch und warf den Computer mit dem Apfel an. Dann fotografierte er mit dem Handy die Screenshots von den Überwachungskameras und übertrug sie auf sein Laptop. In einer Mail an den X fasste er die Erkenntnisse seit ihrem letzten Treffen zusammen und fügte die Fotos bei, auf denen Sarah mit dem Holländer zu sehen war, und die Information, dass Anna den Holländer wiedererkannt hatte. Die Begegnung mit Lammers erwähnte er allerdings mit keinem Wort.

Dann setzte er eine Mail an Siggi Espenlaub ab.

»Lieber Siggi, könntest du vielleicht das Handy von Sarah orten? Es eilt. Bitte melde dich. Danke. Mit bundesbrüderlichem Gruß, Roman.«

Die Sonne schickte bereits ihre Vorboten von Osten nach Dedenbach. Vielleicht würde es ja noch für zwei Stunden Schlaf reichen. Er machte es sich in seinem Sessel bequem und schloss die Augen.

Kaum war er eingenickt, meldete sich der Rechner mit einer eingehenden Mail. Er sprang auf und öffnete den Ordner. Siggi hatte schon geantwortet.

»Guten Morgen, Romulus, stets zu Diensten. Da ich zufällig das Ortungsprogramm auf Sarahs Handy eingerichtet habe, stehen mir alle erforderlichen Daten zur Verfügung. Sarah war zuletzt am Montagabend eingeloggt. Und zwar in Leeuwarden in Holland. Das Signal kam aus der Grote Hoogstraat. Danach war das Handy nicht mehr eingeschaltet. Melde dich, wenn du was brauchst. Mit bundesbrüderlichem Gruß, Siggi.«

Mülenberk wunderte sich über den Aktivitätenindex in seiner Studentenverbindung. Um diese Zeit waren sie früher ins Bett gegangen und verschliefen den Rest des Tages. Tempora mutantur. Die Zeiten hatten sich verändert.

Sarah war also offensichtlich nicht an der Küste, sondern zumindest noch am Montagabend in Leeuwarden gewesen. Die Nachricht versetzte ihm einen Schlag in die Magengrube. Ausgerechnet Leeuwarden. Hier hatte er Tage voller Glück mit Esther verbracht. Sie hatten sich in die kleine charmante Stadt verliebt und waren manches Wochenende hingefahren. Von Bonn war man in dreieinhalb Stunden dort.

Aber warum kam ihm die Grote Hoogstraat so bekannt vor? Es wollte ihm nicht einfallen, wenngleich er sich ganz nah dran fühlte. Er googelte und dann wusste er, warum. In der Grote Hoogstraat war das »Repelsteeltje«, das Rumpelstilzchen, ein großer Coffeeshop.

»Was schaust du nach?« Anna war wach geworden und schaute ihm über die Schulter zu.

»Sarahs Handy war zuletzt am Montagabend in Leeuwarden eingeloggt und zwar in der Nähe eines Coffeeshops.«

»Sie trinkt doch abends gar keinen Kaffee.« Anna war noch nicht wach.

»Ich erkläre es dir«, sagte Mülenberk. »Die liberalen Holländer haben es ermöglicht, dass Cannabis in geringen Mengen legal zu erwerben ist. Sie möchten dadurch verhindern, dass Hascher in den Schwarzmarkt einsteigen und an härtere Drogen, wie zum Beispiel Heroin, geraten. Die Dealer weltweit treiben ein teuflisches Spiel, indem sie Jugendliche, ja teilweise noch Kinder, in eine existenzzerstörende Drogenabhängigkeit hineinziehen, um ihren eigenen Profit zu steigern. Um dem entgegenzuwirken, kann man in Holland in über sechshundert Coffeeshops Cannabis kaufen und rauchen. So wie bei uns Bier, Wein und Schnaps. Die wiederum sind in den Coffeeshops verboten. Und ein besonders großer ist genau da, wo Sarahs Handy zuletzt eingeloggt war.«

Anna war hellwach. »Ist sie jetzt in diesem Coffeeshop?«

»Ich kann es nicht sagen. Das einzige, was wir sicher wissen, ist, dass ihr Handy dort in der Nähe war. Ob Sarah dort war oder ist, weiß ich nicht.«

»Was sollen wir nur tun, Roman? Ich habe mich noch nie so hilflos gefühlt.«

»Ich werde hinfahren.«

»Nimm mich mit!«

»Anna, das halte ich aus mehreren Gründen für keine gute Idee. Einer davon ist, dass der Holländer dich kennt.«

»Aber ich kann doch nicht herumsitzen und nichts tun!«

»Es ist aber wichtig, dass du hier bist, falls Sarah hier aufkreuzt oder versucht, Kontakt mit zuhause aufzunehmen.«

Anna gefiel das nicht, sie hatte aber auch keine besseren Argumente. Da sie nicht mehr schlafen wollte, ging sie hinüber zur Gaststätte. Ihr Kind war in großer Gefahr.

Schlagartig war ihr klar, was sie zu tun hatte.

Mülenberk hatte geduscht, um den Schlafmangel wenigstens etwas zu kompensieren. Er dachte gerade darüber nach, wie er seine Fahrt nach Leeuwarden organisieren sollte, als Tom Lammers anrief.

»Roman, ich habe mit Marie gesprochen. Es scheint ihr gut zu gehen!«

»Langsam, Tom. Der Reihe nach«, bat Mülenberk.

»Also, eben, vor ein paar Minuten, geht mein Handy. Ich sehe nicht, wer anruft. Rufnummernunterdrückung. Vermutlich so ein Prepaid-Dingsda. Der Entführer hat ihr das wohl in die Hand gedrückt. Sie hörte sich ruhig und nicht ängstlich an.«

»Was hat sie gesagt?«

»Sie sagte: ›Hallo Papa. Mach dir keine Sorgen. Es geht mir gut. Sobald die 850.000 Euro Lösegeld übergeben worden sind, bin ich frei. Das ist sicher.‹«

»Hat der Erpresser sich selber zu Wort gemeldet.«

»Nein, das war schon sonderbar. Nur Marie hat gesprochen.«

Mülenberk hakte nach. »Hat sie was zur Geldübergabe gesagt?«

»Hat sie. ›Papa, bitte lass dir den Betrag heute noch in Hundert-Euro-Scheinen auszahlen und packe sie in meinen braunen Wanderrucksack. Du bekommst Details zur Übergabe mitgeteilt. Und bitte, Papa, lass die Polizei aus dem Spiel. Es würde dir leid tun.‹«

»Sie hat wirklich gesagt, es würde dir leid tun?«

»Ja, Roman, das hat sie wörtlich gesagt. Dann sagte sie noch, dass sie mich liebt und morgen wieder anruft. Und hat aufgelegt.«

»Kannst du das Geld heute beschaffen?«

»Ich bin sicher. Es ist zwar unüblich und könnte einige Fragen aufwerfen. Aber da ich bei einer angesehenen Privatbank, in deren Vorstand unser Bundesbruder von Pleskau sitzt, ein angesehener Kunde bin, wird die Angelegenheit mit einem oder zwei Telefonaten erledigt sein. Das Geld wird ab Mittag in meinem Haus sein.«

»Brauchst du Hilfe, Tom?«

»Jetzt nicht. Aber bestimmt für die Übergabe. Ich melde mich.«

Damit beendete Lammers das Gespräch. Er würde, sobald es acht Uhr war, die erforderlichen Schritte zur Geldbeschaffung einleiten. Mülenberk ließ ein Satz nicht in Ruhe: »Es würde dir leid tun.« Das klang so menschlich und so gar nicht nach einer Drohung. Was würde Lammers leid tun, wenn er die Polizei einschaltete? Oder hatte Marie aus Nervosität unbewusst diese Worte gewählt? Laut Lammers war sie ruhig gewesen. Wahrscheinlicher erschien Mülenberk die Möglichkeit, dass sie damit einen versteckten Hinweis auf ihren Entführer geben wollte. Immer mehr Indizien deuteten auf einen Täter aus dem persönlichen Umfeld hin. Warum diese merkwürdige Lösegeldhöhe? Warum diese eigenartige Andeutung? Und warum hatte der Erpresser nicht selber gesprochen? Er kam einfach nicht weiter.

11. Kapitel

Die Suche nach Sarah hatte eindeutig Vorrang. Er würde sich gleich auf den Weg nach Holland machen. Mit dem Wohnmobil würde er dort sicher kein Aufsehen erregen. Obwohl es ein Umweg war, entschloss er sich, vorher noch beim Corps Tartarus in Bonn vorbeizufahren. Vielleicht waren seinen Bundesbrüdern Meyerholz und Espenlaub noch Details eingefallen, die ihm weiterhelfen konnten. Zu so früher Stunde würden sie noch nicht an der Uni sein.

Er kam zum richtigen Zeitpunkt. Die beiden wollten gerade gemeinsam frühstücken und die handgemachten Brötchen aus der Eifel, die er vorhin gekauft hatte, waren sehr willkommen. Beim Frühstück brachte er die beiden Studenten auf den neuesten Stand zu Sarahs Verschwinden.

Siggi hatte noch mehrmals vergeblich versucht, ihr Handy zu orten. Also blieb es dabei, dass das letzte Signal aus Leeuwarden gekommen war.

Christoph Meyerholz, dem zum ersten Mal die Gefahr bewusst geworden war, in der seine geliebte Sarah schweben könnte, wurde zuerst kreidebleich und fiel dann in sich zusammen. Er war immer nur davon ausgegangen, dass sie mit einem anderen auf und davon war und ihn hatte sitzen gelassen. Dieser Gedanke hatte ihn so vereinnahmt, dass er Alternativen gar nicht erst erwogen hatte. Kurz war er erleichtert, doch wich diese Erleichterung der Angst, was alles passieren könnte.

Meyerholz war lange genug dabei, um seine Verbindung zu kennen. So fragte er geradeheraus. »Romulus, weiß der X hierüber Bescheid? Unser Staatsanwalt müsste doch helfen können, Sarah zu finden.«

Er hatte einen eklatanten Schwachpunkt in Mülenberks Plan, alleine nach Holland zu fahren, ausgemacht. Ein einzelner Mann, der sicher ein guter Ermittler war, aber kein Profi in der Verbrechensbekämpfung, schien wie Don Quichote gegen die Windmühlen des Verbrechens antreten zu wollen. Und das auch noch ohne jegliche Absicherung.

Bisher war es Mülenberk gelungen, dieses Manko zu verdrängen. Nun musste er sich und seinen beiden Bundesbrüdern den beabsichtigten Alleingang begreiflich machen.

»Ich habe mit dem X gesprochen«, sagte Mülenberk, auf den Worten herumkauend. »Der kann aber im Moment gar nichts machen. Ihm sind die Hände gebunden.«

»Warum?« Die Jungs waren hartnäckig.

»Ist doch klar. Weil er es eben nicht kann. Keine Anzeige. Ausland. Kommt alles zusammen.«

Die beiden Studenten schauten einander kurz an, zuckten kurz mit den Schultern. Sie schienen sich damit zufrieden zu geben.

»Ich bin noch mal kurz zur Toilette, dann fahre ich los.« Mülenberk wollte weg, ehe sie noch mehr Fragen stellten.

Er schätzte die von einer Innenarchitektin gestylte Toilettenanlage seines Corps. Noten und Texte des Studentenliedes »Bonna, Perl am grünen Rheine …« waren von Künstlerhand auf die Wände gemalt worden. Lediglich das Kotzbecken konnte den unbedarften Besucher irritieren, gehörte aber zum absolut sinnvollen Inventar einer Verbindung. Das hatte die Innenarchitektin widerwillig akzeptieren müssen.

Zu allem Überfluss hatte er auch noch den Autoschlüssel auf dem Frühstückstisch liegen lassen. Er war erleichtert. Der Schlüssel lag noch da, und seine Frühstückspartner hatten sich offensichtlich schon zur Uni begeben.

Er wollte gerade starten, als der X anrief. Mülenberk betätigte die Freisprechanlage.

»Romulus, wo erwische ich dich?«

»Ich fahre was durchs schöne Ahrtal«, log Mülenberk, damit der Staatsanwalt nicht auf dumme Gedanken kam.

»Ich habe das Fläschchen vom Holländer in die KTU gegeben. In jeder Hinsicht ein Volltreffer!«

»Das heißt was?«

»Das heißt erstens, dass wir den Inhalt kennen. Es handelt sich um eine Mischung aus MDMA und einem Wirkstoff, der nur aus psychedelischen Pilzen gewonnen werden kann.«

»MDMA sagt mir natürlich noch was. Aber was bewirken diese psychedelischen Pilze?«

»Die sind wie Dynamit für das Gehirn und führen zu einem veränderten Bewusstseinszustand. Dabei werden die klaren Grenzen zwischen dem Ich und der Außenwelt aufgehoben. Ihre Wirkung ist mit LSD vergleichbar.«

Mülenberk dachte an Anna, Sarah und all die anderen Frauen, deren Körper und Seelen damit vergiftet wurden. »Die wachsen doch nicht auf Bäumen! Wie kommt man an so ein Zeug ran?«

»Du wirst lachen. Psychoaktive Pilze wachsen tatsächlich im Wald und anderen feuchten Gebieten, bevorzugt auf Kuh- oder Pferdeweiden. Pilze mit psychedelischer Wirkung sind in Pilzratgebern meist als ungenießbar oder giftig klassifiziert. Solche Pilze enthalten zum größten Teil Psilocybin. Klassischer Rauschpilz ist der Spitzkegelige Kahlkopf. Aber auch der Fliegenpilz wird zu Rauschzwecken missbraucht, allerdings hat er andere Wirkstoffe. So ein Pilztripp dauert ca. fünf bis sechs Stunden und bricht danach meistens abrupt ab.«

»Und wenn du die Pilzgifte mit dem MDMA mischst? Was passiert dann?«

»Gute Frage, Roman. Die Mischung macht Drogen immer unkalkulierbar. Das können die Anwender, wie in diesem Fall unser Holländer, aber nicht wollen. Unsere Drogenexperten gehen davon aus, dass diese spezielle Mischung mit großem Fachwissen in einem professionellen Labor hergestellt wird. Die Herkunft der Pilze, wohl der Spitzkegelige Kahlkopf, ist ein spannendes Thema. Jedenfalls bereitet man das nicht in einer Garage zu.«

»Das hört sich gar nicht gut an«, resümierte Mülenberk.

»Es kommt aber noch dicker. Denn zweitens konnten wir die Fingerabdrücke auf dem Fläschchen identifizieren. Sie gehören zu Gerrit Martens. Martens, jetzt vierundvierzig, startete schon mit zwölf Jahren eine klassische Verbrecherkarriere: Einbrüche, Hehlerei, Beschaffungskriminalität, Dealer, Prostitution etc. Er ist mehrfach vorbestraft, den holländischen Kollegen gelang es aber leider nie, ihm mehr nachzuweisen. Martens ist außerordentlich geschickt. Er lässt die schmutzige Arbeit andere machen. Oft Osteuropäer. Und er bewegt sich viel im deutsch-niederländischen Grenzraum.«

»Was bedeutet das denn jetzt für Sarah?«

»Wenn deine Informationen richtig sind – wovon ich fest überzeugt bin – dass Sarah auf dem Studentenfest mit Martens verschwunden ist, ist zu befürchten, dass sie sich in großer Gefahr befindet. Die holländischen Kollegen haben Martens direkt auf dem Screenshot, den du mir geschickt hast, erkannt. In Holland und hier bei uns laufen bereits Fahndungen nach Sarah und Martens. Sie scheinen wie vom Erdboden verschluckt zu sein. Wir konnten zwar mittels Handyortung feststellen, wo Sarah allem Anschein nach am Montagabend gewesen ist. Doch seitdem fehlt jede Spur.«

»Wo habt ihr Sarahs Handy denn geortet?«, fragte Mülenberk, sein Wissen verbergend.

»In Holland. Mehr darf ich dir leider nicht sagen. Noch was: Solltest du mit Anna sprechen, wirke bitte auf sie ein, endlich Anzeige zu erstatten. Wir hätten dann umfassendere Möglichkeiten, Martens das Handwerk zu legen. Du kurvst doch in der Nähe herum, oder?«

»Klar. Ich werde es versuchen.« Mülenberk erkannte, dass er keine Informationen mehr bekommen würde, aber selber immer mehr aufs Glatteis rutschte. »Ich halte dich auf dem Laufenden«, sagte er und beendete das Gespräch.

Er versuchte, seine Gedanken zu sortieren. Was bedeuteten diese Informationen für den selbst erteilten Auftrag, Sarah ausfindig zu machen? Klar war, dass das Unterfangen noch gefährlicher war, als er es eingeschätzt hatte. Und wieso sollte ausgerechnet er Sarah finden, wenn es selbst die Fahnder nicht schafften? Und was wäre, wenn es ihm tatsächlich gelingen sollte? Wie könnte er gegen offensichtlich skrupellose und gewaltbereite Berufsverbrecher irgendetwas erreichen?

Während er Richtung Leeuwarden fuhr, kamen ihm immer mehr Zweifel. Vielleicht war es klüger, umzukehren. Vernünftiger war es mit Sicherheit. Das Handy riss ihn aus diesen Überlegungen. Es war Anna.

»Hallo, Roman, bist du schon unterwegs?«

»Ja. Hat Sarah sich gemeldet?«

»Nein.« Er hörte, dass Anna mit den Tränen kämpfte. »Ich bin dir so dankbar, dass du unterwegs bist, um sie zu suchen. Das bedeutet mir unendlich viel.«

»Anna, ich mache das wirklich gerne.« Aus der Nummer kam er nicht mehr raus. Das konnte er Anna nicht antun. Und es hätte wohl das Ende ihrer Freundschaft bedeutet. »Ich melde mich bei dir, sobald ich etwas in Erfahrung gebracht habe. Halte du die Stellung in Dedenbach.« Die Strafanzeige von Anna gegen Martens, um die der X ihn gebeten hatte, erwähnte er nicht.

Er nahm die A3 und fuhr in Emmerich nach Holland hinein. Bilder, die noch gar nicht so lange zurücklagen, stiegen in ihm auf, als er den ehemaligen Grenzübergang passierte – Emmerich mehr oder weniger von Holland umgeben, Grenzen rundherum, natürlich der Rhein, ansonsten die Schlagbäume und Grenzkontrollen. Die Niederlande waren Ausland. Man brauchte einen Reisepass, um die Grenzen passieren zu dürfen.

Heute gab es, wenn überhaupt, nur noch sporadische Kontrollen. Die Freizügigkeit innerhalb Europas brachte allerdings nicht nur Vorteile. Zwielichtige Gestalten oder gesuchte Verbrecher bewegten sich sorglos zwischen den Ländern hin und her. Als nach den Attentaten von Paris über Nacht strenge Grenzkontrollen durchgeführt wurden, gingen den Behörden in wenigen Tagen sage und schreibe 580 gesuchte Personen ins Netz, die nichts mit Terrorismus zu tun hatten. Leider war Gerrit Martens nicht darunter gewesen.

Er erreichte Leeuwarden und fand in der Nähe des Stadtzentrums einen Parkplatz. Bis zum Repelsteelte waren es nur ein paar hundert Meter. Unschlüssig ging er die Grote Hoogstraat hinauf und hinunter. Dann beschloss er, im Grand-Café »De Walrus«, einem Restaurant gegenüber dem Coffeeshop, Posten zu beziehen. Er fand im ersten Obergeschoß einen Fensterplatz mit Blick auf den Coffeeshop.

Es war Mittagszeit und er hatte Hunger. Die nette junge Dame, die ihn bediente, war Studentin und sprach, wie viele Holländer, gut Deutsch. Er bestellte einen Fischsalat und vorab zwei Fleischkroketten, jene holländische Spezialität, die er liebte, aber über deren Inhalt er lieber nichts Näheres wissen wollte.

Er beobachtete den Coffeeshop. Junge Leute, gekleidet nach Hippieart, gingen ebenso ein und aus wie unauffällig gewandete. Ab und zu verschwand ein Geschäftsmann im Businessanzug, um nach wenigen Minuten mit zufriedenem Gesicht wieder hinauszukommen. Es machte den Eindruck eines ganz normalen Geschäfts. Und vermutlich sahen Betreiber und Kunden das ganz genauso.

Als er die Fleischkroketten serviert bekam, fuhr ein Lieferwagen von UPS vor, und ein dunkelhäutiger Fahrer rollte mit einer Sackkarre ein paar Stapel Kartons hinein, die er an der Tür absetzte. Legaler Drogennachschub. Genüsslich aß Mülenberk seine zweite Krokette, als ihm der Bissen im Hals stecken blieb. Die beiden, die jetzt auf den Coffeeshop zugingen, kannte er doch. Was zum Kuckuck machten die hier? Er wollte schon hinunterrennen und sie zur Rede stellen, doch er entschloss sich, zunächst auf seinem Posten zu bleiben, zumal er noch nicht mit dem Essen fertig war. Und er zitierte in Gedanken seinen Freund Herbert aus dem Ruhrgebiet bei dem Verzehr einer Mantaplatte und einem lecker Pilsken: »Gut essen und trinken hält datt System am Klappen!«

Die beiden ihm Bekannten schauten sich etwas unsicher nach rechts und links um, ehe sie das »Repelsteeltje« betraten. Sie schienen zumindest keine Stammgäste zu sein. Die Bedienung brachte den Fischsalat. Er bestellte eine Cola dazu und ließ es sich schmecken. Wo blieben die beiden bloß? Was machten die da drin? Sein Unbehagen stieg ins Unermessliche, als kurze Zeit später Gerrit Martens hineinging.

12. Kapitel

Im »Repelsteeltje« schlugen Christoph Meyerholz und Siggi Espenlaub ungewohnte Düfte und seltsame Musik entgegen. Sie hatten keinen konkreten Plan, wollten sich aber dort umsehen, wo Sarahs Handy zuletzt geortet worden war. Als Studenten aus Deutschland, die sich ein wenig mit Haschisch eindecken wollten, würden sie, so stellten sie es sich jedenfalls vor, nicht weiter auffallen.

Das Gebäude war über vierhundert Jahre alt und nach klassischer holländischer Art eingerichtet. Im Erdgeschoss stand zu ihrer Überraschung ein Computer zur kostenlosen Internetnutzung. Siggi war begeistert. An der Bar bestellten sie sich einen der zahlreichen exotischen Tees. Sie entschieden sich für einen Sacred Blue Lily of the Nile, weil sie den Namen so inspirierend fanden. Von der berauschenden Wirkung und dem deutschen Namen Blauer Lotus wussten sie nichts.

Siggi ging mit seinem Tee zum Computer und loggte sich ins Internet ein. Wie nicht anders zu erwarten, verfügte die Universitätsstadt Leeuwarden über sehr schnelle Verbindungen. Mit wenigen Befehlen überwand er die üblichen Sicherheitssysteme und hackte sich in den sonst nicht zugänglichen Speicher der »gelöschten« Dateien der Suchmaschinen ein. Er zuckte zusammen und schaute sich um, doch niemand schien ihn zu beobachten.

Meyerholz hatte sich an einen Tisch gesetzt und behielt die Szenerie im Auge.

In der Historie des Internetbrowsers fand Siggi die Suchbegriffe »Dedenbach«, »Ponygestüt«, »Anna Hergarten« und »Sarah Hergarten«, nach denen am Donnerstag vergangener Woche gesucht worden war. Der Zugang zu weiteren Dateien blieb ihm verwehrt. »Doch ganz pfiffig, die holländischen Computerfreaks«, musste er leise grummelnd zugeben. Er startete einen weiteren Versuch in Google Earth.

Einige Sicherheitssperren waren programmiert und fast hätte er schon aufgegeben, als er aus dem Bauch heraus das Passwort »Holland_winnt_de_Weltpokal« eingab. Das System ließ Siggi herein. Er fand verschiedene nachgefragte Routen, die allesamt im »Repelsteelte« starten sollten, die meisten um Leeuwarden herum oder zu den Touristenorten der Küstenregion. Nur eine Adresse fiel aus der Reihe: Dedenbach. Recherchiert ebenfalls am vorangegangenen Donnerstag.

Als zwei Joint rauchende Rothaarige auf ihn zukamen, löschte Siggi schnell alle Spuren, die er im Computer hinterlassen hatte, und informierte seinen Freund über die jüngsten Erkenntnisse. Sie waren nun sicher, bei der Suche nach Sarah auf der richtigen Spur zu sein. Doch was bedeutete das alles? Die Rothaarigen saßen kichernd vor dem Bildschirm, als Siggi und Christoph in den ersten Stock hinaufgingen.

Dort fanden sie ein Piano, einen Bereich mit Billardtischen und den Arbeitsplatz eines DJs, der hier wohl am Wochenende seinen Dienst verrichtete. Gerne hätten sie eine Runde Billard gespielt, doch sie waren in anderer Mission hier.

Sie gingen über die alte Treppe noch eine Etage höher bis zum obersten Stockwerk. Hier fanden sie Sitzgelegenheiten und Liegen und aus der breiten Fensterfront hatten sie einen hervorragenden Blick auf die Straße.

»Na, Jungs, wohl zum ersten Mal hier?« Die beiden Rothaarigen waren ihnen offensichtlich gefolgt und versuchten in gutem Deutsch, das kaum holländisch eingefärbt war, ein Gespräch zu beginnen. »In Deutschland habt ihr ja keine Coffeeshops.«

Meyerholz und Espenlaub sahen einander unentschlossen an. Die Rothaarigen sahen sympathisch aus und waren offensichtlich locker drauf. Meyerholz kam zum Ergebnis, dass sie hier vielleicht das Schöne mit dem Nützlichen verbinden könnten.

»Hi. Ok, das stimmt. Deshalb wollten wir uns mal einen holländischen Coffeeshop anschauen. Und dieser hier wurde uns von Freunden empfohlen.«

»Ach so, von Freunden«, grinste die Kleinere der beiden. »Ich bin Annika. Und das ist Maaika.«

»Und wir sind Christoph und Siggi!« Espenlaub blendete sich in das Gespräch ein und zeigte mit den Fingern auf Meyerholz und sich. »Wir studieren in Bonn.«

»Und wir in Leeuwarden. Das hättet ihr jetzt nicht gedacht!« Maaika bekam einen Lachanfall, der mit dem Joint in Verbindung stehen musste. »Habt ihr denn auch schon was geraucht? Ihr seid doch bestimmt nicht wegen der schönen Aussicht hierher gekommen!«

»Wir wollten uns erst mal etwas umsehen, bevor wir …«

»Umsehen! So ein Quatsch.« Maaika fiel Meyerholz ins Wort. »Ich hole euch jetzt mal was!« Sie stand auf und schwebte die Treppe hinunter.

Annika entging nicht, dass beiden Deutschen unruhig wurden. Sie fasste beide unter dem Arm und zog sie mit sich auf eine rote Chaiselongue.

»Kommt, genießt den Duft der großen weiten Welt! Habt ihr echt noch nie gekifft?«

»Nein, noch nie«, sagten beide wie aus einem Mund.

Annika legte ihre linke Hand auf den Oberschenkel von Meyerholz. Während sie sie nach oben wandern ließ, zog sie ihn mit der rechten Hand am Nacken zu sich hin und flüsterte ihm ins Ohr: »Dann wird es aber Zeit.« Danach küsste sie ihn völlig unbefangen.

Espenlaub sah sehnsüchtig zu. Er wusste, dass er gegenüber attraktiveren Männern stets im Nachteil war. Es schmerzte ihn jedes Mal.

Maaika kam mit einem Joint im Mund und zweien in der Hand zurück und hatte die Situation sofort gecheckt. »Siggi und Christoph, ihr seid eingeladen von eurer neuen holländischen Freundin Maaika!«

Sie steckte Meyerholz und Espenlaub jeweils einen Joint zwischen die Lippen, griff vom benachbarten Tisch eine Schachtel

Streichhölzer mit Werbung des exklusiven Clubs »Van Gogh« und gab den beiden überrumpelten Gästen Feuer.

Siggi war vom milden, frischen und fast fruchtigen Geschmack überrascht. Ein extremes Glücks- und Friedensgefühl machte sich in ihm breit. Er fühlte sich mit der ganzen Welt in Harmonie vereint. Die Droge trug ihn in eine andere Welt. Er zog Maaika zu sich herüber und fasste ihr unters T-Shirt. Sie bäumte sich kurz auf und warf sich lachend auf ihn. Dann machten sie es sich auf der Chaiselongue bequem. Siggi konnte ein breites, zufriedenes Grinsen nicht mehr unterdrücken. Bevor seine Wahrnehmungen verschwammen, dachte er noch, dass dies das Leben der Hippies der sechziger Jahre gewesen sein musste. Dass sein Handy in der Hosentasche heftig und immer wieder vibrierte, führte er auf andere Ursachen zurück.

Meyerholz nahm zwei tiefe Züge aus dem fertigen Joint. Er fühlte sich sehr leicht, als würde er auf Wattewolken schweben. Er schwebte gemeinsam mit Annika auf ein blaues Sofa und lehnte sich zurück. Dann legte er seinen Kopf in den Nacken und fühlte sich wie eine Rakete, die ins All geschossen wird. Er sah Sterne an sich vorbeischießen und fühlte sich völlig schwerelos. Dann musste er immer lauter lachen, immer lauter, und konnte überhaupt nicht mehr aufhören. Er flog immer noch durch den Sternenraum, und seine Lachsalven rissen ihn fort. Er fühlte sich völlig befreit.

Dann sah er eine Katze, die durch das Zimmer schlich. An ihm vorbei. An Siggi vorbei. An Annika vorbei. Die Katze nahm seine ganze Aufmerksamkeit in Anspruch. Plötzlich wurde ihm bewusst, dass er die Katze war, auch wenn sein Körper immer noch auf dem blauen Sofa saß. Seine Aufmerksamkeit war ganz bei der Katze. Er dachte wie sie. Er beobachtete wie sie. Er war die Katze. Er beschloss daher, seiner Neigung zu folgen und bewegte sich auf allen Vieren durch den Raum. Er sah eine Fliege auf dem Boden, und der Jagdtrieb erwachte in ihm. Er sah alles aus der Perspektive der Katze, roch die Fliege und machte sich zum Sprung bereit.

Er bekam nicht mit, wie Annika und Maaika Gerrit Martens zuzwinkerten, als dieser den Raum betrat. Gerade, als er zum Sprung auf die Fliege ansetzen wollte, packte Martens ihn im Nacken und sprühte ihm etwas in den Mund. Schlagartig ließ die Spannung in seinem Körper nach, er verließ die Katze, er war wieder Christoph Meyerholz und wunderte sich, dass er auf dem Boden lag.

»Er gehört jetzt dir«, sagte Martens höhnisch zu Annika. »Dein erster deutscher Privatdiener.«

»Verdammt, was machst du da?«, schrie Annika.

»Keep cool, Baby. Eine kleine Belohnung für euch. Genießt die Früchte eurer Arbeit.«

»Wie lange hält die Wirkung an?«, frage Annika kopfschüttelnd.

»Normalerweise zwei bis drei Stunden. In seinem Zustand kann es aber auch länger andauern.«

»Dann können wir nicht hier bleiben. Das Risiko ist zu groß.«

Martens nickte. »Ja, da hast du Recht. Ich fahre euch besser ins Institut. Da seid ihr sicher. Ihr habt ja selber auch genug.«

»Was ist mit Maaika und dem Kleinen? Sollen wir sie hier lassen?«, schlug Annika vor.

»Auf keinen Fall. Die nehmen wir mit!«

»Dann soll der hier aber auch mein Privatdiener werden!«, nölte Maaika eifersüchtig.

Martens wunderte sich immer wieder über so viel Naivität, die Leuten wie ihm das Geschäft leichter machte. »Der kriegt doch jetzt schon nichts mehr mit. Lass ihn noch zwei, drei Züge ziehen. Dann packen wir sie erst mal ins Auto. Im Institut sehen wir weiter.«

13. Kapitel

Zum x-ten Mal hatte Mülenberk auf die Wahlwiederholungstaste seines Handys gedrückt, doch Meyerholz und Siggi meldeten sich nicht. Er hatte weder Martens noch seine Bundesbrüder das »Reepelstelte« verlassen sehen. Was hatte das zu bedeuten? Was spielte sich darin ab? Waren seine Freunde in Gefahr? Er zahlte, gab ein großzügiges Trinkgeld und machte sich auf zum »Repelsteeltje«, ohne eine Vorstellung zu haben, was ihn dort erwarten würde.

Kaum hatte er die Eingangstür hinter sich zugezogen, fühlte er sich wie in einer anderen Welt. Die Atmosphäre des Coffeeshops mit den eigenartigen Gerüchen und Psychedelic Rock von Pink Floyd verwoben sich mit seinen Erinnerungen an die unvergesslichen Erlebnisse mit Esther, der einzigen Frau, die er je geliebt hatte. Wenn sie gemeinsam auf den Trip gegangen waren, hatten sie meist Musik von Pink Floyd gehört, damals noch mit dem Frontmann Syd Barrett, der nach zu reichlichem Drogenkonsum Ende der Sechziger die Band verlassen musste.

Mülenberk zwang sich in die Wirklichkeit und seine Suche nach Sarah zurück. An der Theke im Erdgeschoss standen einige junge Leute, aber niemand, den er kannte. Er stieg die Treppen hoch. Doch in den beiden oberen Stockwerken war niemand zu sehen.

Im obersten Stock nahm er sofort den typischen Geruch der Joints wahr. Er sah sich um, konnte jedoch nichts finden, was auf die Anwesenheit von Meyerholz, Espenlaub oder Martens hätte schließen lassen. Die konnten doch nicht spurlos verschwunden sein.

Auf dem Fußboden lag eine Streichholzschachtel mit der Werbung des Clubs »VanGogh«. Mülenberk steckte sie ein. Dann dachte er an die »Bursa« mit ihren versteckten Türen und suchte die Wände ab. Plötzlich fiel ihm ein kleines ausgeschaltetes Leuchtschild, wie sie früher in Kinos üblich waren, mit der Aufschrift »Nooduitgang« auf. Hinter einem Vorhang fand er eine feuersichere Tür. Er drückte die Klinke herunter. Die Tür war verschlossen und widerstand seinen Versuchen, sie zu öffnen.

Er atmete tief durch und ließ sich auf die rote Chaiselongue fallen, um seine Gedanken zu sortieren und die nächsten Schritte zu planen. Mülenberk, Espenlaub und Martens hatte er das »Repelsteeltje« betreten sehen. Entweder hatten sie es durch den Notausgang verlassen oder sie waren noch in einem Raum, den er noch nicht erkundet hatte. Martens war brandgefährlich und seine Bundesbrüder hatten dem wenig bis gar nichts entgegen zu setzen.

Plötzlich spürte Mülenberk einen leichten Druck an der rechten Pobacke und griff hinter sich, um den Gegenstand zu entfernen, auf dem er augenscheinlich Platz genommen hatte. Es war ein Zipfelbund in den Farben von Tartarus, zwei übereinandergelegte, unterschiedlich lange Stücke Coleurband in Metall gefasst. Zipfel verlieh man einander, meist aus besonderer Freundschaft. Deshalb hüteten Verbindungsstudenten ihren Zipfelbund ein Leben lang wie ihre Augäpfel.

Er betrachte die Zipfel näher. Zweifelsfrei gehörten sie Siggi. Was mochte geschehen sein, dass er seinen Zipfelbund verloren hatte? Sie waren jedenfalls hier oben gewesen. Vielleicht hatten sie gekifft. Das könnte schnell zu einem Kontrollverlust geführt haben. Und nach seinem Kenntnisstand hatten beide keinerlei Erfahrung mit Haschisch.

Er ging hinunter an die Bar und bestellte einen Tee. Zwei Männer um die vierzig, von denen er keinen Gebrauchtwagen gekauft hätte, bedienten an der Bar.

»Habt ihr vielleicht zwei deutsche Studenten gesehen, die eben hier waren?«

Die beiden sahen sich an. Fragen dieser Art mochte man im »Repelsteeltje« nicht. Oft suchten Eltern ihre Kinder oder Fahnder in Zivil waren unterwegs.

»Dat kan zijn. We betalen geen aandacht. Wat is het dan?« Offensichtlich hatten die beiden wenig Interesse an seinen Fragen.

Mülenberk blieb ruhig. »Ich habe sie reingehen sehen. Kann sie aber nicht finden.«

»U bent dan niet meer aanwezig.«

Mülenberk war klar, dass er von den beiden nichts erfahren würde. Er überlegte, ob er ihnen das Bild von Gerrit Martens zeigen sollte, entschied sich aber dagegen. Die Wahrscheinlichkeit, dass Martens gewarnt würde, war deutlich größer als die Wahrscheinlichkeit, eine brauchbare Information zu bekommen. Und dass Martens hineingegangen war, wusste er auch so. Nur nicht, wo er jetzt war.

Er ging zu seinem Wohnmobil. Keine Mails, Nachrichten oder Anrufe auf dem Smartphone. Als er Siggis Zipfelbund aus der Hosentasche zog, fiel die Streichholzschachtel, die er im »Repelsteeltje« eingesteckt hatte, heraus. Er hob sie auf und betrachtete sie. »VanGogh – der exklusive Club«. Mehr stand nicht darauf.

Er warf den Computer an und googelte. Der Club »VanGogh« lag an der N355 westlich von Leeuwarden, keine zehn Kilometer von seinem Parkplatz entfernt. Die Homepage war zweisprachig, so dass auch deutschsprachige Interessenten sich schnell zurecht fanden. Das »VanGogh« wurde als sehr diskreter Club angepriesen, »in dem auch Ihre geheimsten Wünsche erfüllt werden. Lassen Sie sich von absolut bereitwilligen Frauen verwöhnen«. Das Angebot richtete sich eindeutig an Männer der oberen Einkommensklasse.

Beim Wort »bereitwillig« musste Mülenberk sofort an Martens Sprayflasche denken. Bingo! Das einzig Vernünftige wäre, unverzüglich Oberstaatsanwalt Westenhoff zu informieren. Doch den hatte er ja im Glauben gelassen, er mache mit dem Wohnmobil eine Butterfahrt durchs Ahrtal. Nun saß er in seiner eigenen Zwickmühle. Und da war sein Versprechen an Anna, sich selber nach Holland auf die Suche nach Sarah zu begeben. Außerdem gab es die jungen Bundesbrüder, die plötzlich im »Repelsteeltje« aufgetaucht waren und von denen er noch nicht einmal wusste, wie sie so schnell dahin gekommen waren. Offensichtlich suchten auch sie auf eigene Faust nach Sarah. Außerdem befasste sich die niederländische wie auch deutsche Polizei mit Martens und Sarah; ihnen hatte er nicht alle Informationen gegeben. Und da war Gerrit Martens, von dem eine große und für ihn völlig unkalkulierbare Gefahr ausging.

Mülenberk beschloss, da er keine anderen Handlungsoptionen sah, sich den Club »VanGogh« näher anzuschauen. Es ging auf den Abend zu und es begann die Zeit, in der die Offerten des Clubs angenommen würden. Nachdem er den Feierabendverkehr in Leeuwarden hinter sich gelassen hatte, erreichte er in wenigen Minuten das »VanGogh«. Ein für niederländische Verhältnisse ungewöhnlich geräumiges zweistöckiges Winkelhaus aus rotem Backstein versteckte sich nur wenige Meter südlich abseits der N355 in einer kleinen Bodensenke. Ein vermutlich als Lärmschutz angelegter grasüberwachsener Wall umgab das Gelände und verhinderte einen freien Einblick. Lediglich an der westlichen Seite war das Gelände für Autos zugänglich. Der Querflügel des Hauses schloss diese Seite ab, ergänzt durch üppigen Bewuchs mit hoch rankenden Dornengewächsen. Zur Straße hin gab es eine einzige Zufahrt, die sehr gut kontrolliert werden konnte. Sie war die einzige Ausfahrt.

Mülenberk entschied sich für den direkten Weg. Er fuhr auf den Parkplatz, tauschte sein grün-braunes Cord-Outfit gegen Designer-Klamotten, die er zum Schnäppchenpreis im Outlet in Bad Münstereifel erstanden hatte, hüllte sich in einen Hauch von Issey Miyake pour homme und ging zur Eingangstür. Die Überwachungskameras, die nicht nur den Türbereich, sondern das ganze Gelände erfassten, entgingen ihm nicht.

Auf sein Klingeln geschah eine Zeit lang nichts. Dann wurde die Tür geöffnet. Ein Hüne mit hellblonden Haaren, offensichtlich osteuropäischer Herkunft, gekleidet in einen weißen Jogginganzug, musterte ihn von oben bis unten.

Er hielt die Hand auf und sagte: »200 Euro. Mindestverzehr.«

Der Hüne kam ihm irgendwie bekannt vor, ohne dass er sich konkret erinnern konnte. Mülenberk hatte einige Geldscheine gefaltet in seiner Hosentasche und drückte dem Hünen zwei Hunderter in die Pranke. Er wurde mit einer Kopfbewegung in ein Kaminzimmer dirigiert, wo er der einzige Gast war. Auf dem Parkplatz hatten mehrere Autos gestanden, doch das konnte alles Mögliche bedeuten.

Ein großer Kaminofen mit Glasscheibe bullerte kräftig. Auf einer üppigen Ledergarnitur ließen sich zwei ebenso üppige Blondinen nieder, die offenbar zu seiner Animation herbeizitiert worden waren. Hinter der Theke scannte ihn eine Mittdreißigerin mit langen schwarzen Haaren, die ihn an eine Zigeunerin erinnerte und die versuchte, seinen Marktwert abzuschätzen.

»Neu hier?« Die Zigeunerin eröffnete das Gespräch.

»Ja. Kannst du mich ein wenig einführen?«

»Klar kann ich dich einführen. Deshalb sind wir ja da!« Die Zigeunerin schüttelte sich vor Lachen und rief den Üppigen zu: »Jacqueline und Natascha, der Herr hier fragt, ob wir ihn einführen können!« Als wäre dies eine Einladung, standen die beiden auf, staksten auf ihren High-Heels zu ihm hinüber und nahmen rechts und links von ihm Platz.

»Spendierst du uns einen?«

Das übliche Abzock-Ritual nahm seinen Lauf. Wenn Mülenberk mehr erfahren wollte, musste er mitspielen.

»Klar, die Damen. Was darf's denn sein?«

»Dunja, reiß uns ein Fläschchen Champagner auf!«, beauftragten sie die Kollegin an der Bar.

Mülenberk war klar, dass sein Mindestbudget damit deutlich überschritten würde. Um den Schaden zu begrenzen, orderte er auch ein Glas für sich. Was hatten sie in der Eifel doch für angenehme Preise.

»Wenn es dir zu warm ist, kannst du schon mal den Bademantel anziehen«, schlug Jacqueline leicht lispelnd vor, während sie ungebeten ihre Hände auf seine Oberschenkel legte.

Er packte ihre Handgelenke und schob sie sanft, aber bestimmt zurück. Er hatte gelernt, dass es ratsam war, in solchen Situationen erkennen zu lassen, dass man selber das Heft des Handelns in der Hand hält und sich nicht so leicht manipulieren lässt.

Jacqueline erkannte die Botschaft und stieß mit ihm an.

»Warum bist du hier?«, fragte sie sanft wie die Schlange Ka im Dschungelbuch.

Mülenberk griff den Ball dankbar auf. »Ich möchte mich von einer absolut bereitwilligen Frau verwöhnen lassen.«

»Dann bist du bei mir richtig«, zischelte Jacqueline.

»Dann knie dich hin und küsse mir die Füße!«

Jacqueline verlor unversehens die Beherrschung. »Du tickst doch nicht mehr sauber, du notgeiles Arschloch.«

»Nichts anderes habe ich erwartet«, erwiderte Mülenberk in völliger Gelassenheit und amüsiert darüber, wie das Lispeln jetzt wirkte.

Die Zigeunerin bereinigte die Situation sofort, indem sie Jacqueline und Natascha anwies, sich zurückzuziehen. Sie bedachten ihn mit verächtlichen Blicken, bevor sie in einem Nebenraum verschwanden.

»Ich denke, wir haben, was du suchst.« Die Zigeunerin blieb ruhig und professionell. »Ein absolut williger Neuzugang. Anfang Zwanzig. Deutsche. Unverbraucht.«

»Und der Haken?«

»Zwei Haken. Das kostet. Und maximal zwei Stunden.«

»Wieso?«

»Ist so. 500 im Voraus für zwei Stunden. Oder gar nicht.«

Mülenberk nickte und versuchte, Zeit zu gewinnen. Könnte es sein, dass ihm eine unter Drogen gesetzte Sarah angeboten wurde? Wenn ja, würde sie ihn erkennen? Wäre die Situation dann noch beherrschbar? Oder hätte er dann Sarah und sich in äußerste Gefahr gebracht? Er schenkte sich einen Schluck Champagner nach.

»Was ist, wenn euer Neuzugang rumzickt?«

»Wird sie nicht. 100%-Geld-zurück-Garantie.«

Mülenberk konnte es nicht glauben. Geld-zurück-Garantie im Bordell. Ihm fiel die Geschichte von dem Mann ein, der die Pornofilme immer rückwärts ansah, weil er die Stelle so schön fand, an der der Mann sein Geld zurück bekam. Er war sicher, dass in diesem Etablissement niemand sein Geld zurückbekam. Spätestens nach einer kurzen Unterredung mit dem weißen Jogginganzug würde jeder dankend darauf verzichten.

»Hört sich gut an. Wann ist sie zu haben?«

»Sie ist in ein paar Minuten einsatzbereit.«

Mülenberk war in Zugzwang. Ihm behagte die ganze Angelegenheit vorne und hinten nicht.

»Liebelein, das hier ist keine Wartehalle zum Aufwärmen. Willst du oder willst du nicht?«, drängte die Zigeunerin.

Mülenberk hatte das Gefühl, sich nur falsch entscheiden zu können. Er kramte in seiner Hosentasche, holte einen 500-Euro-Schein hervor und legte ihn auf die Theke.

»Wir nehmen keine 500er. Du bist wirklich neu im Geschäft.«

»Den. Oder gar nicht.« Mülenberk holte sich den 500er zurück, erleichtert, dass ihm die Entscheidung abgenommen wurde.

Mit schnellem Griff schnappte sich die Zigeunerin den 500er und steckte ihn in ihr Dekolleté, das am Nabel endete. »Dann den. Warte hier.«

Er hatte die Kontrolle über die Situation verloren. Er handelte nicht mehr, er wurde gehandelt. Während Mülenberk sich auf alle möglichen Situationen einzustellen versuchte, öffnete sich eine Tür, die er bis jetzt noch gar nicht gesehen hatte. Der weiße Jogginganzug kam auf ihn zu. Er erinnerte ihn an den von Gottfried John gespielten Bösewicht General Ourumov im James-Bond-Film *Golden Eye*. Hoffentlich wartete nicht noch der Beißer irgendwo in diesen Gemäuern auf ihn.

Ourumov musterte ihn von oben bis unten. Dann drückte er ihn mit schnellem Griff auf die Theke und tastete ihn nach Waffen ab.

»Folge mir!«, war das einzige, war er sagte.

Mülenberk versuchte, sich in den schummrig beleuchteten Gängen, von denen zahlreiche Türen abgingen, zu orientieren. Offensichtlich wurde er ins Obergeschoss des Längstraktes geführt. Am Ende des Ganges öffnete Ourumov eine Tür.

»Rein!«

»Kundenorientiert ist das aber nicht«, brummte Mülenberk vor sich her.

»Schnauze. Warten.«

Mülenberk sah sich um. Das Zimmer maß ungefähr 3 mal 4 Meter und war dem Zweck entsprechend eingerichtet. Ein großes Bett, an der Wand ein Alarmknopf für den Fall, dass ein Freier handgreiflich wurde, ein Waschbecken, eine Wand gespickt mit Utensilien aus dem Beate-Uhse-Katalog: Handschellen, Peitschen, Spreizstangen, Knebel, Dildos in unterschiedlichen Größen und Teile, die er noch nie gesehen hatte.

An der Decke und an einer Wand waren Ösen aus Metall angebracht. Fast in der Zimmermitte stand die Krönung des Ganzen: ein Käfig mit Gitterstäben, nicht größer als ein Kubikmeter, mit einer abschließbaren Tür, die über eine separate Klappe verfügte, in der der Kopf so arretiert werden konnte, dass er nach außen zeigte. Mülenberk war kein Kind von Traurigkeit, er hatte viel Freude daran, im Einklang mit einer Partnerin Phantasien auszuleben. Allerdings wurde ihm ganz schlecht bei dem Gedanken, was hier Frauen gegen ihren Willen angetan wurde.

Er suchte das Zimmer nach versteckten Kameras oder Mikrofonen ab, konnte aber auf den ersten Blick nichts finden.

Ourumov öffnete die Tür. »Hier ist sie. Mach mit ihr, was du willst. Zwei Stunden. Keine Sekunde länger«. Er schob die Frau in das Zimmer, sah demonstrativ auf die Uhr und zog die Tür hinter sich zu.

Eine Frau, bekleidet mit einem flauschigen weißen Bademantel, die Kapuze über den Kopf gezogen, stand regungslos vor ihm. Sie hatte Mühe, auf den High Heels Balance zu halten. Mülenberk war sehr nervös. Gleichzeitig musste er feststellen, dass die

Szene ihn erregte. Eine sonderbare Mischung aus Scham, Erregung und Neugierde erfüllte ihn. Und war völlig fehl am Platze. Beim Fechtunterricht in seiner Studentenverbindung war er von einem erfahrenen Lehrer in die asiatische Kunst der blitzschnellen Konzentration und Fokussierung auf das Ziel eingeführt worden. Mit dieser speziellen Technik schaffte er es, sich in wenigen Momenten zu stabilisieren.

Die Frau stand schweigend und reglos vor ihm.

»Schön, dass du da bist«, sagte er sanft. »Ich heiße Roman.«

»Roman? Hallo, Roman.« Mit erstaunlich fester Stimme antwortete die Frau. Er konnte nicht erkennen, ob es Sarahs Stimme war. Sie öffnete den Bademantel, unter dem sich ein höchst begehrenswerter Körper verbarg. Er zögerte. Anscheinend zu lange. Denn sie packte seine Hände und legte sie auf ihre Brüste. Dann drückte sie ihn rückwärts aufs Bett und ließ sich, nachdem sie den Bademantel mit der Kapuze auf den Boden hatte gleiten lassen, über ihn fallen.

Es war, als ob er in die Augen ihrer Mutter blicken würde. Kein Zweifel. Er hatte Sarah gefunden. Und sie stand ganz offensichtlich unter Drogen, die unverkennbar dazu führten, dass sie an ihrer Unterwürfigkeit ein Höchstmaß an Lust verspürte. Er hatte keine Vorstellung, was passieren würde, wenn sie ihn erkennen würde. Es gingen ihm aber einige Bilder durch den Kopf, die kein gutes Ende ahnen ließen.

»Wie heißt du?«

»Warum fragst du das?«

»Ich möchte wissen, wie ich dich anreden soll.«

»Dazu brauchst du keinen Namen. Ich werde auf alles hören. Namen sind unwichtig.«

Mülenberk versuchte es erneut. »Haben wir uns schon mal gesehen?«

»Das spielt keine Rolle.«

So kam er nicht weiter. Sie kniete sich vor ihm nieder und begann, ihn auszuziehen.

Er musste Herr der Situation bleiben. Das bedeutete aber, in den beiden nächsten Stunden die Führung zu übernehmen.

»Stopp. Ich sage dir, was du zu tun hast!«, raunzte er sie an. Sofort ließ sie von ihm ab.

»Ja, Herr.«

»Geh auf allen Vieren in den Käfig«, kommandierte er.

Willig kroch sie zum Käfig.

»Öffne die Tür und geh hinein!«

Sie öffnete die Tür, krabbelte in den Käfig und zog die Tür hinter sich zu. Im Käfig fand sie erstaunlich viel Platz. Er holte von den Utensilien an der Wand ein Vorhängeschloss und verriegelte den Käfig. Damit waren sie und er erst mal geschützt. Er atmete tief durch. Aber wie sollte es weitergehen?

Während Sarah im Käfig auf weitere Befehle wartete, setzte Mülenberk sich aufs Bett und sortierte seine Gedanken. Sarah hatte er gefunden. Das war gut, führte aber zu der Frage, wie sie und er heil aus dieser Nummer herauskommen sollten. Zudem waren seine Bundesbrüder Meyerholz und Espenlaub im »Reepelstelte« verschwunden und er hatte Anhaltspunkte dafür gefunden, dass sie unter Drogen standen. Ob freiwillig oder nicht, vermochte er nicht einzuschätzen. In jedem Fall hatte sich ihr Verschwinden gleichzeitig mit dem Besuch von Martens ereignet, den er ebenfalls nicht mehr im »Reepelstelte« gesehen hatte. Und dann war da noch die Entführung seiner Tochter Marie, die auch jeden Moment eine Wendung erfahren konnte. Vielleicht würde er jetzt schon gebraucht, während er gerade im »VanGogh« festhing, gefangen mit seiner Gefangenen, die er doch befreien wollte.

»Was ist los mit dir? Ich warte auf dich.« Sarahs Stimme aus dem Käfig klang fast bittend.

Mülenberk stand auf und ging zu ihr hinüber. Ihre geröteten und geweiteten Augen zeigten an, dass sie voll unter Drogen stand. Trotzdem wagte Mülenberk den Versuch, an sie heranzukommen.

»Sarah, wie geht es dir?«

Sie reagierte nicht auf ihren Namen.

»Sarah. Sarah, erkennst du mich? Ich bin es, Roman. Ein Freund deiner Mutter.«

Sie zuckte zusammen.

»Deine Mutter ist sehr besorgt um dich. Sarah, verstehst du, was ich sage?«

Sie sah ihn ausdruckslos an. Ihr verführerisch schöner Körper barg eine von Drogen aufgelöste Seele. Er konnte ihren Anblick im Käfig nicht mehr ertragen, auch wenn das ein sicherer Ort war. Er öffnete die Tür.

»Komm heraus und zieh dir den Bademantel an!«

Sie kroch heraus, streckte sich und zog sich den Bademantel über.

»Komm, setz dich zu mir.« Sie setzte sie sich neben ihn aufs Bett.

»Trink das!« Mülenberk reichte ihr ein großes Glas Wasser. Er hatte die Hoffnung, dass die Drogen etwas schneller abgebaut würden, wenn der Körper viel Wasser bekäme. Sie trank das Glas in einem Zug aus. Er füllte es erneut und befahl ihr zu trinken. Er merkte, wie schwer es ihr fiel, die große Menge Flüssigkeit in kurzer Zeit hinunterzubekommen, doch sie gehorchte.

Mülenberk massierte sie eine Viertelstunde lang, um ihr Lymphsystem zu aktivieren. Sie musste zur Toilette. Als sie zurückkam, war ihr Blick etwas klarer. Er wiederholte die Prozedur. Als sie zum zweiten Mal von der Toilette kam, merkte Mülenberk eine Veränderung. Ihre Augen waren erneut klarer geworden und nicht mehr so geweitet. Vielleicht drang er zu ihr durch.

»Sarah, erkennst du mich?«

»Roman. Roman Mülenberk.«

»Ja. Das bin ich. Und wer bist du?«

»Sarah Hergarten.«

»Wie bist du hierher gekommen?«

»Das weiß ich nicht.«

»Was geschieht hier mit dir?«

»Das weiß ich nicht.«

»Sarah, was machen Sie mit dir?«
»Ich bekomme immer wieder irgendetwas verabreicht.«
»Wirst du zum Sex gezwungen?«
»Wieso gezwungen? Ich habe einen Auftrag und den erfülle ich.«
»Sarah, deine Mutter macht sich große Sorgen.«
»Meine Mutter?«

Sarah war ganz offensichtlich nicht sie selber. Er hatte nicht mehr viel Zeit, dann waren die zwei Stunden vorbei. Er nahm sein Handy und wählte Annas Nummer. Sie war sofort am Telefon.

»Anna, ich habe Sarah gefunden. Sprich mit ihr. Sag ihr irgendwas, das ihre Erinnerungen weckt. Sie haben sie unter Drogen gesetzt.«

»Roman, um Himmels Willen. Was ist los? Wo bist du?«
»In einem widerlichen Puff in Leeuwarden. Sie halten Sarah hier fest.«
»Um Himmels Willen!«
»Anna, reiß dich bitte zusammen. Wir haben nicht viel Zeit. Ich gebe das Handy jetzt Sarah.«

Er reichte es ihr. »Deine Mutter möchte dir etwas sagen.«

Zögernd nahm sie das Handy und hörte zu.

Er konnte nicht verstehen, was Anna sagte. Aber plötzlich begann ihre Tochter zu zittern und zu weinen. Anna hatte es offensichtlich geschafft, zu ihr vorzudringen.

»Ja, Mama. Ich dich auch. Bis bald!« Sarah gab ihm das Handy zurück.

In wenigen Minuten würden sie Sarah abholen.

»Sarah, pass auf. Lass dir nichts, rein gar nichts anmerken. Schon gar nicht, dass wir uns kennen. Und dass du mit deiner Mutter telefoniert hast. Ich werde einen Weg finden, dich schnell hier rauszuholen!«

Da hörte er Schritte auf dem Flur und die Tür wurde geöffnet. Der unvermeidliche Ourumov trat in Erscheinung.

Er sah Sarah an. »Sie hat geweint. Was hast du gemacht?«

»Sie war nicht willig genug, wie ihr versprochen habt. Ich musste etwas nachhelfen.«

Ourumov zog Sarah zu sich. »Zieh dir die Schuhe an. Wenn ich noch mal Klagen höre, kannst du etwas erleben! Wir gehen.«

»Machen Sie sich keine Umstände, ich finde alleine raus.«

»Verpiss dich!«, war alles, was er dazu zu sagen hatte.

Auf dem Gang sah Mülenberk noch, wie Sarah in ein Zimmer geschubst wurde. Dann fiel die Tür hinter ihr zu. Mülenberk ging schnell und mit einem mulmigen Gefühl den Weg zurück, den er gekommen war.

Die Zigeunerin stand immer noch an der Bar, die sich mit männlichen Besuchern gefüllt hatte. Gut gekleidete Geschäftsleute warteten darauf, von Jaqueline, Natascha und ihren Kolleginnen verwöhnt zu werden. Und natürlich würden sie Sarah wieder feilbieten und mit Drogen vollpumpen.

Grußlos ging er zur Tür. Er hörte nicht mehr, wie die Zigeunerin ihm »Bis bald!« hinterherrief.

14. Kapitel

Auch wenn sie ihren Entführer kannte, hatte Marie dennoch ein sehr mulmiges Gefühl. Zum einen wusste sie nicht, wo er sie versteckt hatte. Das kleine Zimmer, in dem er sie gefangen hielt, hatte zwar ein Fenster, allerdings waren die hölzernen Läden fest verschlossen. Sie hatte versucht, sie zu öffnen, was aber unmöglich war. Zum anderen machte ihr die labile Verfassung ihres Entführers zu schaffen. Zwar war er die meiste Zeit sehr freundlich, fast zuvorkommend. Doch zwischendurch hatte er Phasen, in denen er die Kontrolle über sich verlor. Dann zitterte er, wurde fahl im Gesicht und brüllte aus nichtigsten Anlässen herum. Einmal hatte er sie sogar ins Gesicht geschlagen – freilich nicht fest und er hatte sich gleich entschuldigt. Aber es zeigte ihr, wie dünn das Eis war, auf dem sie sich derzeit bewegte. Sie ging zum Fenster und horchte. Manchmal hörte sie einen Zug vorbeifahren, manchmal meinte sie, einen Flusses zu riechen. Wo war sie?

15. Kapitel

Nur ein winziger Lichtschimmer kam durch die abgedunkelten Fenster. Es roch ein wenig wie im Pferdestall. Offensichtlich lag er auf einer Matratze auf dem Boden. Er war kaum in der Lage, einen klaren Gedanken zu fassen. In seinem Kopf war ein heilloses Durcheinander. Sein Körper fühlte sich an wie Gelee. Arme und Beine wollten ihm nicht gehorchen. Siggi Espenlaub war von seiner Drogenreise in die Wirklichkeit zurückgekommen. Diese fand er jetzt beängstigend und verstörend. Er wusste weder, wo er war, noch, wie er hierher gekommen war. Plötzlich registrierte er, dass er nackt war. Panik stieg in ihm auf.

Er schaffte es, auf alle Viere zu kommen und nach seinen Kleidern zu suchen. Als er zum Fenster krabbelte, um mehr Licht hereinzulassen, berührte seine suchende Hand ein Stück kalte Haut. Er erstarrte. Vorsichtig tastete er die Haut ab und fühlte einen Arm, an dem sich ein ganzer Mensch befand. Dieser Mensch war kalt und nackt. Er lag mit einem Toten im Zimmer. Plötzlich dämmerte es ihm. Der Tote musste sein Freund Christoph sein.

Siggi stieß einen endlosen Schrei aus, in den er seinen ganzen Schmerz und seine Hilflosigkeit legte. Tränen brachen aus ihm heraus und er wimmerte immer wieder »Christoph. Christoph…«

»Ja?« Der Tote sprach zu ihm. Siggi erinnerte sich dunkel an das »Reepelstelte«. Die Drogen. Ja, die Drogen hatten ihn wahnsinnig gemacht. Jetzt hörte er schon die Stimme eines Toten.

»Siggi, wo um alles in der Welt sind wir denn gelandet? Verdammt kalt hier.« Meyerholz kam langsam zu sich.

»Du lebst?«

»Klar, warum denn nicht? Wo sind die scharfen Mädels hin?«

Siggi konnte es nicht fassen. Sein Freund war gerade aus der Totenstarre erwacht und fragte als erstes nach den Mädels. Wenn sie aus dieser Nummer jemals heil herauskämen, würde diese Frage in die Annalen von Tartarus eingehen.

»Christoph, werd mal wieder klar im Kopf! Hast du überhaupt eine Ahnung, wo wir sind?«

»Nee, sag's mir.«

»Das würde ich, wenn ich es wüsste.«

»Dem Geruch nach zu urteilen, in einem Pferdestall«, unkte Meyerholz.

Siggi schaffte es, aufzustehen. Er ging zum Fenster und zog die Verdunkelung hoch. Es war Nacht. Er blickte auf einen Gebäudekomplex, der aussah wie eine Forschungseinrichtung. Jetzt konnte er im vorderen Bereich, zur Straße hin, ein Schild erkennen: »University Van Hall Larenstein«. Sie waren offensichtlich in der Universität. Das beruhigte ihn ein wenig. Bis er sah, dass das Gebäude, in dem sie sich befanden, mit einem hohen Schutzzaun abgesichert war, der mit Stacheldraht abschloss. Hier sollte wohl niemand unbemerkt herein. Oder heraus.

»Siggi, verdammt noch mal, wo sind denn unsere Klamotten? Ich friere wie ein Schneider!«

»Irgendwo muss doch hier ein Lichtschalter sein. Wir sind schließlich in einer Universität.« Siggi taste sich die Wand entlang und fand eine Tür und daneben einen Lichtschalter. Grelle Neonröhren erleuchteten den Raum.

»Ach du heiliges Kanonenrohr, wo sind wir denn hier gestrandet? Das sieht aber nicht besonders wohnlich aus.« Meyerholz begutachtete den kargen Raum, der lediglich mit einem Schreibtisch und zwei verschlossenen Metallschränken ausgestattet war. Außerdem gab es eine Nasszelle mit Dusche, Waschbecken und Toilette. Auf dem Betonboden hatte jemand ein provisorisches Matratzenlager aufgebaut.

»Jedenfalls liegen da unsere Klamotten«, stellte Siggi fest und ging zum Schreibtischstuhl.

»Wo sind wir hier?« Christoph ging zum Fenster und sah den Zaun. »Wir scheinen ja besonders wertvoll zu sein. Hast du den Zaun gesehen?«

»Klar. Wenig beruhigend.«

Das Licht aus ihrem Zimmer drang nach draußen, so dass sie jetzt ein Hinweisschild sehen konnten: *Institut für Biotechnologie / Institute for Biochemical Research*.

»Was es hier alles gibt. Ich dachte, die machen nur in Ackerbau und Viehzucht.« Siggi zog die Kleider, die in einem Haufen durcheinander lagen, auseinander.

Meyerholz war schon in die Dusche gestiegen und zog mit den Worten »Ich nehme jetzt erst mal eine heiße Dusche, damit ich wieder warm und klar im Kopf werde« die Tür der Kabine hinter sich zu.

Siggi fasste es nicht. Was hatte der für dicke Socken. Mitten in der Nacht, keine Ahnung wo sie waren und wie sie hergekommen waren. Vor allen Dingen, wie sie wieder rauskommen würden. Aber sein Freund stieg erst einmal in aller Seelenruhe unter die Dusche. Er hatte ihre Klamotten sortiert. Sie schienen vollständig, selbst das Geld war unberührt. Allerdings waren ihre Handys nicht da. Wenigstens die Uhren hatten sie ihnen gelassen. Und die zeigten 22:15. Seit ihrem Besuch im »Reepelstelte« waren also fast acht Stunden vergangen. Er betrachtete den heißen Dampf, der aus der Dusche drang und hörte von drinnen wohlige Geräusche. Siggi entschloss sich ebenfalls zu einer Dusche. Praktischerweise gab es einen kleinen Vorrat an Handtüchern, alle mit dem Logo der Universität versehen.

Christoph kam aus der Dusche. Er war krebsrot vom heißen Wasser. Aber nicht nur das. Der Rücken war völlig zerkratzt und an seinen Hand- und Fußgelenken waren Fesselspuren von Handschellen.

»Was ist denn mit dir passiert?«, fragte Siggi aufgeregt.

»Was meinst du?« Christoph hatte offensichtlich keine Ahnung.

»Na, dein Rücken ist ja völlig zerkratzt. Und schau dir mal deine Gelenke an!«

Meyerholz betrachtete seine Handgelenke und drehte sich so zum Spiegel über dem Waschbecken, dass er seinen Rücken sehen konnte.

»Deshalb tat das beim Duschen so weh. Ich dachte, es liege am Temperaturunterschied.«

Er tastete die Handgelenke ab und schüttelte den Kopf. »Ich kann mich an nichts erinnern. An gar nichts. Was haben die mit mir gemacht?«

Siggi untersuchte sich selber auch, konnte aber nichts feststellen. Dann stellte er sich selber unter die Dusche, schloss die Augen und genoss die Wärme und das Gefühl, dass der Schmutz der Welt von ihm abgewaschen würde.

Als beide angezogen waren, versuchten sie, das Geschehene zu rekonstruieren. Da waren Maaika und Annika im »Reepelstelte«. Die hatten sie ziemlich hemmungslos angebaggert und ihnen etwas zu rauchen gegeben.

»Ich habe mich gefühlt wie eine Katze. Ich war eine Katze!« Meyerholz erinnerte sich bruchstückhaft.

»Und ich hatte das Gefühl, als wäre ich vor meinem PC angekettet, mit den Fingern an die Tastatur geklebt, und müsste vor einer Ratgeberplattform sitzen. Dann kamen die Fragen. Fragen! Oh, so viele Fragen! Und immer wieder sinnlose, dumme, unsinnige Fragen. Und ich musste sie beantworten! Jede einzelne. Äonen lang. Ohne Ausweg.« Auch Siggis Erinnerungen kamen langsam zurück.

Sein Freund schüttelte sich vor Lachen bei der Vorstellung, dass der Computerfreak auf dem Trip diese Wahnvorstellung gehabt hatte. Er breitete seine Hände wie zu einem magischen Ritual vor Siggis Gesicht aus und flüsterte in beschwörendem Ton: »Der Sog der Zeit wird dich, du Rastloser, von den Ketten der Schmach befreien, wenn die Unke dreimal den Weg des Uhus kreuzt. Der Unwissenheit bewusst – in eine Welt voller Erlösung. Der Ausweg, er wird kommen im Geiste der schwebenden Medusa. Dreimal schwarzer Kater.«

»Hast du noch was drin?« Siggi bog sich vor Lachen. »Da stecken wir hier in der Tinte, und du redest hirnloses Zeug.«

»Oh, Scheiße!«

Schlagartig wurde Meyerholz die Situation bewusst. »Was mag Roman machen? Ob er Sarah gefunden hat? Vielleicht braucht er Hilfe. Deshalb sind wir doch mitgefahren.«

»War vielleicht keine so gute Idee, uns im Wohnmobil zu verstecken und mitzufahren.«

»Jetzt sind wir hier. Und der Wahlspruch von Tartarus lautet: Niemals zurück! Also machen wir uns mal auf!«

»Auf, wohin?« Siggi war ratlos.

»Na, mal schauen, wo wir sind und wie wir wieder wegkommen.« Meyerholz strotzte vor Entschlossenheit. Er war nach Holland gefahren, um Sarah zu finden. Diese Mission wollte er zu Ende bringen. Niemals zurück!

»Wo mögen unsere Handys sein? Wir können weder jemanden erreichen noch selber erreicht werden.« Für Siggi, dem das Smartphone normalerweise an der Hand angewachsen war, ein ziemlich unerträglicher Umstand.

»Das können wir jetzt nicht ändern. Offensichtlich ist nicht gewünscht, dass wir mit der Außenwelt kommunizieren. Wir sollten uns mal etwas umschauen.«

»Wie denn? Die Tür ist doch abgeschlossen.«

Meyerholz ging zur Tür und öffnete sie.

»Siggi, du schaust zu viele Krimis. Du hast lediglich gedacht, dass die Tür verschlossen sein würde. Du hast es aber gar nicht probiert, sie zu öffnen.«

»Das stimmt. Ich kam mir so eingesperrt vor.«

Sie machten das Licht im Zimmer aus und traten hinaus in einen langen Gang, von dem auf beiden Seiten Türen abgingen. Eine Notbeleuchtung gab schwaches Licht. Sie betrachteten die Türschilder. Es schien, dass auf der linken Seite Versuchsräume abgingen, während rechts die Büros der Mitarbeiter waren.

»Hier riecht es überall nach Pferdemist. Aber hier werden doch keine Tiere gehalten.« Siggi sprach aus, was Christoph dachte.

»Dann schauen wir uns das mal an«, sagte Christoph und drückte eine Türklinke herunter. Die Tür war abgeschlossen. Sie probierten die anderen Türen auf der linken Seite. Alle waren verschlossen und mit einem elektronischen Türschloss versehen.

»Schau mal hier!« Siggi hatte etwas entdeckt. »Neben jeder Tür hängen Messinstrumente und Steuerungsgeräte für Luftfeuchte, Helligkeit und Temperatur. Wie bei uns im in Bonn im Botanischen Garten.«

»Die Schlösser sind mit Fingerprint gesichert. Was mögen die hier so Geheimnisvolles anbauen? Vielleicht finden wir ja was in den Büros?«

Bevor Siggi seine Bedenken vorbringen konnte, wandte Christoph sich den gegenüberliegenden Türen zu und drückte eine beliebige Klinke. Abgeschlossen.

An jeder Tür hingen Schilder mit den Namen der Mitarbeiter. Sie gingen den Gang entlang. Plötzlich blieben sie stehen. Zwei bekannte Vornamen standen auf dem Schild. »Annika Bosman und Maaika van Loon.«

»Wenn das nicht unsere rothaarigen Freundinnen aus dem ›Repelsteelte‹ sind! Überraschung.« Meyerholz wollte eintreten, doch auch diese Tür war abgeschlossen.

»Verdammt, jetzt reicht es mir aber langsam. So kommen wir nicht weiter! Jedenfalls wissen wir jetzt, wer uns hierher verfrachtet hat.«

Während Meyerholz ratlos vor der Tür stand, kam Siggi mit einem Feuerlöscher in der Hand zurück. Mit den Worten »Niemals zurück!« nahm er Schwung und schlug mit drei Schlägen die Tür ein.

Meyerholz betrat verdutzt als erster das Büro. Durch die Fensterscheibe sah er, dass draußen Alarmlampen ihre Arbeit aufgenommen hatten. Offensichtlich waren die Türen an ein Alarmsystem angeschlossen. Sie würden nicht viel Zeit haben, sich umzusehen.

»Komm, jeder nimmt sich einen Schreibtisch vor. Und dann müssen wir schnell den geordneten Rückzug antreten«, rief er Siggi zu.

Sie überflogen im Halbdunkel die Unterlagen auf den Schreibtischen. Dann rissen sie die Schubladen auf, während sie laute Stimmen hörten, die sich auf das Gebäude zubewegten.

»Komm, wir hauen ab! Sie kommen.« Meyerholz rannte zur Tür hinaus, wusste aber nicht so recht, wohin. »Siggi, komm schon!«

Siggi kramte weiter. »Verdammt, Siggi, komm endlich! Die sind schon ganz nahe.« Als ob er nichts hören würde, machte er die nächste Schublade auf.

»Nun komm endlich, wir müssen weg hier!«

Siggi kam heraus und sobald er auf dem Gang war, zog Meyerholz ihn in das Zimmer, in dem sie wach geworden waren. Er schloss die Tür. Sie saßen in der Falle.

Die Haupttür wurde geöffnet, Schritte hallten durch den Gang. Sie sahen einander an, nickten und öffneten das Fenster. Es führte in das Innengelände des Institutsbereiches. Siggi war schon halb draußen, als Meyerholz ihn zurückzog. Er hielt den Finger vor den Mund und gestikulierte, er solle sich in der Duschkabine verstecken. Beide standen eng aneinandergedrückt in der dunklen engen Kabine. Die Tür zum Zimmer wurde aufgestoßen, das Licht ging an. Sie hörten drei Männer auf Holländisch miteinander reden, konnten die Stimmen aber nicht zuordnen.

»Schaut her, wieder mal ein Matratzenlager.«

»Sie haben die Bürotür von Annika und Maaika aufgebrochen und alles durchsucht.«

»Und dann sind sie ab durchs Fenster. Vermutlich haben sie längst das Loch im Zaun entdeckt und sind über alle Berge.«

»Wieso weiß ich nichts von einem Loch im Zaun?«

»Hinter Haus vier. Da, wo keine Lampen ausleuchten. Da hat vor ein paar Tagen jemand den Zaun aufgeschnitten.«

»Wir haben sofort eine Firma beauftragt, es zu reparieren. Vermutlich ist es schon wieder zu.«

»Und wieso sagt mir das keiner von euch? Ihr kennt doch die Vorschriften. Solche Vorgänge sind mir unverzüglich zu melden.«

Eine neue Stimme betrat den Raum. Dem Tonfall nach zu urteilen, gehörte sie zu einem Vorgesetzten. »Lagebericht«, rief die Stimme nur.

»Annika und Maaika haben offensichtlich wieder gekifft und ein paar Jungs hierhergeschleppt, sich mit ihnen vergnügt und dann sind sie abgehauen, ohne sich weiter um sie zu kümmern. Jedenfalls wurde mit dem Feuerlöscher die Bürotür der beiden eingeschlagen.«

»Was heißt wieder?«, schnauzte die Vorgesetztenstimme.

»Das war jetzt das dritte Mal in den letzten Wochen. Jedes Mal haben wir morgens, wenn wir die Versuche kontrolliert haben, hier ein Lager gefunden.«

»Wieso wurde ich nicht informiert?« Die Stimme wurde noch schärfer.

»Es war ja weiter nix passiert. Die haben sich hier nur amüsiert. Morgens war niemand mehr da. Annika und Maaika kamen dann mittags, haben alles aufgeräumt, saubergemacht und erzählt, dass sie einen Irrsinnsspaß gehabt hätten. Und dass wir uns wegen so ein bisschen Spaß mit harmlosen Studenten nicht aufregen sollten.«

»Nicht aufregen! Ich fasse es nicht. Wenn die nicht so unglaublich gute Arbeit leisten würden, hätte ich sie fristlos entlassen. In ein paar Wochen brauchen wir sie nicht mehr. Dann sind die Versuche abgeschlossen und ausgewertet. Bis dahin haltet ihr die Klappe und schickt die beiden zu mir rüber ins Büro, sobald sie hier auftauchen. Ich werde gleich noch mit Martens telefonieren. Das hier geht zu weit!«

»Ja, Herr Professor«, sagten die anderen wie aus einem Mund.

»Wurde in die Versuchsräume eingebrochen?«

»Nein, Herr Professor.«

»Wenigstens etwas. Bringt das alles bis mittags in Ordnung.«

»Ja, Herr Professor.«

Der Professor verließ wortlos den Raum. Hoffentlich würden die beiden hormongesteuerten Mitarbeiterinnen nicht das ganze Projekt gefährden, so kurz vor dem Durchbruch.

»Was machen wir jetzt?«, fragte einer der Männer, die zuerst angekommen waren.

»Was schon? Fenster schließen, Alarmanlage wieder einschalten, uns aufs Ohr legen. Pünktlich um sieben treffen wir uns hier, um alles zu reparieren.«

»Wir können die Alarmanlage nicht einschalten.«

»Warum nicht?« Der Vorgesetzte wurde ungeduldig.

»Weil der Kontaktgeber zum Büro so eingeschlagen ist, dass er Daueralarm geben würde.«

»Dann lassen wir die Alarmanlage eben aus. Die Typen sind sowieso über alle Berge und waren nur harmlose Opfer, die unter Drogen gesetzt wurden.«

»Martens nennt das *Feldversuch*, sagt Annika immer.«

»Halt ja die Klappe. Kein Wort darüber zu niemandem! Und jetzt will ich weiterschlafen.«

In der Duschkabine konnten Siggi und Christoph mitverfolgen, wie die Lichter ausgemacht und die Türen zugezogen wurden. Dann war es wieder ruhig. Sie warteten ein paar Minuten, ehe sie sich heraus wagten.

»Das war knapp.« Siggi war schweißgebadet.

»Verdammt knapp. Wird Zeit, dass wir hier abhauen. Aber vorher schauen wir uns noch so einen Versuchsraum an.« In Meyerholz war der Detektiv erwacht.

»Wie das denn, die sind doch abgeschlossen?«

»Klassisch.« Meyerholz ging zur Tür, wunderte sich, dass sie nicht verschlossen war, trat in den Flur und nahm sich den Feuerlöscher, der noch auf dem Boden lag. »Die Alarmanlage ist ja ausgeschaltet.«

Diesmal war es Siggi, der ungläubig zuschaute. Meyerholz benötigte vier Schläge, ehe das Türschloss zerstört war. »Die war auch dicker«, entschuldigte er sich.

Der Geruch von Pferdemist schlug ihnen entgegen. Die Luft war sehr warm und feucht. Als ihre Augen sich an das Licht gewöhnt hatten, konnten sie eine Anordnung von Betontischen erkennen, auf denen ganz offensichtlich Pilze kultiviert wurden, die verschiedene Wachstumsstadien zeigten.

»Pilze auf Pferdemist. Und das soll ein großes Geheimnis sein?« Meyerholz war enttäuscht. Er hatte mindestens einen illegalen Drogenanbau erwartet. »Lass uns durchs Fenster unserer Aufwachstation abhauen!«

Er hatte schon das Fenster geöffnet und wunderte sich, wo Siggi blieb. Der kam mit verschwörerischem Blick gelaufen. »Ich musste noch was erledigen«, grinste er. Dann stiegen sie aus dem Fenster und hielten Ausschau nach Haus Nummer vier.

Das Loch war noch nicht repariert. Wieso sollten holländische Handwerker zuverlässiger als ihre deutschen Kollegen sein?

Es war dreißig Minuten vor Mitternacht, als sie endlich auf der Straße standen.

16. Kapitel

Die frische Luft auf dem Weg zum Wohnmobil tat Mülenberk gut. Er atmete tief, um den Schmutz, den er im »VanGogh« erlebt hatte, aus seinem Körper zu lassen. Der Gedanke daran, dass Sarahs Seele mit jeder Droge und mit jedem Freier mehr zerstört wurde, trieb ihn an den Rand des Wahnsinns. Er musste feststellen, dass es einen Unterschied macht, ob man weiß, dass dies alles täglich in unserer Welt geschieht, oder ob man jemanden persönlich kennt, dem das geschieht. Er fand, dass die Realität die härteste Droge war. Er würde Sarah nicht allein befreien können. Alle Umstände, die er bis jetzt kannte, ganz zu schweigen von denen, die er noch nicht kannte, sprachen dagegen. Er beschloss, den X anzurufen, sobald er im Wohnmobil war. Auf dem Weg über den Hof warf er einen Blick in die Fenster des »VanGogh«.

Er hatte sich früher oft gefragt, warum Holländer an ihren großen Fenstern keine Gardinen haben, so dass man manchmal durch mehrere Räume schauen kann. Von den holländischen Urlaubern in der Eifel hatte er gelernt, dass viele Niederländer keine Gardinen haben, da das gesamte Land calvinistisch geprägt ist. Der Calvinismus wird von protestantischer Askese und strenger Kirchenzucht geprägt. Durch das Fehlen von Gardinen soll Offenheit hergestellt werden und signalisiert werden, dass die Bewohner nichts zu verbergen haben.

Selbst die verdorbene Welt des »VanGogh« war nur durch die sie umgebenden Wälle vor Blicken geschützt. Die Fenster des Etablissements waren erstaunlicher Weise kaum verhangen. Der brave Eifler, der im Schlafzimmer am liebsten gleich das Licht ausmacht, würde sich vor Scham abwenden – nachdem er alles gesehen hätte. Für die liberalen Holländer hingegen schien Voyeurismus kein Volkssport mit erogenem Potenzial zu sein.

Jäh wurde er aus seinen Gedanken gerissen. Durch ein Fenster sah er Martens, der, aggressiv gestikulierend, auf Sarah einredete.

Er konnte zwar nicht hören, was gesprochen wurde, aber es hatte den Anschein, dass Sarah sich in einer Art Verhör befand. Immer wieder schüttelte sie den Kopf. Wie aus heiterem Himmel schlug Martens sie. Vielleicht hatte es doch eine Überwachung des Zimmers, in dem er mit Sarah gewesen war, gegeben. Dann waren sie beide in unmittelbarer Lebensgefahr. Es blieb ihm keine Zeit mehr, den X zu informieren.

Mülenberk rannte zum Wohnmobil und verließ mit hohem Tempo den Parkplatz des »VanGogh«. Wenn sie etwas wussten, würde man ihn suchen. Er bog links auf die Hauptstraße ab, Richtung Osten. Nach fünfhundert Metern wartete er eine Lücke im Verkehr ab, wendete auf der Straße und fuhr zurück. Er hatte gleich neben dem Wall, der das »VanGogh« umgab, eine kleine Haltebucht entdeckt, in die sein Wohnmobil gerade hineinpasste.

In der Eile hatte er auf der Hinfahrt völlig vergessen, seine Jagdwaffen aus dem Wohnmobil zu nehmen. Jetzt war er froh, dass er sie dabei hatte. Rasch hatte er seine Jagdbüchse aus dem Tresor genommen und geladen. Ein zweites vollgeladenes Magazin steckte er sich in die Tasche. Dann rannte er den Wall hoch und versuchte die Richtung einzuhalten, in der er das Zimmer vermutete, in dem er Sarah zuletzt gesehen hatte. Er kam gut aus. Als er über den Wall schauen konnte, war er fast auf gleicher Höhe. Er ließ sich auf den Bauch gleiten, so dass er vom Haus aus nicht gesehen werden konnte. Das ganze Manöver hatte zwar keine zehn Minuten gedauert, aber in dieser Zeit konnte viel passiert sein, besonders wenn Martens und seine Leute sich unter Druck fühlten.

Mit seiner Vermutung, dass sie ihn suchen würden, lag er richtig. Auf dem Hof lief Ourumov mit zwei Schergen, die offensichtlich nach ihm und dem Wohnmobil Ausschau hielten. Durch das Fenster sah er, dass Sarah immer noch von Martens bearbeitet wurde. Ihrer Körperhaltung nach zu urteilen, war sie kurz vor dem Zusammenbruch.

Er nahm die Waffe und richtete das Zielfernglas auf das Zimmer, damit er in der Vergrößerung ein besseres Bild gewinnen konnte.

Im Gesicht von Martens sah er Wut und Gewaltbereitschaft. Er redete immer noch auf Sarah ein. Mittlerweile war er ganz nah an sie herangetreten und hatte ihr Genick gepackt. In Sarahs Augen sah Mülenberk Angst und Schmerz. Sie stand, soweit er das beurteilen konnte, nicht unter Drogen, vermutlich, weil sie konkrete Informationen aus ihr herausholen wollten. Anscheinend hatte sie bis jetzt nichts von dem gesagt, was Martens wissen wollte.

Auf dem Hof wurden die Stimmen lauter. Aus den Wortfetzen, die durch den Lärm der Straße hindurch bei ihm ankamen, zog Mülenberk den Schluss, dass Ourumov die Suche nach ihm vorläufig aufgegeben hatte, sodass er mit seinen Schergen wieder ins Haus ging. Als auf dem Parkplatz niemand mehr zu sehen war, wandte sich Mülenberk wieder dem Fenster zu. Martens hielt Sarah immer noch im festen Genickgriff, mit dem ein mit asiatischen Kampftechniken Vertrauter problemlos töten konnte. Er zog die Waffe fest an die Schulter, entsicherte, legte den Finger an den Abzug und visierte Martens an. Das Fadenkreuz saugte sich an seinem Kopf fest. Er schaute in die Augen von Martens. War er bereit zu töten? Nach den Berichten vom X überließ er diese Arbeit aber anderen.

Plötzlich entspannten sich Martens' Gesichtszüge leicht und ein diabolisches Grinsen, das Mülenberk an Larry Hagman als J.R. Ewing in *Dallas* erinnerte.

Anscheinend hatte Sarah geredet. Wenn dem so war, würde es sie beide das Leben kosten. Denn Martens musste damit rechnen, dass, wenn nicht Sarah, so doch Mülenberk die Polizei einschalten würde. Dies musste er mit allen Mitteln verhindern.

Martens ließ von Sarah ab und ging aus dem Zimmer. Mülenberk atmete tief durch, nahm den Finger vom Abzug und sicherte die Waffe. Tausend Gedanken gingen ihm durch den Kopf. Hätte er einen Menschen töten können, um Sarah zu retten? Würde er eine andere Entscheidung treffen, wenn es um das Leben seiner Tochter Marie ging? Selbst wenn er moralisch im Recht gewesen wäre, würde es einen Richter in Holland oder Deutschland geben, der ihn nicht verurteilte? Und was wäre, wenn er den »finalen Rettungsschuss« vollzogen hätte? Könnte Sarah wirklich entkommen? Die Situation würde höchstwahrscheinlich schneller eskalieren, als er im Haus eingreifen könnte. Wenn er dort überhaupt etwas ausrichten konnte.

Er zog das Tartarus-Handy aus der Tasche. Der X musste so schnell wie möglich informiert werden. Mülenberk schaute noch einmal kurz auf das Fenster und erstarrte. Jetzt stand Ourumov neben Sarah. Das konnte nur eines bedeuten: Martens hatte ihn mit der Liquidation der Zeugin beauftragt. Mülenberk steckte das Handy wieder in seine Tasche und machte die Waffe schussbereit. Im Fadenkreuz sah er die eiskalten Gesichtszüge von Ourumov, dem das Auslöschen eines Menschlebens nichts zu bedeuten schien. Er hatte Sarah bei den Haaren gepackt und ihr den Kopf in den Nacken gezogen. Er würde ihr vermutlich lautlos das Genick brechen, um kein Aufsehen zu erregen und den Geschäftsbetrieb im »VanGogh« nicht zu stören.

In Mülenberk kämpfte es. Sollte er Ourumov töten? Würde nicht auch ein Schuss reichen, der ihn nur verletzte? Würde er Sarah mit einem Schuss gefährden? Jagdmunition war im Gegensatz zur Vollmantelmunition der Polizei so konstruiert, dass das Geschoss beim Auftreffen sich aufsplitterte, um möglichst viel Energie abzugeben. Was, wenn Sarah von Geschosssplittern getroffen würde? Fakt war, dass sie sich jetzt in höchster Lebensgefahr befand.

Er hatte während der ganzen Zeit, die ihm wie eine Ewigkeit vorkam, die Augen von Ourumov im Blick gehabt. Im Fechtunterricht hatte er gelernt, den Augenblick zu erkennen, an dem der Gegner zustechen würde. In der zehnfachen Vergrößerung seines Zielfernglases sah er plötzlich, wie die Augenringmuskeln des Killers zuckten und seine Pupillen sich verengten. Er würde Sarah jeden Augenblick töten.

Wie hunderte Male auf dem Schießstand trainiert und bei der Jagd angewandt, legte Mülenberk seinen rechten Zeigefinger an den Abzug und atmete durch. Sollte er wirklich einen Menschen erschießen? Ihm blieb keine Zeit, den Disput mit seinem Gewissen auszutragen.

Er fühlte den Finger immer noch am Abzug, atmete noch einmal tief und zog ihn ruhig durch. Der Schuss zerriss die nächtliche Szenerie. Er repetierte, so dass er wieder schussbereit war, ohne das Auge von Zielfernglas zu nehmen. Er sah, wie Ourumov mit zertrümmertem Kopf zusammenbrach. Der weiße Jogginganzug färbte sich rot. Das Jagdgeschoss hatte ganze Arbeit geleistet. Sarah schrie entsetzt so laut auf, dass er es bis hier oben hören konnte. Überall im Haus gingen Lichter an. Türen wurden aufgerissen. Männer brüllten aufgeregt durcheinander.

Er sah, wie Sarah vom Fenster gerissen wurde. Wenige Augenblicke später verließ Martens das Haus und schob Sarah über den Parkplatz vor sich her. Martens wollte offensichtlich so schnell wie möglich wegkommen und hatte Sarah für alle Fälle als Geisel genommen. Er konnte nicht wissen, wer den Schuss abgegeben hatte, und musste annehmen, dass Polizei vor Ort war.

In weiter Ferne hörte Mülenberk einen Hubschrauber und Polizeisirenen. Unmöglich, dass sie zum »VanGogh« wollten. Wer sollte sie informiert haben? Martens war mit Sarah kurz vor seinem schwarzen Porsche. Nur noch wenige Sekunden, dann würde er losfahren. Würde er den Hof mit seiner Geisel verlassen und seine Flucht antreten, wäre Sarah erneut in allerhöchster Gefahr. Sie war nur noch eine Belastungszeugin für Martens.

Mülenberk zielte auf Martens, der die willen- und kraftlose Sarah mit ausgestrecktem Arm vor sich herschob. Dann schoss er erneut.

Martens schrie auf und brach zusammen.

Mülenberk sah auf, um die Lage zu überblicken, als Kugeln ganz dicht an ihm vorbeiflogen. Sie hatten den Feuerstrahl seiner Waffe vom Haus aus gesehen, ihn so entdeckt und das Feuer eröffnet. Er ließ sich sofort fallen. Hinter dem Wall konnten sie ihn nicht erreichen. Es war höchste Zeit, von hier zu verschwinden.

Der Hubschrauber und die Sirenen kamen immer näher. Nur noch ein Blick auf Sarah, um zu sehen, ob sie in Ordnung war.

Es war ein Blick zu viel. Er spürte, wie ihn ein harter Schlag traf, der einen unsäglich stechenden Schmerz auslöste. »Willkommen auf der andern Seite«, war sein letzter Gedanke. Dann wurde alles dunkel.

17. Kapitel

»Und was machen wir jetzt?« Meyerholz war ratlos. Er erwartete auch eigentlich keine Antwort von Siggi. Der hatte aber eine. »Wir verdünnisieren uns. Am besten erst mal in eine Kneipe. Ich gehe ein vor Durst.«

»Ich auch. Das muss von den Drogen kommen«, stimmte Meyerholz zu.

Ein paar hundert Meter stadteinwärts sahen sie die Leuchtreklame einer Kneipe, die noch geöffnet schien: »De Dokter«, zweifelsohne eine Studentenkneipe.

Die Kneipe war sehr gut besucht und schien sich überhaupt um diese Uhrzeit richtig zu füllen. Sie setzten sich an die Theke, schütteten Wasser und Cola in sich hinein. Sogar Fleischkroketten gab es hier. Sie kamen wieder zu Kräften.

»Wo mag Roman sein?« Meyerholz beschlich ein ungutes Gefühl.

»Wir können ihn ja anrufen.«

»Gute Idee! Unsere Handys sind weg. Und seine Nummer kenne ich nicht auswendig.«

»Abrakadabra. Dreimal schwarzer Kater.« Siggi grinste und zog ihre beiden Handys aus der Hosentasche.

»Ja, glaube ich's denn? Da hat der mein Handy und sagt die ganze Zeit kein Wort.«

»So lange habe ich die Handys ja auch noch nicht. Sie lagen in einer Schreibtischschublade im Büro unserer neuen Eroberungen.«

»Fragt sich, wer hier wen erobert hat!«, stellte Meyerholz skeptisch fest und betrachtete seine Handgelenke, auf denen die Spuren der Handschellen bereits verblassten. Er schnappte sich sein Handy und wählte Mülenberks Nummer. Niemand meldete sich. Nachdem auch der dritte Versuch erfolglos geblieben war, schickte er eine SMS mit der Bitte, sich umgehend bei ihnen zu melden.

»Was hast du denn noch so lange im Büro gemacht? Wir wären beinahe aufgeflogen?« Meyerholz sah seinen Freund an.

Der kramte in seinen Taschen und brachte einen USB-Stick und eine Streichholzschachtel zum Vorschein.

»Vielleicht liefert der Stick uns ein paar Erklärungen.«

»Vielleicht. Und warum hast du die Streichhölzer mitgehen lassen? Neue Sammelleidenschaft?«

»Du wirst lachen. Als Schüler habe ich Streichholzschachteln aus aller Welt gesammelt. Ich hatte über 5.000 Stück. Deshalb habe ich auch einen sicheren Blick dafür.«

»Zweifellos fehlte dir gerade diese Schachtel noch in deiner Sammlung«, feixte Meyerholz.

»Jedenfalls hätte ich sie nicht doppelt. Nein, das ist einer der Werbeartikel, die in unvorstellbaren Mengen verteilt werden. Schau mal.«

Meyerholz las laut vor: »*VanGogh – der exklusive Club*. Ja und?«

»Das wäre keine interessante Information, wenn uns Maaika im »Reepelstelte« nicht mit genau solchen Streichhölzern die Joints angezündet hätte. Das sind mir zu viele Zufälle.«

»Und das weißt du sicher?«

»Ja. Hundert Prozent.«

»Dann sind das absolut zu viele Zufälle.« Meyerholz wandte sich an den jungen Mann, der hinter der Theke stand und hielt ihm die Streichholzschachtel hin. »Kennst du das ›VanGogh‹?«

»Ja, das kennt hier jeder. Ein Club für die Schönen und Reichen. Viele deutsche Gäste.«

»Ist das weit von hier?«

»Zwanzig Minuten mit dem Auto. Er liegt ein wenig außerhalb der Stadt, direkt an der N355. Aber in eurer Uniform werden die euch gar nicht erst hereinlassen.«

»Wieso?«, wollte Meyerholz wissen.

»Ihr macht nicht gerade den Eindruck, euch das leisten zu können. Trinkt lieber noch ein lecker Heineken bei uns. Mädels gibt es auch hier genug. Schaut mal die beiden Rothaarigen da drüben am Tisch.« Er nickte mit dem Kopf in die hintere Ecke des Lokals. »Die freuen sich immer, nette Studenten kennen zu lernen.«

Siggi und Meyerholz drehten sich um. Wie vom Blitz getroffen, wandten sie sich wieder ab. Am Tisch saßen unverkennbar Annika und Maaika, tranken Cocktails und plauderten so fröhlich und unbefangen, als könnten sie kein Wässerchen trüben.

»Nix wie weg hier!«, sagten sie wie aus einem Mund. Sie zahlten und flohen aus dem Lokal.

»Als wäre der Leibhaftige hinter ihnen her«, sagte der Barkeeper kopfschüttelnd zu seiner Kollegin und ahnte nicht, wie nahe er der Sache damit kam.

18. Kapitel

Vor der Tür atmeten die beiden tief durch und schüttelten ungläubig die Köpfe. Sie kamen sich vor wie in einem schlechten Film.

»Was jetzt?« Siggi ging ratlos auf und ab.

»Ab zum ›VanGogh‹!« Meyerholz wollte Sarah finden.

»Meinst du, das bringt was?«

»Hast du eine bessere Idee?«

Da Siggi keine bessere Idee hatte, hielten sie das nächste Taxi an, das vorbeikam.

»Zum ›VanGogh‹, bitte!«, sagte Meyerholz bestimmt.

Der Taxifahrer sah sie prüfend an. »Jungs, seid ihr ganz sicher?«

»Ganz sicher!«, antwortete Meyerholz, während Siggi lieber schwieg.

»Mir soll es Recht sein«, sagte der Taxifahrer. Die Strecke stand für ihn in einem guten Preis-Leistungsverhältnis. Und mit etwas Glück konnte er einen der deutschen Gäste, die nicht mehr fahrtüchtig waren, nach Hause fahren.

Nach nicht einmal fünfzehn Minuten erreichten sie das »VanGogh«. Um diese Uhrzeit waren die Straßen frei. Sie zahlten und stiegen an der Einfahrt zum Parkplatz aus.

»Lass uns erst mal die Lage peilen«, schlug Siggi vor.

»O.k.«, sagte Siggi. »Wir können ja zunächst außen herumgehen.«

Sie gingen an der Straße entlang dem Wall, der das »VanGogh« umgab. Siggi blieb stehen und horchte. »Hörst du das auch?«

»Was?«

»Polizeisirenen. Und da ist auch ein Hubschrauber in der Luft.«

»Wer weiß, was das ist. Vermutlich irgendein Unfall in der Nähe.« Meyerholz sah keinen Zusammenhang. Bis er plötzlich das Wohnmobil von Mülenberk in einer Parkbucht entdeckte.

»Siggi! Roman ist hier. Wir sind richtig!«

»Richtig ist relativ«, merkte Siggi trocken an. Und wie zur Bestätigung seiner Skepsis hörten sie Schüsse und Schreie.

»Verdammt. Verdammt. Was machen wir nur, Christoph?«

»Die ersten Schüsse kamen oben vom Wall. Die waren lauter als die anderen. Vielleicht ist das Roman mit seiner Jagdwaffe!«

Siggi war fassungslos. »Du glaubst doch nicht allen Ernstes, dass er anfängt, hier herumzuschießen?«

»Wir sehen nach!«, rief Meyerholz und rannte den Hang hinauf. Die Sirenen und der Hubschrauber kamen näher.

»Bist du wahnsinnig. Die bringen dich um!«, rief Siggi ihm hinterher. Doch Meyerholz ignorierte es. Sein Bundesbruder war in Gefahr. Niemals zurück.

Er erreichte die Kuppe des Walles und hörte, wie Kugeln auf der anderen Seite einschlugen. Geduckt ging er weiter. Eine Kugel fegte pfeifend über ihn hinweg. Er warf sich sofort hin. Was lag dort? Er erkannte ein Gewehr – das Gewehr von Mülenberk. Meyerholz krabbelte ein Stück weiter und fand Mülenberk regungslos und blutend vor. Er beugte sich über ihn und nahm einen schwachen Atem wahr. Mülenberk lebte.

Plötzlich hörte er hinter sich ein Keuchen. Jemand war hinter ihm her. Er nahm die Waffe und wollte schon abdrücken, als er Siggi erkannte. Dieser sah, was los war und wurde kreidebleich.

»Komm, wir müssen Roman hier wegbringen!« Meyerholz warf sich ohne weiteren Kommentar das Gewehr über die Schulter und gemeinsam zogen sie Mülenberk den Wall hinunter.

Der Hubschrauber und die Sirenen kamen immer näher.

»Bald ist die Rettung da!«, japste Siggi.

»Das weiß ich nicht. Wir sollten hier schleunigst weg. Wer weiß, in was für einer Klemme Roman steckt. Ohne größte Not hätte er niemals seine Waffe eingesetzt.«

»Roman muss dringend ins Krankenhaus! Bist du wahnsinnig?«, rief Siggi verzweifelt.

Meyerholz durchkramte die Hosentaschen von Mülenberk und fand den Schlüssel zum Wohnmobil. Er warf ihn Siggi zu.

»Hol sofort die Kiste her!«

Weitere Schüsse fielen im »VanGogh«.

Siggi hörte auf zu denken. Er fing den Schlüssel auf und raste los. Kurze Zeit später stand er mit dem Wohnmobil am Fuße des Walls. Meyerholz war über Mülenberk gebeugt und redete auf ihn ein.

Siggi riss die Tür auf. Sie wuchteten Mülenberk ins Wohnmobil. Als sie die Tür zuschlugen, sahen sie die ersten Polizeiwagen. Suchscheinwerfer des Hubschraubers erleuchteten die Szenerie.

Siggi saß am Steuer. Er machte mit durchdrehenden Reifen eine 180-Grad-Drehung auf der Straße und fuhr Richtung Osten. Im Rückspiegel sah er, wie Einheiten der Nationalen Polizei das gesamte Gelände absperrten. Weitere Einsatzfahrzeuge kamen ihnen entgegen. Niemand hatte einen Blick für die deutschen Touristen im Wohnmobil.

19. Kapitel

Wegen der zu erwartenden Kontrollen hatten sie es vorgezogen, zunächst in südlicher Richtung zu fahren, um dann, wenn alles glatt lief, bei Aachen einen kleinen Grenzübergang zu nehmen. Wenn sie überhaupt soweit kamen. Denn Mülenberk war immer noch nicht bei Bewusstsein.

Sie hatten, nachdem sie eine Viertelstunde gefahren waren und keine Polizei mehr gesehen hatten, angehalten, ihn aufs Bett gehoben und die Waffe im noch offenen Tresor verstaut. Während Siggi weiterfuhr, versorgte Meyerholz die Schusswunde. Er war zwar kein Sanitäter, hatte aber oft genug zugeschaut, wenn die Verlierer nach den Fechtkämpfen ihrer Corps wieder zusammengeflickt wurden. Er holte den Verbandskasten und schnitt das Hemd auf. Die Kugel hatte Mülenberk an der rechten Seite zwischen Schulter und Brustbein getroffen und war hinten wieder ausgetreten. Offensichtlich hatte sie wie durch ein Wunder weder Schlagader noch Knochen getroffen, sondern war glatt durchgegangen. Zwar blutete die Wunde nur noch schwach, doch legte er lieber einen Druckverband an. Mülenberk, der bis dahin bewusstlos gewesen war, schrie auf.

Er versuchte, die Augen zu öffnen und sich zu orientieren. Aber alle Versuche wurden vom stechenden Schmerz zunichte gemacht und er fiel erneut in Ohnmacht.

Siggi verfolgte das Ganze, soweit es die Verkehrssituation zuließ, im Rückspiegel.

»Christoph, ich weiß nicht, ob das gut geht. Er muss doch dringend zu einem Arzt. Wir bringen ihn noch um.«

»Der Mensch hält mehr aus, als du meinst. Wir schaffen das schon.« Meyerholz glaubte selber nicht so recht an die Zuversicht, die er zu verbreiten suchte. »Ich rufe lieber mal Miraculix an.« Da sie alle wichtigen Nummern im Handy gespeichert hatten, brauchte er nur einige Male auf die Tatstatur zu tippen.

Dr. Werner Bevermann, genannt Miraculix, wunderte sich nicht, dass sein Handy, dessen Nummer ausschließlich schlagenden Verbindungen für Notfälle bekannt war, mitten in der Nacht klingelte. Es kam immer wieder vor, dass die Herren zu nächtlicher Stunde glaubten, einen Konflikt oder eine ehrenrührige Angelegenheit auf dem Paukboden austragen zu müssen. Es hatte wohl mal wieder einen böse erwischt. »Ja, Bevermann. Wo brennt's?«

Meyerholz informierte den Doktor in kurzen Sätzen.

»Hat er viel Blut verloren?«

»Sieht so aus. Aber die Blutung hat deutlich nachgelassen.«

»Das ist gut. Habt ihr sonst Anzeichen für andere Verletzungen gefunden?«, wollte der Arzt wissen.

»Nichts, was uns jetzt aufgefallen wäre.«

»Wie lange braucht ihr noch, bis ihr in Bonn seid?«

Meyerholz schaute auf die Uhr. »Wir kommen sehr gut durch. Wenn es weiter so läuft, wären wir gegen sechs Uhr da.«

»Ich werde in der Praxis sein. Kommt direkt bei mir vorbei«, wies Miraculix sie an.

»Machen wir.«

»Und noch was. Mülenberk wird wahnsinnige Schmerzen haben, wenn er wieder zu sich kommt. Ihr seid doch mit seinem Wohnmobil unterwegs?«

»Ja.«

»Da müssen irgendwo zwei Fertigspritzen sicher verstaut, aber gut erreichbar liegen. Auf einer steht *Morphin, 10 ml*. Auf der anderen steht *Miraculix*. Es ist eine von mir einwickelte Spezialmischung für Notfälle. Mülenberk hat die immer dabei, falls auf der Jagd mal etwas passieren sollte.«

»Ich werde die Spritzen finden, wenn sie hier sind.«

»Gut. Entferne die Schutzkappen und verabreiche sie ihm!«

»Wie denn? Ich bin kein Mediziner«, entschuldigte sich Meyerholz.

»Hau sie ihm in den Hintern. Am besten, solange er noch schläft. Dann ist die Muskulatur schön entspannt. Er wird danach bald zu sich kommen. Sollte er rosa Elefanten sehen, hat die Wirkung eingesetzt. Es wird reichen, bis ihr hier seid.«

»Danke, bis gleich.«

»Bis gleich. Und, Jungs …«

»Ja, Doktor?«

»Fahrt vorsichtig.« Dann beendete Miraculix das Gespräch.

»Siggi, wo würdest du im Wohnmobil Notfallmedikamente sicher, aber leicht erreichbar verstauen?«

Siggi überlegt einen Augenblick. »Ich würde sie hier in die Mittelkonsole packen. Da kommt man auch im Notfall schnell dran.«

Meyerholz ging nach vorne, öffnete den Griff der Mittelkonsole und zog eine kleine Aluminiumschachtel mit einem roten Kreuz darauf heraus.

»Siggi, du bist genial.«

»Ich dachte, das wäre bekannt.« Siggi grinste.

Meyerholz fand beide Spritzen, wie von Miraculix beschrieben. Er nahm sie und ging nach hinten zu Mülenberk. Er zog ihm Hose und Unterhose ein Stück herunter, so dass er den Gesäßmuskel vor sich hatte. Dann nahm er die Schutzkappen ab. In Anbetracht seiner Angst vor Spritzen und des Umstands, noch niemals eine gesetzt zu haben, fühlte er sich unbehaglich.

»Siggi, hast du schon mal 'ne Spritze gesetzt? Ich glaube, ich kriege das nicht hin.«

»Immer locker bleiben. Du weißt doch: Am Morgen ein Joint und der Tag ist dein Freund. Am Abend ne Spritze und der Tag war spitze! Tu einfach rein.«

»Du hast gut reden.«

»Mann, der kriegt doch nix mit. Mach lieber, ehe er aufwacht.« Siggi wunderte sich über die Bedenken.

Das Argument war überzeugend. Mit den Worten »Entschuldige, Alter Herr Mülenberk« drückte er die Nadeln in die Pobacke seines Bundesbruders. Der rührte sich nicht.

Meyerholz packte die leeren Spritzen wieder in den Alu-Behälter und verstaute ihn in der Mittelkonsole.

»Du bist aber sehr ordentlich«, lobte Siggi.

»Das weniger«, entgegnete Meyerholz. »Aber sollten wir in eine Kontrolle kommen, hätten wir auch ohne leere Spritzen reichlich Erklärungsnot.«

Während Siggi sich noch über die Umsicht seines Freundes wunderte, wachte Mülenberk auf. Seinem Gesichtsausdruck nach zu urteilen, schien er keine Schmerzen zu haben. Und er schien rosa Elefanten zu sehen. Er sprach wirr, undeutlich und in halben Sätzen. Sie verstanden »Sarah im Käfig«, »Ourumov«, »alle erschossen«, »unbedingt X anrufen«, konnten sich aber keinen Reim darauf machen.

In der Anspannung hatten sie Sarah ja völlig vergessen. Um Himmels Willen! Wo konnte sie sein? Hatte Mülenberk nicht gerade etwas von einem »Käfig« gesagt?

Ein Handy meldete sich mit dem Klingelton »Ein Freund, ein guter Freund, das ist das Schönste, das es gibt auf der Welt«.

»Nun geh schon dran!«, schrie Meyerholz Siggi ungeduldig an.

»Das ist nicht mein Handy«, erwiderte Siggi.

»Meins ist es auch nicht. Und das von Roman liegt hier.«

Der gute Freund meldete sich erneut. Aus Mülenberks Jackett. Meyerholz tastete es ab und fand das Tartarus-Handy. Im Display blinkte X, dazu dudelte die Musik aus dem Film *Die drei von der Tankstelle*. Irgendjemand hatte ihm erzählt, dass diese Filmtankstelle tatsächlich in Remagen in der Nähe des Filmstudios gestanden sei.

Meyerholz hob ab. »Ja?«

»Wer spricht da?« Oberstaatsanwalt Westenhoff war vorsichtig.

»Hier ist Christoph Meyerholz am Apparat von Roman Mülenberk.«

»Hier Staatsanwalt Westenhoff.«

»Ja, ich weiß. Der X.«

»Gut. Wo ist Mülenberk?«

Meyerholz erzählte, was geschehen war. Hin und wieder unterbrach ihn der X und fragte nach.

»Hat Mülenberk geschossen?«

»Ja, wie es aussieht, mit seiner Jagdwaffe.«

»Wo ist die?«, hakte Westenhoff nach.

»Hier im Tresor des Wohnmobils.«

»Sehr gut. Weißt du, ob oder wen er getroffen hat?«

Meyerholz wusste es nicht. »Nein. Wir haben ihn so schnell wie möglich aus der Gefahrenzone gezogen.«

»Das war zwar sehr waghalsig von euch, aber unter den gegebenen Umständen absolut richtig. Wo ist das normale Handy von Mülenberk?«

»Es liegt hier im Wohnmobil.«

»Schalte es sofort aus. Die niederländischen Kollegen werden jeden Augenblick versuchen, es zu orten. Ich musste aber zuerst sichergehen, dass Mülenberk sich nicht in akuter Gefahr befindet.«

»Schon erledigt«, meldete Meyerholz.

»Wann werdet ihr bei Miraculix sein?«, wollte der X wissen.

»So gegen sechs Uhr.«

»Dann sehen wir uns in knapp zwei Stunden. Nehmt in jedem Fall den Grenzübergang bei Vaals. Wenn etwas dazwischen kommt, ruft mich mit diesem Handy an. Und fahrt vorsichtig.«

»Krass«, meinte Siggi, nachdem Meyerholz ihn über das Telefonat informiert hatte. »Dann werden wir jetzt vermutlich von der holländischen Polizei gesucht und fahren mit dem Segen der deutschen Staatsanwaltschaft über die Grenze.«

»Noch viel krasser ist Romans Klingelton«, sagte Meyerholz.

Siggi verstand es nicht. »Wieso ist der krass? Witzig. Aber krass?«

»Ich habe *Die drei von der Tankstelle* schon fünfmal gesehen. Und eine CD mit den Rühmann-Liedern habe ich auch.«

»Da frage ich mich, wer hier voll krass ist.«

»Das wirst du jetzt merken«, sagte Meyerholz und sang:

»Sonniger Tag! Wonniger Tag!
Klopfendes Herz und der Motor ein Schlag!
Lachendes Ziel! Lachender Start

und eine herrliche Fahrt!
Rom und Madrid nehmen wir mit.
So ging das Leben im Taumel zu dritt!
Über das Meer, über das Land,
haben wir eines erkannt:

Ein Freund, ein guter Freund,
das ist das Schönste, was es gibt auf der Welt.
Ein Freund bleibt immer Freund,
und wenn die ganze Welt zusammenfällt.
Drum sei auch nicht betrübt,
wenn dein Schatz dich nicht mehr liebt.
Ein Freund, ein guter Freund,
das ist der größte Schatz, den's gibt.«

Während Siggi die Melodie mitsummte und lächelnd den Text auf ihre eigene Fahrt projizierte, sah er im Rückspiegel, wie sich Mülenberk glücklich im Takt wiegte. Vermutlich sah er sich, Meyerholz und Siggi in rosa Tankwart-Overalls der dreißiger Jahre an der Tankstelle »Kuckuck« den rosa Sportwagen der bezaubernden Lilian Harvey auftanken.

In einer guten Stunde würden sie Vaals erreicht haben. Ein sonniger, wonniger Tag war es nicht gewesen.

20. Kapitel

Es war kurz nach fünf Uhr, als sie sich dem Grenzübergang von Vaals näherten. Mülenberk war eingeschlafen. Er atmete ruhig und tief. Der Druckverband hielt. Das Morphium und die Notfallmischung von Miraculix leisteten gute Dienste.

Siggi war die ganze Zeit gefahren. Er zeigte keine Müdigkeit. Die Geschehnisse hatten ausreichend Adrenalin in ihm freigesetzt. Meyerholz hatte Mülenberk in seinem Bett gesichert, so dass er nicht hinausfallen konnte, und ihn so unter Decken gelegt, dass er auf den ersten Blick nicht zu sehen war. Meyerholz saß jetzt auf dem Beifahrersitz. Zwei Kilometer vor der Grenze reduzierten sie vorschriftsmäßig die Geschwindigkeit.

Nur nicht auffallen.

»O nein! Wir fahren auf ein mittelgroßes Polizeiaufgebot zu!« Siggi fuhr langsamer als vorgeschrieben.

»Fuck! Hier steht sonst nie einer. Ich sage dir, das ist das vorzeitige Ende unserer Reise«, sagte Meyerholz resignierend.

»Niemals zurück!« Siggi sprach sich Mut zu, während er langsam auf die Sicherheitskräfte zufuhr. Sie erwarteten sie mit schusssicheren Westen und schussbereiten Maschinenpistolen.

»Ich habe keinen Führerschein dabei«, stellte Siggi fest.

»Das dürfte jetzt unser geringstes Problem sein«, meinte Meyerholz.

Zwischen den deutschen und den niederländischen Sicherheitskräften standen zwei gepanzerte schwarze Limousinen, eine mit Bonner Kennzeichen, die andere mit Diplomatenkennzeichen. Jeweils zwei Männer in schwarzen Anzügen gingen zu den Polizisten auf beiden Seiten der Grenze und sprachen kurz mit ihnen. Dann verschwanden sie in den Limousinen.

Siggi grinste: »Großer Bahnhof!« Er fuhr im Schritttempo auf die Maschinengewehre zu. Aber niemand auf der holländischer Seite hielt sie an.

Obwohl ihnen der Schweiß eiskalt den Rücken hinunter lief, nickten sie den Polizisten freundlich zu, gerade so, als ob sie sich dafür entschuldigen wollten, dass sie aus Versehen in eine nicht für sie bestimmte Kontrolle gefahren wären. Die Polizisten verzogen keine Miene, hielten die Mündungen der Maschinenpistolen dafür jetzt leicht nach unten.

Das Wohnmobil fuhr langsam weiter. Nach gefühlten zwei Stunden erreichten sie die deutsche Seite. Ein Polizist, offensichtlich der ranghöchste, stoppte sie mit Handzeichen. Siggi ließ die Scheibe der Fahrertür herunterfahren.

»Guten Morgen. Routinekontrolle. Haben Sie etwas zu verzollen?« Er musterte die beiden.

»Nein, nein. Nichts, nichts zu verzollen«, antwortete Siggi, und es stimmte ja auch in gewisser Weise.

»Brauchen Sie Hilfe?«, fragte der Beamte kaum hörbar.

Sie schüttelten den Kopf.

»Sind Sie ganz sicher?«

Sie nickten.

Dann sprach er normal weiter: »Dann wünsche ich Ihnen eine gute Weiterfahrt.« Damit trat er vom Wagen zurück und winkte sie durch.

Siggi gab langsam Gas und als sie die Geschwindigkeitsbeschränkungen hinter sich gelassen hatten, drehte er den Motor voll auf. »Nichts wie weg hier!«

»Was war denn das jetzt für eine Nummer?« Meyerholz stand immer noch unter Schock. Nur langsam löste sich die Erstarrung in ihm.

»Das war ganz großes Kino«, stellte Siggi zufrieden fest.

Als sie auf der A4 der aufgehenden Sonne entgegenfuhren, begann Meyerholz mit lauter Stimme, sich die Angst aus dem Leib zu singen.

Ohne weitere Zwischenfälle erreichten sie im gerade einsetzenden Berufsverkehr Bonn und fuhren auf dem kürzesten Weg zur Praxis von Dr. Bevermann.

Um diese Zeit war der Parkplatz hinter dem Haus noch leer. Deshalb fiel ihnen auch sofort die schwarze Limousine mit dem Bonner Kennzeichen auf, die am Eingang parkte.

»Siggi, kommt dir der Schlitten bekannt vor?«

»Und wie. Dann lassen wir uns mal überraschen.«

Miraculix wies das Wohnmobil so ein, dass sie Mülenberk problemlos auf eine bereitgestellte Bahre legen konnten.

21. Kapitel

Im Behandlungszimmer erwartete sie bereits Oberstaatsanwalt Westenhoff. Sie machten sich kurz bekannt. Der X stellte sich als Bundesbruder vor, der Wert auf den Duz-Comment legt. Meyerholz und Siggi fühlten sich gleich wohl und sicher.

Miraculix hatte bereits begonnen, Mülenberk, der langsam wieder wach wurde, zu untersuchen.

»Ihr könnt ruhig hierbleiben«, wandte er sich an die drei Bundesbrüder, die diskret das Behandlungszimmer verlassen wollten. »Ihr schaut mir doch auch auf dem Paukboden immer zu. Und da sieht es manchmal schlimmer aus.«

Der erfahrene Arzt war die Ruhe selbst. Sie sahen zu, wie er die Wunde reinigte.

Mülenberk schrie auf.

Bevermann pfiff leise durch die Zähne. »Das Morphium verliert seine Wirkung. Leider etwas zu früh.«

Er legte schnell einen Infusionszugang auf dem linken Handrücken, wobei er eine Lobeshymne auf die gut zugänglichen Venen sang. Der erste Tropfen aus einer rasch aufgezogenen Spritze hatte gerade die Blutbahn erreicht, als Mülenberk wieder einschlief.

Bevermann war in seinem Element. »*Propofol*. Geiles Zeug. Innerhalb weniger Sekunden schickt es dich in süße, wohl auch erotische Träume. Das kann ein echtes Problem werden. Es gibt Fälle, die landen vor Gericht, weil Patientinnen meinten, vergewaltigt worden zu sein. Ich erinnere mich an meine Zeit als Oberarzt auf dem Venusberg. Der Anästhesist leitete das Erwachen des Patienten ein. Der beginnt plötzlich, wie am Spieß zu schreien. Ich eile hinzu. Das ganze OP-Team ist in Aufregung. Als der Patient sich nach einiger Zeit beruhigt hat, erklärt er uns, dass er vorhin den schönsten Traum seines Lebens gehabt hatte und es als unverschämt empfand, dass man ihn herausgerissen hat.«

»Was ist das denn für eine Story, Miraculix?« Die Staatsanwaltschaft war skeptisch.

»Genau so geschehen!«, bekräftigte Bevermann seine Geschichte. »Michael Jackson starb an einer Überdosis *Propofol*. Er ließ sich das Mittel immer intravenös in so großer Menge zum Einschlafen injizieren, dass sein Leibarzt schließlich mehr als fünfzehn Liter davon bestellt haben soll.«

Während er plauderte, hatte er mit schnellen Handgriffen Ein- und Ausschuss vernäht. Dann bekam Mülenberk noch eine Infusion angehängt, der der Arzt mehrere Medikamente hinzugab.

»Was ist das?«, fragte der X.

»Das wollen Sie gar nicht wissen. Er wird gleich wieder bei uns sein. Dann könnt ihr mit ihm reden. Ich gehe derweil in Ruhe frühstücken.« Mit diesen Worten zog er sich den Kittel aus, wusch sich die Hände und war weg.

Was immer auch Miraculix mit Mülenberk angestellt hatte, dieser war erstaunlich fit. Er schlug die Augen auf und versuchte, sich zu sortieren.

»Mensch, Romulus!« Der X nahm seinen alten Freund vorsichtig in die Arme. »Gott sei Dank, dass du wieder hier bist.«

Meyerholz und Siggi begrüßten ihn ebenfalls. Sie standen um die Liege herum, während die Infusion ihren Weg in die Mülenberksche Vene fand.

»Weißt du, was geschehen ist?«, wollte der X wissen.

Mülenberk konnte alles sehr gut berichten bis zu dem Zeitpunkt, an dem die Kugel ihn getroffen hatte. Ab da hatte er nur noch ganz schemenhafte Erinnerungen.

Mülenberk packte Westenhoff am Arm. »Was ist mit Sarah? Sag mir bitte, was mit Sarah ist!«

»Sie ist in Sicherheit. Aber erst mal eins nach dem anderen. Dein Anruf erschien mir sehr sonderbar. Ich habe dir einfach nicht abgekauft, dass du in dieser Situation eine Butterfahrt durchs Ahrtal machst. Ich habe mich, sobald ich aus einer Gerichtsverhandlung raus konnte, gleich ins Auto gesetzt und bin nach Dedenbach zu Anna gefahren. Die war völlig aufgelöst und hat mir alles berichtet. Außerdem hat sie Anzeige erstattet, so dass wir endlich auch offiziell ermitteln konnten.«

Mülenberk beruhigte sich langsam. »Wie geht es Anna?«

»Nun, sie hat ja sehr viel mitgemacht. Dafür ist sie ganz in Ordnung. Sie ist eine starke Frau.«

»Ja. Und eine schöne Frau.«

»Romulus. Später. Bitte.« Der Oberstaatsanwalt lächelte. Seinem Freund schien es wieder besser zu gehen. »Wir wussten natürlich nur, dass du unterwegs nach Leeuwarden warst. Doch wohin genau, wussten wir nicht.«

»Ihr konntet doch die Rufnummer orten?«, fragte Siggi nach.

»Das haben wir natürlich versucht. Doch unser lieber Bundesbruder hatte das geahnt und offensichtlich ein anderes Handy benutzt.« Er sah Mülenberk vorwurfsvoll an. Der nickte nur. Dann fiel ihm ein, dass Tom Lammers diese Nummer ja gar nicht kannte. Er bat Siggi, aus dem Wohnmobil sein anderes Handy zu holen. Der X wartete, bis Siggi zurück war, Mülenberk sein Handy eingeschaltet und die entgangenen Anrufe überprüft hatte. Einer von Lammers war zum Glück nicht darunter. Er würde ihn anrufen, sobald sie hier heraus waren.

»Das mit dem anderen Handy war gar keine gute Idee von dir, so haben wir wertvolle Zeit verloren. Erst als du Anna anriefst und von einem widerlichen Puff in Leeuwarden sprachst, war klar, dass du im ›VanGogh‹ sein würdest. Außerdem hatten wir ja jetzt deine neue Handynummer. Unsere holländischen Kollegen hatten das ›VanGogh‹ seit geraumer Zeit unter Beobachtung. Sie haben herausgefunden, dass Martens der Chef im Hintergrund ist. Es gab allerdings nie einen Anlass, ihn festzunehmen. Sie hätten ihn immer nach zwei Tagen laufen lassen müssen. Zudem sei er gewarnt gewesen. Und wieso haben meine jungen Bundesbrüder mich nicht informiert?« Er sah Meyerholz und Siggi vorwurfsvoll an.

Meyerholz antwortete mit der rheinischsten aller rheinischen Antworten auf solche Fragen.

»Ett hätt jejangen. Ävver ett jing nett.«

Der X kommentierte es nicht. Er war Rheinländer.

»Jedenfalls, als klar war, dass ihr, Sarah und du, im ›VanGogh‹ wart, haben die holländischen Kollegen alles in Bewegung gesetzt, um euch da lebend herauszubekommen. Als sie im ›VanGogh‹ ankamen, lief ihnen Sarah bereits völlig aufgelöst entgegen. Sie wurde sofort in eine Klinik nach Amsterdam gebracht, die auf Drogenentgiftung spezialisiert ist. Nach der Erstversorgung dort wird man einen geeigneten Platz in einer deutschen Klinik für sie finden.«

»Was ist mit ihr? Kann ich zu ihr?« Meyerholz schien nichts mehr zu halten.

»Ich denke, in ein paar Tagen kannst du sie besuchen. Jetzt ist noch nicht daran zu denken. Sie wurde vielfach unter Drogen gesetzt, deren Zusammensetzung wir zwar mittlerweile kennen, über deren Wirkung wir aber in dieser Kombination nur spekulieren können.«

Siggi war jetzt mächtig interessiert. »Was ist denn da so Besonderes drin?«

»Nun, die haben bekannte und erprobte Drogen mit Wirkstoffen aus psychedelischen Pilzen versetzt. Das ist absolut neu und nach allem, was wir bis jetzt wissen, von einer besorgniserregenden Wirkung.«

»Und die wäre?« Siggi wollte es genau wissen und grinste Meyerholz an.

»Versprecht mir, mit keinem darüber zu reden«, begann Westenhoff. »Nach unseren Erkenntnissen wird eine flüssige Drogenmischung in Form eines Sprays auf die Mundschleimhäute der Opfer aufgebracht. Die Wirkung setzt bereits nach wenigen Sekunden ein. Die Opfer verlieren nicht nur die Kontrolle über sich, sie empfinden, und das ist das wirklich Gefährliche daran, die darauffolgende sexuelle Erniedrigung als äußerst lustvoll.«

Meyerholz bekam weiche Knie. »Wirkt das bei Männern auch so?«

»Unsere Experten arbeiten noch daran, den genauen Wirkungsmechanismus zu verstehen. Nach derzeitigem Erkenntnisstand wirkt die Droge unabhängig davon, ob du Mann oder Frau bist. Du bist ausgeliefert und empfindest noch Spaß daran.«

Siggi grinste Meyerholz an, was Mülenberk an J.R. erinnerte. Aber woran noch? Plötzlich war die Erinnerung wieder da.

»Ourumov wollte Sarah umbringen.«

»Ourumov? Wer ist das?« Der X schien ihn nicht zu kennen.

»Na, der Geier in dem weißen Jogginganzug. Offenbar der Henker von Martens.«

»Nun, das hast du perfekt beschrieben. Nur, dass unser Freund im weißen Jogginganzug eigentlich Grigorii Andrejew heißt. Er wurde von der russischen Armee in der DDR zu einem Spezialisten für die Liquidierung von Staatsfeinden ausgebildet. Eine perfekt ausgebildete Tötungsmaschine. In den Zeiten der Wende hat er die unübersichtliche Situation genutzt und ist abgehauen. Irgendwie ist er dann an Martens geraten, der sofort erkannte, wie wertvoll er für ihn sein würde.«

Siggi hatte es nie für möglich gehalten, dass eines James Bond würdige Szenarien im wirklichen Leben Normalität waren. »Dieser Andrejew war also tatsächlich der Killer, der im Auftrag von Martens handelte?«

»Ja. Einer der meistgesuchten Verbrecher in Europa. Allerdings ist er jetzt tot. Von einem Unbekannten erschossen. Die holländischen Kollegen haben ihn zunächst am weißen Jogginganzug identifiziert. Vom Kopf war nämlich nicht mehr viel übrig.«

»Nein?«, fragte Mülenberk scheinheilig.

Der X verzog keine Miene. »Nein, Roman. Da hat vermutlich ein Jagdgeschoss seine Wirkung gezeigt.«

»Was geschah mit Sarah?«, fragte Mülenberk rasch nach.

»So, wie wir das rekonstruieren können, versuchte Martens offensichtlich mit Sarah als Geisel zu fliehen. Um sie dann zu töten, wenn sie nicht mehr nützlich für ihn sein würde.«

Die Lippen von Meyerholz bebten.

»Dieses Schwein sollte man umbringen!«

Westenhoff sah Meyerholz nachsichtig an. »Oder besser außer Gefecht setzen, damit ihm der Prozess gemacht werden kann. Für uns ist es wichtig, möglichst viel über die gesamte Organisation von Martens zu erfahren. Zum Glück lebt er noch. Er hat zwar beide Oberschenkel durchschossen und konnte gerade noch vor dem Verbluten gerettet werden, aber er lebt. Er wird nach Aussage der Ärzte allerdings den Rest seines Lebens Probleme haben, normal zu gehen. Es wird sich zeigen, wie viele Nerven und Muskeln zerstört sind und ob er ohne Rollstuhl zurecht kommen wird.«

Sie schwiegen. Der X, weil er auf Reaktionen wartete. Mülenberk, weil er die Folgen seiner Schüsse erst verarbeiten musste. Und die beiden anderen, weil der Respekt vor der Arbeit der Staatsanwaltschaft und die Bewunderung für Mülenberks Handeln sie sprachlos gemacht hatten.

Der X sprach als Erster. »Gebt mir alle Euer Burschenwort auf Lebenszeit, dass das, was ich jetzt sage, diesen Raum niemals verlassen wird.«

Sie legten ihre Hände der Reihe nach übereinander, zuerst die linken Hände, darüber ihr rechten Hände. Zuoberst lag die Hand des X. »Niemals zurück!« Die anderen bekräftigten ihren Eid ebenfalls mit dem Wahlspruch von Tartarus. »Niemals zurück«. Keiner von ihnen würde diesen Eid jemals brechen.

»Den holländischen Kollegen war natürlich ziemlich schnell klar, wer auf Andrejew und Martens geschossen hatte. Sie riefen mich sofort an, um die Fahndung nach Romulus einzuleiten. Zwar waren sie froh und dankbar, dass Sarah befreit war, Andrejew tot und Martens in ihren Händen. Aber um bei dem zu erwartenden Medienrummel auch den Schützen präsentieren zu können, brauchten sie Romulus. Ich habe alles versucht, um ihn herauszuhalten, doch ich kam nicht weiter, da der Leiter des Sondereinsatzkommandos kurz vor einer Beförderung stand, die er nicht vergeigen wollte.«

»Ich fasse es nicht! Diese miese Käseschnitte!«

»Beruhige dich, Christoph. So ist das nun mal. Bei allen Behörden auf dieser Erde. Ich bin dann sofort zu unseren Bundesbruder Dr. Dr. Peter Altendiez in Wachtberg-Pech gefahren und habe ihn aus dem Bett geklingelt. Ich weiß, dass er um diese Tageszeit sein Telefon auf stumm stehen hat.«

»Der ehemalige Botschafter in den Niederlanden«, erinnerte Mülenberk sich. »Wohnt der nicht zwei Häuser neben Hans-Dietrich Genscher?«

»Genau. Ich klingelte einmal kurz, einmal lang, zweimal kurz. Er öffnete wenig später im Morgenmantel und bat mich sofort herein. Ich erläuterte ihm in knappen Worten die Situation.«

»Wir holen unseren Bundesbruder Mülenberk sofort aus Holland zurück. Die verheizen den sonst. Spätestens die Medien werden ihn als Mörder aus dem Land der Nazis darstellen.«

»Keine guten Aussichten«, befand der Betroffene.

»Nein, das sah gar nicht gut aus. Altendiez bat mich, kurz zu warten und erschien dann mit dunklem Anzug und Krawatte vor mir. Er hatte einen anderen dunklen Anzug dabei und wies mich an, ihn schnellstens anzuziehen. Ich war ja noch im Freizeitlook. Er sagte, den Rest könnten wir während der Fahrt besprechen. Keine fünf Minuten, nachdem ich bei ihm geklingelt hatte, fuhren wir los, Richtung Vaals.«

Meyerholz und Siggi konnten sich allmählich einen Reim darauf machen, wieso sie nicht kontrolliert worden waren.

»Im Wagen telefonierte er von seinem Handy aus«, fuhr Westenhoff fort. »Soweit ich holländisch verstehe, schaffte er es, in kürzester Zeit zum Innenminister durchgestellt zu werden. Dieser war bereits von seinen Mitarbeitern über die Ereignisse im ›VanGogh‹ informiert worden und befand sich auf dem Weg ins Ministerium. Er wollte auf die Fragen der Medien bestens vorbereitet sein und auch die Gelegenheit nutzen, sich ins Rampenlicht zu stellen. Sie begrüßten einander kurz, dann sagte Altendiez auf holländisch in etwa: ›Matthijs, du bist mir noch einen Gefallen schuldig. Mülenberk muss da raus.‹ Er hörte eine Weile zu, sagte dann nur ›Bedankt‹ und beendete das Gespräch. Dann rasierte sich Altendiez erst mal in aller Ruhe mit einem Akku-Rasierer. Anschließend brachte er seine wenigen Haare in Form. Ich sah ihn fragend an, aber er sagte nur: ›Das erwarten sie von einem Deutschen. Wir müssen in fünfunddreißig Minuten in Vaals sein.‹ Wir waren noch nicht auf der A4 und das Navi zeigte noch dreiundvierzig Minuten an. Ich hole alles aus dem Wagen raus. Um diese frühe Uhrzeit war die Autobahn frei. Allerdings bin ich zweimal geblitzt worden.«

Mülenberk hatte sich inzwischen hingesetzt. »Was hatte Altendiez denn beim Innenminister gut, dass es so schnell ging?«

»Das habe ich ihn natürlich auch gefragt. Also, die beiden haben zusammen in Bonn Politologie studiert. Der Innenminister war wohl auch häufiger zu Gast bei Tartarus. Beide gingen in den frühen Sechzigern in den diplomatischen Dienst und begegneten einander dort wieder. Der Minister hat eine Tochter, Roos, die ebenfalls in Bonn studierte. In den wilden Zeiten der 68er Studentenbewegung war sie plötzlich verschwunden. Er bat seinen alten Freund Altendiez um Hilfe, was natürlich kein Aufsehen erregen durfte. Über die Kanäle von Tartarus und die mit uns befreundeten Corps in anderen Unistädten bekam er Hinweise darauf, dass Roos sich in Frankfurt aufhalten könnte. Da er selber aufgefallen wäre, bat er drei kampferprobte Studenten von Tartarus, ihn nach Frankfurt zu begleiten. Er steckte sie in die 68er Studentenkluft und sie hörten sich in den einschlägigen Szenelokalen um. Einer bekam den Tipp, dass Roos sich einem Linksextremisten angeschlossen hätte, der Teil der Studentenbewegung sei, obwohl er nie studiert habe. Er habe eine Gruppe »Revolutionärer Kampf« gegründet, die zu Straßenschlachten aufrufe.«

»Ach, du Scheiße«, entfuhr es Mülenberk.

»Das war auch mein erster Gedanke. Jedenfalls ist es ihnen gelungen, ein besetztes Haus, in dem sich die Gruppe regelmäßig traf, ausfindig zu machen. Wie sollten sie Roos da herausbekommen? Es war ein heikles Unterfangen, bei dem Altendiez für seinen Freund Kopf und Kragen riskierte. Wenn davon irgendetwas an die Öffentlichkeit geraten wäre, hätte er sich für immer vom diplomatischen Dienst verabschieden können. Aber es stand für ihn außer Frage, seine jungen Bundesbrüder alleine in das Haus zu schicken. Mitten in der Nacht drangen die vier in das besetzte Haus ein, Altendiez an der Spitze.«

»Ja, was ist das denn für ein Haudegen? Wir kennen den doch nur als Vorzeigediplomat!« Meyerholz war platt.

»Es kommt noch besser«, fuhr der X fort. »Im dritten oder vierten Stock fanden sie tatsächlich das Lager dieser Leute. Roos war unter ihnen, was ihr ruhig wörtlich verstehen könnt. Altendiez forderte sie in ruhigem Ton auf, mitzukommen. Sie war völlig zugedröhnt und lachte nur. Der Wortführer baute sich vor Altendiez auf, um etwas zu sagen. Doch bevor er den Mund aufmachen konnte, hatte Altendiez ihn mit seiner Rechten zu Boden geschickt. Es entwickelte sich eine handfeste Schlägerei, die unsere Jungs trotz Unterzahl im Handumdrehen für sich entschieden. Die Revoluzzer hatten den durchtrainierten Corpsstudenten nicht wirklich etwas entgegenzusetzen. Die nun schnappten sich Roos und verfrachteten sie in den Kofferraum von Altendiez' Wagen mit Diplomatenkennzeichen. Er brachte die Bundesbrüder zurück aufs Tartarenhaus und fuhr in einem durch nach Holland, wo ein überglücklicher Vater seine Tochter umarmte.«

»Was für eine irre Nummer! Nur zu schade, dass wir sie niemanden erzählen dürfen.« Siggi schüttelte sich vor Lachen.

»Wir waren auf die Minute pünktlich am Vaalser Grenzübergang«, fuhr Westenhoff fort. »Gleichzeitig mit uns kam der holländische Innenminister mit einem Vertrauten an. Wir begrüßten einander mit festem Handschlag. Der Minister fragte Altendiez, was er für einen Plan habe. Altendiez schlug vor, dass der finale Rettungsschuss auf Andrejew und der Schuss auf Martens, um seine Flucht zu vereiteln und die Geisel nicht zu gefährden, von den Kräften der Sondereinheit abgegeben worden sein. Der Leiter des Sondereinsatzkommandos sollte für sein umsichtiges Handeln eine Belobigung und seine Beförderung erhalten. In den Untersuchungen und Berichten würde Mülenberk nie auftauchen.«

Meyerholz fragte nach. »Ist das denn überhaupt möglich, so was geheim zu halten?«

»Sagen wir es mal so: Wenn der zuständige Minister diese Richtung vorgibt, muss er gute Gründe dafür haben. Und neben den üblichen staatstragenden Floskeln gab es ja tatsächlich einen triftigen Grund für die holländischen Kollegen, die Geschehnisse anders darzustellen. Denn die waren schlicht und ergreifend zu spät am Tatort eingetroffen.«

»Und warum? Du hattest sie doch sofort informiert, nachdem Anna den Anruf von mir hatte.« Mülenberk konnte es nicht verstehen.

»Ganz einfach. Weil der Leiter des Sondereinsatzkommandos sich mit einer weiblichen Kampfdrohne aus seinem Einsatz-Team, sagen wir mal, *zurückgezogen* hatte. Ehe die beiden informiert werden konnten und angezogen waren, verstrichen wertvolle Minuten.«

»Das wäre aber gar nicht gut für die Beförderung gewesen.«

»Nein. Deshalb war es auch kein Problem, alles genau so durchzuziehen, wie von Altendiez geplant. Der Minister wies die niederländischen Polizisten an, euch mit dem Wohnmobil passieren zu lassen. Altendiez und ich taten das Gleiche auf deutscher Seite. Zwar kannte keiner den pensionierten Diplomaten, aber seine gepflegte Erscheinung und sein selbstbewusstes Auftreten ließen keine Fragen zu. Ich bat dann noch den Vorgesetzten, unauffällig bei euch nachzufragen, ob ihr Hilfe braucht. Das war ja zum Glück nicht der Fall.«

»Ich bin euch allen zu großem Dank verpflichtet, Bundesbrüder. Ihr habt echten Corpsgeist gezeigt.« Mülenberk war tief bewegt. »Wie geht es nun weiter? So ganz bin ich aus der Nummer ja wohl noch nicht raus.«

»Schlaf dich erst mal aus, und dann treffen wir uns ›Im Büro‹, um die weitere Vorgehensweise zu besprechen. Ich bin zuversichtlich, dass wir dich da ganz gut heraushalten werden.« Der X verbreitete Optimismus und Ruhe.

»Männer, das wird euch gut tun!« Dr. Bevermann kam mit einem großen Tablett, auf dem sich fünf Becher Kaffee und fünf großzügig gefüllte Cognacschwenker befanden. »Hier, nehmt reichlich, ihr habt es verdient!«

Sie nahmen den ärztlich verordneten Kaffee-Cognac und stießen mit Miraculix an. Der X wollte ein paar Dankesworte loswerden, doch Miraculix sagte nur: »Ihr wart nicht hier. Ich habe nichts gemacht, gehört oder gesehen. Übermorgen kommt Mülenberk zur Kontrolle vorbei. Bargeld nicht vergessen.« Kein Zweifel: Dr. Bevermann verstand sein Geschäft und kannte seinen Marktwert.

Er trank seinen Becher in einem Zug leer und verabschiedete sich mit den Worten: »Meine Herren, die Normalsterblichen haben das Wartezimmer gefüllt. Wenn Sie jetzt bitte den Behandlungsraum unauffällig verlassen würden?«

Er war gerade zur Tür hinaus, als Mülenberks Handy klingelte. Im Display blinkte der Name von Tom Lammers.

22. Kapitel

Er hatte erneut einen Schweißausbruch. Die Abstände zwischen den Schüben wurden immer kürzer. Er nahm die Schachtel mit dem Medikament, das in Deutschland keine Zulassung hatte. Was scherten ihn Zulassungen. Er brauchte Hilfe. Und das Mittel half. Jedenfalls eine Zeitlang. Die Endlosliste mit den möglichen Nebenwirkungen hatte er gleich weggeworfen. Vermutlich würde er sie sowieso nicht erleben. Aber noch wollte er nicht abtreten. Und schon gar nicht als ewiger Verlierer. Dieses eine Mal würde er gewinnen, koste es, was es wolle. Niemals zurück. Zwei Güterzüge begegneten einander auf seiner Höhe. Er hatte das Gefühl, der Lärm würde das Innere seines Kopfes zermahlen. Es wurde Zeit.

23. Kapitel

Er hatte sich auf eine heiße Dusche und ein paar Stunden Schlaf gefreut. Doch daraus würde wohl nichts werden. Lammers hatte ihn informiert, dass der Entführer von Marie sich erneut gemeldet und ihn gebeten habe, so schnell wie möglich nach Düsseldorf zu kommen. Mehr wollte er am Telefon nicht sagen.

Sie standen jetzt auf dem mittlerweile gut gefüllten Parkplatz der Praxis von Dr. Bevermann. Mülenberk wusste nicht, was er tun sollte. Er hatte mit niemandem über die Entführung von Marie gesprochen. Er wollte sie nicht gefährden. Andererseits hatte er gerade erlebt, dass er ohne Hilfe verloren gewesen wäre. Der X blickte in seine ratlosen Augen.

»Roman, steig zu mir in den Wagen. Und ihr wartet bitte so lange im Wohnmobil«, wies er Meyerholz und Siggi an.

Mülenberk ließ sich in den ledernen Beifahrersitz fallen. »Nobler Schlitten.«

»Nur das Beste für die besten Diener des Staates«, lächelte der Oberstaatsanwalt. »Was bedrückt dich, Romulus?«

»Was soll mich bedrücken?«

»Romulus!«

Mülenberk kannte diesen Tonfall des X, mit dem er Autorität und Zuwendung verband. Widerstand wurde schwer und Öffnung leicht gemacht.

»Wieviel Zeit hast du?«, fragte er den X.

»Soviel du brauchst.«

»Es ist eine sehr ungewöhnliche Geschichte, die sich bei Tartarus ereignet hat. Und eine sehr persönliche. Ich erzähle dir jetzt nur, was jetzt wichtig ist. Die ganze Geschichte erzähle ich später.«

Wenn überhaupt, dachte der X. Wenn überhaupt. Er kannte seinen Freund nur allzu gut.

Zögernd begann Mülenberk: »Du hast mich immer wieder nach Tom Lammers gefragt. Ich war bei ihm, weil er mich darum gebeten hatte. Du kennst seine Tochter Marie. Und du weißt, dass ich mit Esther befreundet war.«

»Die große Liebe deines Lebens.«

»Ja. So ist es. Und Marie ist *meine* Tochter.« Mülenberk traten Tränen in die Augen. Der X ließ sich seine Überraschung nicht anmerken.

»Seit wann weißt du das?«

»Seit meinem Besuch bei Tom vor zwei Tagen. Ich habe bis dahin nichts geahnt. Genauso wenig wie Marie.«

»Was sagt Marie dazu?«

»Sie weiß es nicht.«

»Wie? Sie weiß es nicht. Habt ihr nicht miteinander gesprochen?«

»Nein, das konnten wir noch nicht. Marie ist entführt worden. Deshalb hatte Tom mich ja gebeten, ihn zu besuchen.«

»Romulus, ich fasse es nicht. Sarah entführt. Marie entführt. Und du hältst es nicht für nötig, mich zu informieren? Wenigstens inoffiziell.«

»Mit Sarah, das war ein großer Fehler. Das gebe ich zu. Aber bei Marie ist die Lage anders.«

»Wie anders? Weil du sechsunddreißig Jahre nicht gewusst hast, dass sie deine Tochter ist?«

»Weil sie meine Tochter ist. Ja. Und weil ich sehr sicher bin, dass der Entführer ein Bundesbruder von uns ist.«

»Romulus, Miraculix muss dir etwas in die Infusion getan haben, was dein Gehirn außer Funktion gesetzt hat.«

»Das wäre die beste Erklärung. Aber es ist nicht so. Es gibt Hinweise, die kaum einen anderen Schluss zulassen.«

»Und die wären?«, fragte der Oberstaatsanwalt ungeduldig.

»Der Entführer telefoniert nicht. Er schreibt. Und zwar an die alte Anschrift der Lammers, so wie sie noch bei uns in der Mitgliederdatei steht. Und die Höhe des Lösegeldes. Nämlich genau 850.000 Euro. Nicht eine Million. Oder zwei. Was bei Lammers Vermögen durchaus möglich wäre.«

»Und daher denkst du, dass es einer von uns ist? Ein Bundesbruder, der seinen Burscheneid gesprochen hat, stets treu und unverbrüchlich zu uns zu stehen, soll die Tochter eines Bundesbruders entführt haben? Tut mir leid, das ist mir viel zu dünn. Ich rede mit Tom, damit er die Entführung seiner Tochter endlich der Polizei meldet.«

»Meiner Tochter, wenn schon.« Mülenberk wünschte sich, er hätte sich nie in den Wagen von Westenhoff gesetzt.

»Dann eben eurer Tochter. Hast du mir sonst noch etwas mitzuteilen?«

»Nein, habe ich nicht«, sagte Mülenberk schmallippig. »Bitte, X, halte dich da raus. Wenn sich etwas ändert, rufe ich an.«

»Ich werde mich nicht raushalten. Wir haben ja gerade erlebt, was passiert, wenn ich mich raushalte.«

»Ich bitte dich für Marie. Und für Tartarus.« Damit stieg er aus dem Wagen. Kaum hatte er die Wagentür hinter sich zufallen lassen, fuhr der X mit durchdrehenden Reifen und reichlich Wut im Bauch vom Parkplatz. Mülenberk war sicher, dass er umgehend Lammers anrufen würde, sobald er in der Staatsanwaltschaft war. Er war ebenfalls sicher, dass er dort nichts erfahren würde.

Auf den wenigen Metern bis zu seinem Wohnmobil fühlte Mülenberk, wie sich die Erlebnisse der letzten 24 Stunden und die Medikamente in ihm bemerkbar machten. Er riss sich zusammen. Meyerholz und Siggi war nicht entgangen, in welch desolatem Zustand er sich befand.

»Ich fahre euch jetzt zum Tartarenhaus. Dann muss ich weiter.«
»Wie weiter?«
»Ich muss nur eben kurz nach Düsseldorf.«
»In deinem Zustand? Das kommt gar nicht in Frage! Und wieso ist der X so sauer? Es war doch alles so harmonisch.«
»Es gibt noch eine Baustelle, bei der ich ihn allerdings nicht brauchen kann.«
»Was kann denn jetzt noch so wichtig sein, nachdem hier alles so glimpflich abgelaufen ist?«

»Glimpflich ist gut. Ich habe einen Menschen erschossen.«

»Ja. Um einen unschuldigen Menschen zu retten. Du hast alles richtig gemacht.«

Er wusste, dass Meyerholz Recht hatte. Er hatte in dieser Situation das einzig Richtige getan. Trotzdem musste er damit klarkommen, menschliches Leben ausgelöscht zu haben, auch wenn er sich ziemlich sicher war, dass Andrejew selber viele Leben ausgelöscht hatte.

»Ich muss sofort nach Düsseldorf! Es ist wichtig.«

»Wir können dich fahren. Darin haben wir jetzt Übung«, bot Siggi an.

»Kommt gar nicht in Frage. Ich fahre alleine.«

Als er sich die Stufen in sein Wohnmobil hochschwang, verließen ihn die Kräfte. Noch bevor sie ihn auffangen konnten, landete er mit dem Rücken auf dem Parkplatz. Die Wunde fing erneut an zu schmerzen.

Meyerholz und Siggi sprangen ihm zur Hilfe, packten ihn unter den Armen und setzen ihn auf den Beifahrersitz. Dann rannten sie los, um Miraculix zu holen. Mülenberk brauchte dringend ärztliche Hilfe.

Als sie zwei Minuten später mit dem Arzt auf den Parkplatz zurückkamen, waren Mülenberk und das Wohnmobil verschwunden.

Meyerholz und Siggi sagten nichts mehr. Sie hielten das nächste Taxi an und fuhren zum Verbindungshaus. Ihnen reichte es für heute. Sollte Mülenberk doch sehen, wo er blieb. Ihr Vorrat an Bundesbrüderlichkeit war fürs Erste erschöpft.

24. Kapitel

Marie hatte ein immer schlechteres Gefühl. Ihr Entführer hatte von Stunde zu Stunde abgebaut. Die Abstände zwischen den Schweißausbrüchen wurden kürzer. Das Zittern gönnte den Händen keine Pause mehr. Hatte er anfangs ab und zu gesprochen, so sagte er seit ein paar Stunden nichts mehr. Sie bedauerte mittlerweile, im Telefonat mit ihrem Vater zwischen den Zeilen nicht um Hilfe gebeten zu haben. Nun war es zu spät dafür. »Trink das, es wird dir gut tun.« Marie nahm die eiskalte Dose Cola, die er ihr mitgebracht hatte. Ein paar Körnchen weißes Pulver an der Öffnung ließen ihr Misstrauen erwachen. Sie nahm die Dose, führte sie zum Mund und trank. Dann ließ sie die Dose aus der Hand rutschen, schaute ihren Entführer ungläubig an und schlief ein.

»Mädchen, sei froh, dass du schlafen darfst«, sagte er entschuldigend. Er machte eine Einmalspritze fertig und setzte eine dünne Injektionsnadel auf. Er hatte das Zittern kurzfristig unter Kontrolle bringen können und seine gut trainierten Finger gehorchten ihm. Dann nahm er aus seiner Tasche ein elastisches Textilband, mit dem er sich den linken Oberarm abband. Er klopfte auf die anschwellende Vene. Sie fühlte sich gut an. Vorsichtig setzte er die Nadel. Er zog zehn Milliliter Blut aus seinem Arm. Das würde reichen.

25. Kapitel

Mülenberk steuerte den großen Parkplatz zwischen dem Bonner Hauptbahnhof und der Maximilianstraße an. Je nach Situation konnte er von hier mit dem Zug oder mit dem Wohnmobil weiterfahren. Soweit es seine Verletzungen zuließen, wusch und rasierte er sich und zog frische Sachen an. Dann nahm er sich die Zeit für ein Frühstück. Wenn er nicht zu Kräften käme, wäre er keine Hilfe für Marie. Das alles hatte kaum mehr als eine halbe Stunde in Anspruch genommen, vermittelte ihm aber die Gewissheit, für die anstehenden Aufgaben gerüstet zu sein.

Er rief Lammers an, um sich ausführlich nach dem aktuellen Sachstand zu erkundigen. Das knappe Telefonat von vorhin hatte wenig Konkretes ergeben.

»Roman hier. Ich konnte eben nicht reden. Der X stand neben mir.«

»Jedenfalls hast du soviel geredet, dass der X unverzüglich bei mir angerufen hat. Mensch, Roman, wie konntest du ihm was erzählen? Du weißt doch, worum es geht. Ich kann dich wirklich nicht verstehen.«

»Das kannst du auch nicht, wenn du nicht die ganze Geschichte kennst, die ich in den beiden letzten Tagen erlebt habe. Dafür haben wir jetzt aber keine Zeit. Ich erzähle sie dir später. Was ist mit Marie?«

»Also erst mal habe ich dem X nichts erzählt. Der ist zwar stinkesauer, aber das ist mir gerade mal egal. Heute früh kam Post vom Entführer an. Eilzustellung. Er schreibt, dass er heute das Geld haben will. Für jeden Tag, der vergeht, wird er Marie einen Finger abtrennen.«

»Also heute soll die Übergabe sein?«, fragte Mülenberk nach.

»Ja. Dann war da noch ein einfaches Handy mit einer Prepaid-Karte dabei. Er gibt ab jetzt seine Anweisungen ausschließlich per SMS über dieses Handy.«

»Er telefoniert also immer noch nicht. Vermutlich, weil du die Stimme erkennen könntest. Hast du das Lösegeld?«

»Ja, es gab keine Probleme. Auf unseren Bundesbruder von Pleskau war, wie gewohnt, Verlass. Du musst zu mir kommen, Geld und Handy in Empfang nehmen. Ich habe einen akuten Schub meiner Krankheit und bin am Ende meiner Kräfte.«

Ich auch bald, dachte Mülenberk, ich auch. Aber er sagte nichts.

»Ich stehe am Bonner Hauptbahnhof auf dem großen Parkplatz. Kann dein Chauffeur mir die Sachen nicht hierher bringen? Das ist schneller als mit dem Wohnmobil. Außerdem bin ich so voller Medikamente, dass ich mich nicht ins Auto setzen sollte.«

»Was ist los mit dir?«

»Halb so wild. Nur ein glatter Durchschuss. Miraculix hat mich schon verarztet. Bloß Autofahren geht nicht gut.«

»Dann nimm die Bahn. Mein Chauffeur ist gestern in einen Auffahrunfall verwickelt worden und fällt für ein paar Tage aus. Shit happens.«

»Wenn die Züge pünktlich sind, könnte ich den IC um 9:22 Uhr nehmen und wäre dann um 10:09 Uhr am Düsseldorfer Hauptbahnhof.«

»Ich nehme ein Taxi und bringe dir Geld und Handy persönlich.«

»Ist dir das nicht zu viel?«

»Wem kannst du heute noch trauen? Ich schaffe das schon. Mach dir keine Sorgen.«

»Wo treffen wir uns?«

»Ich komme zum Bahnsteig. Du fährst wie immer erster Klasse?«

»Ja. Bis gleich.«

Mülenberk legte auf. Wenn er den Zug bekommen wollte, musste er sich beeilen. Züge sind immer dann pünktlich, wenn man selber spät dran ist.

Der IC und Mülenberk waren pünktlich.

Sie erschraken, als sie einander erblickten. Als sie es bemerkten, fingen sie an zu lachen.

»Früher sahen wir so aus, wenn wir eine Woche durchgesoffen hatten.« Lammers sehnte sich nach den guten alten Zeiten.

»Ja, das waren die Zeiten, in denen meine Mutter den Satz prägte: Du denkst, jeden Tag besoffen wäre auch ein geregeltes Leben?«

»Und trotzdem ist aus uns etwas geworden.«

»Weil wir es wollten, Tom. Weil wir es wirklich wollten.«

»Das stimmt wohl. Hier sind das Geld und das Handy.«

Mülenberk überprüfte das Handy. Voller Akku. Volle Sendeleistung. Er nahm den Umschlag.

Mülenberk steckte das Geld ein. »Ok. Was meinst du, wo die Geldübergabe sein wird?«

»Ich habe so eine Ahnung, dass du wieder Richtung Bonn fahren solltest.«

»Ich auch. Hoffentlich haben wir Recht und verlieren keine Zeit durch Hin- und Herfahren.«

Noch während Mülenberk sprach, kündigte der Lautsprecher einen verspäteten Regionalexpress nach Koblenz auf dem selben Bahnsteig gegenüber an.

»Geht doch«, merkte Mülenberk an. Dann schauten sie sich an und nahmen sich kurz in den Arm, bevor Mülenberk in den Zug einstieg. »Hoffentlich ist es die richtige Richtung!«, dachten beide.

Vormittags waren die Züge relativ leer. In der ersten Klasse waren nur wenige Plätze besetzt und er fand einen ungestörten Platz am Fenster in Fahrtrichtung. Die Sonne wärmte bereits das Rheinland tüchtig auf. Es würde ein heißer Tag werden. Mülenberk schloss die Augen. Im Takt der Wagenräder glitten Bilder von Esther und Marie an ihm vorbei.

Er sah Esther. Wie sie im Sand lagen. Ihre letzte Nacht. Von einer Ahnung erfüllt, die niemals Wirklichkeit werden sollte. Und doch schrecklicher wurde, als er es für möglich gehalten hatte. Marie, ganz offensichtlich das Kind dieser Nacht. Das Kind einer

Liebe, die den Tod überdauerte. Und in diesem Leben niemals ihre Erfüllung finden durfte. Marie war das Erbe dieser großen Liebe. Marie verkörperte Vergangenheit, Gegenwart und Zukunft. Er würde sie heil herausholen, wo immer sie auch war. Doch jetzt fielen ihm vor Erschöpfung die Augen zu.

Der Zug hatte Bonn und Bad Godesberg längst hinter sich gelassen, als das Handy des Entführers kurz vibrierte. Es reichte, um Mülenberk zu wecken. Sein Unterbewusstsein arbeitete in Anbetracht der bevorstehenden Aufgabe im Stand-by-Modus und hatte einen tiefen Schlaf nicht zugelassen.

Die SMS bestand aus einer kurzen Anweisung: »Komm nach Remagen!«. Er antwortete umgehend mit »ja«, doch eine Information seines Handys, dass die Nachricht gelesen worden war, blieb aus. Der Absender hatte sein Handy offensichtlich sofort nach dem Absetzen seiner SMS ausgeschaltet, um eine Ortung zu verhindern. Eine Vorsichtsmaßnahme, derer es nicht bedurft hätte, befand Mülenberk. Er überlegte, dass der Entführer sein Handy irgendwann wieder einschalten würde und schickte ihm eine weitere SMS. »Ich bin jetzt in Remagen und habe das Lösegeld dabei. Du kannst das Handy ruhig anlassen. Es gibt keine Überwachung. Roman Mülenberk.« Der Entführer würde ihn kennen, wenn seine Theorie zutraf. Wenn. Es würde sich bald zeigen.

Kurze Zeit später hielt der Zug in Remagen. Mülenberk ging in die gusseiserne Vorhalle des Bahnhofs, die ursprünglich aus Bonn stammte, wo sie beim Neubau des Bonner Hauptbahnhofs in den Jahren 1883/84 abmontiert worden war. In Remagen hatte man sie wieder aufgestellt.

»Alte Liebe rostet nicht.« Eine neue SMS. Mülenberks Ahnung verdichtete sich. Er überlegte kurz, ob er antworten sollte, entschied sich aber dagegen. Besser keine Provokation riskieren.

Die nächste SMS kam umgehend. »Komm zum Caracciola-Keller.«

Mülenberk ging nach links, die Drususstraße entlang. In wenigen Minuten würde er dort sein.

Erinnerungen an den Apollinariskeller stiegen in ihm auf. Sie hatten ihn nur »Caracciola-Keller« genannt. Rudolf Caracciola – »Karratsch« genannt –, 1901 in Remagen geboren, ist einer der legendärsten Rennfahrer. Seine Siege mit dem »Silberpfeil« sind verbunden mit der »Grünen Hölle« des Nürburgrings, dessen Aura durch den Größenwahn eines rheinland-pfälzischen Ministerpräsidenten unwiederbringlich zerstört wurde.

Karratschs Großvater ließ den 1600 Quadratmeter großen Keller 1866 als Fasslager für seinen Weinhandel errichten. Ab 1968 wurde der Apollinariskeller, der jetzt einem Düsseldorfer Kaufmann gehörte, zum gesellschaftlich angesagten Ort, einer unterirdischen Partyzone für hochrangige Vertreter der Bonner Republik.

Tartarus hatte dabei kräftig mitgemischt. Gut vernetzt in die Bonner Society, waren seine Mitglieder im Keller ein- und ausgegangen. Sie hatten erreicht, dass sie als Studenten immer lukrative Jobs bei diesen Partys bekamen. Die Veranstalter hatten schnell erkannt, dass die Studenten von Tartarus ihre Jobs nicht nur 100%ig erledigten; sie waren vor allem diskret und verschwiegen. Egal, was sich im Keller ereignet hatte: Niemals drang ein Wort nach draußen.

Sie waren fasziniert gewesen vom Kathedralen-Zimmer und der historischen Holzkegelbahn, besonders aber von dem riesigen Hauptkeller, dessen Gewölbe von 15 rot und weiß gebänderten Säulen gestützt und von Kronleuchtern prachtvoll erhellt wurde.

Mülenberk hatte das Kellertor neben der Caracciola-Villa erreicht. Es war so breit, dass auch gepanzerte Dienstlimousinen von Diplomaten es passieren konnten. Diese stiegen – geschützt vor neugierigen Blicken – erst im Entree des Partykellers aus.

Die Tür zum Keller stand einen Spalt breit auf. Der Saal war schwach beleuchtet. Mülenberk sah auf sein Handy. Es gab keine neuen Anweisungen. Der leicht muffige Geruch verriet die Nähe des Rheins, der den Keller feucht hielt. Er zuckte kurz zusammen, als ein Zug vorbeidonnerte. Die Gleise waren keine 200 Meter entfernt. Er sah sich um. Keine Spur von Marie. Er lauschte in die

Stille und versuchte, sich den Ort in Erinnerung zu rufen. Neben den Räumen zum Feiern hatte es natürlich auch solche gegeben, in denen alles Platz fand, was für den Partybetrieb benötigt wurde. Wenn Marie hier sein sollte, dann vermutlich in einem dieser Räume.

Er brauchte sich nicht umzudrehen. Auch wenn er kein Geräusch gehört hatte, spürte er, wie jemand hinter ihm stand.

»Setz dich!«, wies die Stimme ihn an, die er auch nach Jahren sofort wiedererkannte.

In der Mitte des Saales stand ein kleiner Tisch mit Stühlen. Er setzte sich. Ihm gegenüber nahm Klaus Kupp Platz. Er hatte das Versteckspiel beendet. Mülenberk war erschüttert vom Aussehen seines Bundesbruders, den er viele Jahre nicht gesehen hatte. Aus dem fröhlichen, zu jeder Feier bereiten Studenten war ein verhärmter, stark gealterter Mann geworden, dessen Gesicht von Krankheit und Drogen gezeichnet war.

»Klaus. Lange nicht gesehen.«

»Roman Mülenberk. Romulus. Der Star von Tartarus.« Kupp verspottete ihn.

»Klaus Kupp. Der begabteste Biermusikus, den wir je hatten.«

»Red kein dummes Zeug. Was machst du hier? Warum ist Tom nicht hier?«

»Er ist sehr krank. Zu krank, um zu kommen.«

»Ach, der feine Herr ist krank. Da schickt er den lieben Freund Romulus, um sein Töchterchen zu befreien.«

»Klaus, was soll der ganze Scheiß? Wo ist Marie?«

»Es geht ihr gut. Hast du die Kohle?«

»Erst will ich Marie sehen.«

»Du wirst Marie noch rechtzeitig sehen.«

»Klaus, bitte erkläre mir, was das ganze Theater hier soll!«

»Du sprichst von Theater? Du wagst es?« Klaus Kupp war außer sich. »Du hättest alle Frauen haben können und hast dich für die Einzige entschieden. Und dann nimmst du mir auch noch Tom weg. Du hast mein Leben zerstört.«

»Ich weiß erst seit drei Tagen, dass ihr ein Paar wart. Klaus, ich hatte keine Ahnung, dass ihr schwul seid.«

»Keine Ahnung also. Du hast doch jede freie Minute mit Tom verbracht!«

»Weil er ein Freund war, mit dem ich mich besonders gut verstanden habe. Ich hatte wirklich keine Ahnung.«

»Und das Schlimmste war, dass es für mich nicht besser wurde, als ich endlich erreicht hatte, dass du ins ferne Newcastle abrücken musstest. Esther hatte deinen Platz ja zügig eingenommen.«

»Du hast mich bei den Alten Herrn angeschwärzt?«

»Klar. Von alleine hätten nicht sie so schnell etwas gegen den ›ach so tollen Mülenberk‹ unternommen. Dich hatten doch alle in ihr Herz geschlossen. Erst als ich mit deinem Zwischenzeugnis ankam, kam Bewegung in die Sache.«

»Klaus Kupp, du bist eine ganz miese Ratte!« Mülenberk wurde laut.

»Wieso? Ich habe mich immer nur mit den Mitteln gewehrt, die mir zur Verfügung standen. Andere habe ich nie gehabt. Und wenn du so dämlich warst, im Suff dein Zwischenzeugnis ans schwarze Brett zu heften, hast du es ja selber öffentlich gemacht.«

Mülenberk erinnerte sich nicht daran. Ihm wurde allerdings klar, dass sein Bundesbruder Klaus Kupp sich schon als Student sehr weit von den Idealen ihres Lebensbundes entfernt hatte. Damit hatte er nicht gerechnet. Er hatte sich anscheinend verrechnet.

26. Kapitel

Als Marie hörte, wie ihr Entführer und der andere Mann einander anschrien, traute sie sich, aufzustehen. Sie hatte die Cola unauffällig neben den Mund laufen lassen. Wenn man es geschickt anstellte, war es kaum zu bemerken. Während des Studiums hatten sie und ihre beste Freundin sich immer einen Spaß daraus gemacht, den Studenten, die sich ja für unschlagbar trinkfest hielten, die Grenzen aufzuzeigen.

Niemals hatte einer bemerkt, wie sie Sekt und Cocktails neben den Mund den Hals herunter ins Dekolletee laufen ließen. Und wenn, täuschten sie kurz ein Verschlucken vor. Klar wurden ihre Kleider nass. Doch in der Regel hatten sie ihre Wäsche vorher entsprechend präpariert.

Als sie das weiße Pulver sah, hatte sie sich sofort für diese erprobte Taktik entschieden. Das einzige, was sie nicht wusste, war, wie schnell das Mittel wirken würde und ob ihr Entführer Verdacht schöpfen würde, wenn sie zu schnell oder zu langsam einschlief. Sie hatte die schnelle Variante gewählt. Anscheinend hatte er nichts anderes erwartet.

Die Tür zu ihrem Versteck stand offen. Er schien sich seiner Sache sicher zu sein. Leise schlich sie sich an die Stimmen heran. Die neue Stimme kam ihr irgendwie bekannt vor. Es gelang ihr, sich hinter einer der Säulen im Hauptsaal zu stellen, in dem die beiden stritten.

Im schwachen Licht erkannte sie allmählich Mülenberk. Sie wusste, dass er und ihr Vater Bundesbrüder waren. Wie wenig in ihrem Elternhaus, in dem die Freunde von Tartarus stets gerne gesehen waren und großzügig bewirtet wurden, über ihn gesprochen worden war, fiel ihr erst jetzt auf. Dabei schien er das volle Vertrauen ihres Vaters zu besitzen, wenn er ihn mit der Lösegeldübergabe beauftragt hatte – aber nur dann, wenn seine Krankheit ihn gehindert hatte, es selber zu tun. Sie machte sich Sorgen.

»Klaus, was ist geschehen, dass du so verbittert bist? Wieso hast du unseren Idealen den Rücken zu gekehrt?«

»Ideale? Ja, unsere Ideale, die galten für alle, die so waren, wie man sich das bei Tartarus vorstellt. Für einen schwulen Klavierspieler, der sich entschieden hatte, keine Partie zu fechten, wurde das Verbindungsleben zum Spießrutenlauf. Ich wurde mehr und mehr gemieden. Wirkliche Freunde bei Tartarus hatte ich bald nicht mehr. Nur als Biermusikus habt ihr mich noch gebraucht.«

»Wir haben kollektiv versagt«, stellte Mülenberk resigniert fest. »Unentschuldbar. Vielleicht aus dem damaligen Zeitgeist heraus zu erklären. Aber nicht zu rechtfertigen. Warum bist du nicht ausgetreten?«

»Wäre ich ausgetreten, hätte ich gar keine Möglichkeit mehr gehabt, Tom zu sehen. Er war ja nach wie vor meine große Liebe. So konnte ich ihn wenigstens ab und zu im Verbindungshaus oder in Düsseldorf sehen, wenn er uns eingeladen hatte.«

»Und was hast du beruflich gemacht? Du hast doch Medizin studiert, so weit ich mich erinnere?«

»Ja, ich hatte einen der besten Studienabschlüsse, die es jemals bei Tartarus in Medizin gab. Mir standen alle Türen offen. Bis diese verdammte Krankheit mich erwischte.«

»Was ist passiert? Ich weiß von nichts.«

Kupp brüllte erneut. »Natürlich nicht. Es hat ja in diesem Nobelverein auch niemanden interessiert, dass ich vor die Hunde ging.«

»Das ist bitter.«

»Bitter? Das ist äußerstes menschliches Versagen. Hier, in diesem Keller, in diesem verdammten Keller, begann mein Absturz. Und hier wird er auch zu Ende gehen.«

»Klaus, bitte! Wo ist Marie?«

»Marie, Marie. Hör mir auf mit Marie. Erst hatte ich noch Hoffnung, dass Tom und Esther sich bald trennen würden und er wieder frei für mich wäre. Doch dann stellte ich fest, dass sich sein ganzes Leben nur noch um Marie drehte. Aber ich bin noch nicht fertig mit der Geschichte von mir und diesem Keller hier.«

Marie hatte Mühe, sich auf den Beinen zu halten. Das, was sie hörte, und auch die Anstrengung des Stillhaltens nach all den Strapazen waren zu viel für sie. Sie ließ sich zu Boden gleiten. Beide schienen nichts bemerkt zu haben.

»Ein hoch angesehener Professor an den Unikliniken, eine weltweit anerkannte Koryphäe in der gerade aufkommenden Transplantationschirugie, war durch meine überdurchschnittlichen Leistungen auf mich aufmerksam geworden. Durch das Klavierspielen hatte ich mir eine fantastische Fingerfertigkeit erworben und erwies mich bald als einer der talentiertesten Mitarbeiter seines vom Ehrgeiz zerfressenen Teams. Der Herr Professor kokettierte gerne mit mir und wir waren häufig Gäste bei den angesagten Partys hier im Keller. Ich gehörte endlich dazu. Ich durfte ein Teil des Wirtschaftswunders sein.«

Er stand auf und ging zu einem Flügel, der sich im hinteren Teil des Saales befand. Er schaltete die komplette Beleuchtung ein. Es war ein unwirklicher Anblick. Hatte man in der schwachen Beleuchtung noch den früheren Glanz erahnen können, nahm man jetzt den Verfall und die Morbidität war, denen die alten Gemäuer auf lange Sicht ausgeliefert sein würden.

Im hellen Licht bot die Säule Marie nicht mehr ausreichend Deckung. Kupp erblickte sie.

»Setz dich zu ihm an den Tisch, Marie«, wies er sie an. Er schien nicht besonders überrascht zu sein, dass sie wach war. »Ich spiele ein wenig Klavier für euch.«

»Marie, renn los!«, rief Mülenberk ihr zu.

»Du kannst dich ruhig setzen, Marie. Hier kommt ohne mich niemand heraus. Ihr habt mich schon immer unterschätzt.«

Marie hob resignierend die Schultern und setzte sich zu Mülenberk an den Tisch.

»Das ist der Flügel von Hazy Osterwald. Hier hat er den Konjunktur-Cha-Cha-Cha gespielt und natürlich den – hört zu!«

Kupp erweckte den alten, verstimmten Flügel zärtlich zum Leben. Dann sang er den Tango, immer noch auswendig:

»Kriminaltango in der Taverne:
Dunkle Gestalten und rotes Licht.
Und sie tanzen einen Tango,
Jacky Brown und Baby Miller
Und er sagt ihr leise:
›Baby, wenn ich austrink',
machst du dicht.‹
Abend für Abend immer das Gleiche,
denn dieser Tango – geht nie vorbei.«

Er beendete den Tango mit einem lauten, schrägen Akkord.
»Und wenn der Hazy eine Pause brauchte, um sich von den Frauen feiern zu lassen und einen Wodka-Martini zu nehmen, dann durfte ich an den Flügel. Ich war der Einzige, den er daran duldete.« Der Stolz darauf war Kupp immer noch anzumerken.
»›Klaus‹, sagte er einmal zu mir und legte mir den Arm um die Schulter, ›Klaus, überleg dir das noch mal mit dem Leute-Zerschneiden. Ich habe immer einen Platz für dich in meiner Band.‹«
Kupp griff in den Flügel, holte zwei Flaschen hervor, nahm von einem verstaubten Regal drei Gläser und setzte sich zu Marie und Mülenberk an den Tisch.
»Hier flossen in den Sechzigern Eierlikör, Gin Fizz und Cuba Libre in Strömen. Aber Hazy und ich tranken immer Wodka-Martini. Gerührt. Nicht geschüttelt. Darüber konnte sich der alte Verpoorten köstlich aufregen. Der wollte am liebsten die ganze Welt mit seinem ekligen Eierlikör vergiften.«
Kupp hatte die Gläser gefüllt. Halb Martini. Halb Wodka.
Unter »Niemals zurück!« stieß er mit ihnen an. Er trank sein Glas in einem Zug leer und schenkte sich nach. Dann ging er mit dem Glas zum Flügel.

Leise gab er die Melodie ihres Studentenliedes vor. »Alles schweige, jeder neige ernsten Tönen nun sein Ohr.«

»Und, Romulus, bekommst du immer noch eine Gänsehaut? Wie damals, als du geburscht wurdest und Tom dich mit diesem verklärten Blick anschaute.«

»Das ist doch eine Ewigkeit her.«

»Mir kommt es vor wie gestern. An jenem Abend habe ich ihn für immer verloren.«

Kupp fing wieder an zu spielen. Mülenberk erkannte sofort die klassische Hymne der Schwulen, *Somewhere over the Rainbow* von Judy Garland. Aber sie waren nicht im *Zauberer von Oz*, sondern in einem vom Zerfall bedrohten Keller in Remagen. Und er hatte keine Ahnung, wie sie wieder herauskommen sollten. Klaus Kupp wurde unberechenbar.

Kupp setzte sich wieder an den Tisch. »Romulus, auf den Spund! Das konntest du doch immer so gut!«

Mülenberk trank leer. Kupp schenkte nach. »Wie gesagt, ich hatte hier eine tolle Zeit. Natürlich fiel es irgendwann auf, dass mich Frauen wenig interessierten, wo mir doch jetzt so viele Türen offenstanden. Dafür verliebte sich der Sohn eines hohen amerikanischen Diplomaten in mich. Ich ließ mich darauf ein, in der Hoffnung, Tom zu vergessen. Er war jung, attraktiv und voller Tatendrang. Das Bonner Leben war ihm zu muffig und viel zu spießig. Da war kein Platz für lebenshungrige Schwule und Lesben. Nach zwei Jahren haute er ab ins Schwulenmekka Key West in Florida. Es war wohl ein Fehler von mir, nicht mitzugehen. So blieb ich zurück und mit mir mein Körper, den ich in nur zwei Jahren mit Kokain, Marihuana und Meskalin vergiftet hatte. Immer auf der Suche nach dem Sinn des Lebens. Und natürlich nach dem perfekten Sex. Betäubt und berauscht wurde ich auf den Orgien als klavierspielendes Lustobjekt weitergereicht. Dies blieb natürlich nicht verborgenen, da mit meinem Lebenswandel ein erheblicher Leistungsabfall einherging. Der Professor konnte mich in seinem Team nicht mehr gebrauchen. Es standen ja auch genug

Anwärter bereit, die nur darauf warteten, meinen Platz einzunehmen. Und auch Hazy Osterwald wollte nichts mehr von einem drogensüchtigen Schwulen an seinem Flügel wissen. Kurzum, so erging es mir überall. In der bürgerlichen Welt, in der ich gestern noch ganz oben war, konnte ich keinen Fuß mehr auf die Erde kriegen.«

Kupp nahm einen großen Schluck. »Ich schlug dann die klassische Drogen-Laufbahn ein und wurde wegen Beschaffungskriminalität straffällig. Ein junger Staatsanwalt schaffte es damals irgendwie, dass ich mit einem blauen Auge davonkam. Es war unser Bundesbruder Albert Westenhoff. Du erinnerst dich, mein lieber Romulus, der, der dich geburscht hat.«

Der X. Hätte ich den doch informiert, dachte Mülenberk.

»Westenhoff wollte mir damals helfen, wieder auf die Beine zu kommen. Ein echt anständiger Kerl. Aber ich wollte keine Hilfe annehmen. So ging es dann immer weiter. Erst hatte ich kein Glück. Und dann kam auch noch Pech dazu. Mein Lebenswandel schlug sich in Krankheiten wieder. Bald hatte ich mich mit Hepatitis C infiziert. Obwohl ich genau um die Folgen wusste, ließ ich mich nicht behandeln. Ich wusste noch nicht mal, ob ich überhaupt krankenversichert war. Ich verdiente mir das Nötigste zum Leben, also hauptsächlich Alkohol und Kokain, in dritt- und viertklassigen Hotelbars als Klavierspieler. Sozialversichert wurde ich nie. Und jetzt hat meine Leber den Dienst aufgegeben. Zirrhose im fortgeschrittenen Stadium. Da spielt es nur noch eine untergeordnete Rolle, dass ich mich auch mit AIDS infiziert haben dürfte.«

Marie und Mülenberk schauten einander bei Kupps Lebensgeschichte immer wieder betroffen an. Klar, das war das Leben da draußen. Aber doch nicht bei Tartarus. In diesem Mikrokosmos, den Mülenberk immer als Hort der Sicherheit und Beständigkeit angesehen hatte. Er würde wohl umdenken müssen.

»Wozu brauchst du das Geld, Klaus?«, wollte Mülenberk wissen.

»Ja, das Geld. 850.000 Euro. Soviel hatte ich noch nie in meinem ganzen Leben. Es ist für eine Lebertransplantation. Hier in Deutschland bekommst du mit meiner Geschichte keine neuen Organe. Die sind für die hoffnungsvollen Fälle reserviert. In Südamerika fragt dich keiner nach deinen Zukunftschancen. Wenn du zahlst, bekommst du, was du willst. Ich habe in zwei Tagen einen OP-Termin in der Clinica Alemaña in Santiago de Chile. 200.000 Euro sind vor der OP bar auf den Tisch zu legen.«

»Wo kommt denn die Leber her?«, fragte Marie vorsichtshalber nach.

»Ah, das Gewissen meldet sich zu Wort. Ganz die Mama. Südamerika ist nicht Europa. Wenn du eine Leber brauchst, wird eine besorgt. Vorausgesetzt, du kannst zahlen. Eine Leber zu verpflanzen, ist viel schwieriger als ein anderes Organ zu verpflanzen. Zeit ist einer der wichtigsten Faktoren. Deshalb muss die OP auch vor Ort stattfinden.«

»Klaus, du nimmst in Kauf, dass ein anderer Mensch stirbt, damit du eine neue Leber bekommst?«

»Sagen wir es mal so: Ich bekomme keinerlei Informationen über die Herkunft der Leber. Keine. Verstehst du. Gut möglich, dass die Leber einem Unfallopfer entnommen wird.«

»Und die Erde ist eine Scheibe. Klaus, du weißt doch ganz genau, was da geschieht. Ist es das wert?«

»Wer bestimmt schon über den Wert eines Menschen? Ich möchte noch einmal auf der Sonnenseite des Lebens stehen. Mich hat auch nie einer gefragt, was ich wert bin.«

Bitterkeit und Wut waren die Kräfte, die Klaus Kupp antrieben. Sie konnten ihn nicht mehr erreichen.

Kupp trank aus und ging hinüber zum Flügel. Er griff tief hinein und holte vom Resonanzboden einen Revolver hervor. Er betrachte ihn von allen Seiten. Dann drehte er die Trommel.

Mülenberk erkannte sofort, dass die Zeit der robusten Waffe nichts angehabt hatte. Es war ein Smith & Wesson im Kaliber .357 Magnum. Eine Waffe von tödlicher Sicherheit.

»Hazy nannte das seine kleine Lebensversicherung. Er hatte schon früh die Erkenntnis gewonnen, dass die Ära des Caracciola-Kellers nicht von Dauer sein würde und ein rasches Ende finden würde. Seinen Revolver hat er allerdings nie gebraucht. Denn das Ende war typisch für die spießige Zeit. Der Keller musste 1972 geschlossen werden. Im Zeitalter terroristischer Bedrohungen konnte die Sicherheit der Prominenz nicht mehr gewährleistet werden. Es gibt hier keine Fluchtwege. Wie ihr bald merken werdet.«

Mülenberk wurde immer nervöser. »Was hast du vor?«

»Werdet ihr schon früh genug merken. Jetzt legt erst mal die Hände auf den Tisch.«

Kupp kam zum Tisch. In der zitternden Rechten hielt er den Revolver. Mit der Linken zog er zwei Handschellen aus der Hosentasche. Er schien sich gut vorbereitet zu haben.

»Nimm sie, Marie. Und jetzt binde euch an den Füßen und an den Händen zusammen.«

Marie sah Mülenberk an. Der nickte kurz. Gegen eine .357 Magnum war schwer zu argumentieren.

Marie klickte die Handschellen fest. Ihre rechte Hand war mit Mülenberks linker verbunden. Ebenso die Fußgelenke.

Kupp überprüfte, ob die Handschellen auch wirklich fest saßen. Er nahm den Umschlag mit dem Lösegeld und warf einen kurzen Blick hinein ohne nachzuzählen. Er war sicher, dass sich genau 850.000 Euro im Umschlag befanden.

Dann nahm er ihre Handys und ein weiteres, auf dem er seine Anweisungen gegeben hatte. Den Umschlag, die Handys und die .357 Magnum verstaute er in einer billigen Aktentasche.

»Jetzt kommt das große Finale, meine Lieben.«

Seine Stimme klang kalt und hart. Es war nicht mehr der Klaus Kupp, bei dem Mülenberk vor dreißig Jahren am Klavier gestanden hatte. Wie oft hatten sie ihre Studentenlieder gesungen. »Burschen heraus«, »Dort Saaleck, hier die Rudelburg« oder »Was die Welt morgen bringt« waren ihre Lieder gewesen, wenn sie mit Lammers nach durchzechter Nacht in den frühen Morgenstunden singend die Nacht verabschiedet und den Tag begrüßt hatten.

Als könnte Kupp Gedanken lesen, ging er zum Flügel. Er spielte und sang:

»Was die Welt morgen bringt,
ob sie mir Sorgen bringt,
Leid oder Freud?
Komme, was kommen mag,
Sonnenschein, Wetterschlag,
morgen ist auch ein Tag,
heute ist heut'!«

Er unterbrach das Lied und rief zum Tisch hinüber. »Das ist lange her, Romulus. Sehr lange. Wir kommen zur letzten Strophe!« Dann spielte er weiter.

»Kling klang, stoßt an und singt!
Morgen vielleicht erklingt Sterbegeläut!
Wer weiß, ob nicht die Welt
morgen in Schutt zerfällt!
Wenn sie nur heut' noch hält!
Heute ist heut'!«

Kupp kam wieder zum Tisch. Er verteilte das, was noch an Wodka und Martini in den Flaschen geblieben war, auf zwei Gläser. Eines drückte er Mülenberk in die freie Hand.

»Nunc est bibendum. Nec est ullum magnum malum praeter culpam.«[*]

---

[*] Nun muss getrunken werden. Und es gibt kein größeres Übel als die Schuld.

Mülenberk parierte: »Factum fieri infectum non potest.* Klaus, nimm das Geld und werde glücklich damit!«

»Wir sind noch nicht am Ende, Romulus! Oderint, dum metuant.«**

Er nahm aus der Aktentasche die Spritze mit seinem Blut und hielt sie Marie und Mülenberk vors Gesicht. »In diesen zehn Millilitern meines Blutes ist der ganze Schmutz meines verkorksten Lebens. Und Tom soll jetzt auch was davon abbekommen.«

»Was hast du vor?«, fragte Mülenberk, wenngleich er es längst wusste.

»Ich werde Tom immer an meine verstoßene Liebe erinnern, wenn er Krankheit und Zerfall seiner Tochter vor Augen hat.«

Mülenberk schrie Kupp an. »Das ist doch Wahnsinn, Klaus. Marie hat doch gar nichts damit zu tun.«

»Marie hat nichts damit zu tun? Mach dich nicht lächerlich, Romulus. Sie ist sein Kind. Er hat seine göttliche Bestimmung verraten.«

»Du verrennst dich, Klaus.« Er streckte Kupp seinen rechten Arm entgegen. »Auch wenn es seine Bestimmung ist, schwul zu sein, so hat er weder dies noch dich verraten. Wenn du schon mit dieser Spritze dein Elend lebendig halten willst, dann benutze mich dafür. Lass Marie da raus.«

»Na, das nenne ich doch wahre Bundesbrüderlichkeit. Opferst dich, um Lammers zu schützen. Wie heroisch wir bei Tartarus doch sind! Chapeau.«

»Lammers ist nicht der Grund«, erwiderte Mülenberk.

»Sondern?«

»Marie ist meine Tochter.«

Marie schaute ihn fassungslos an. Was spielte Mülenberk für ein gewagtes Spiel?

Kupp wirkte verunsichert. »Deine Tochter?«

---

*   Geschehenes kann nicht ungeschehen gemacht werden.

**   Mögen sie (mich) hassen, wenn sie (mich) nur fürchten.

»Ja. Marie ist das Kind von Esther und mir. Ich weiß es auch erst seit drei Tagen. Tom hat es mir erzählt. Es ist das Kind unserer großen Liebe. Unser Schicksal war es, diese Liebe und die zu Marie nicht gemeinsam leben zu dürfen.«

Maries Augen füllten sich mit Tränen. Tränen der Trauer. Des Schmerzes. Der Hoffnung. Ihr Vater hatte Mülenberk offenkundig über eine Vergangenheit aufgeklärt, die sie selber noch nicht kannte. Und hatte ihn gebeten hatte, ihre Entführung zu einem guten Ende zu bringen. Wem hätte er seine Tochter mehr anvertrauen können, als ihrem leiblichen Vater?

»Hast du einen einzigen Beweis für deine Geschichte?«

»Schau in ihre Augen. Und dann in meine. Und sag mir, was du gesehen hast«, forderte Mülenberk Kupp auf.

Klaus Kupp fühlte sich nicht mehr wohl in seinem Plan. Tief in ihm suchten Menschlichkeit und Liebe einen Weg nach draußen. Was hatte er nur aus seinem Leben gemacht, in das er einst voller Makellosigkeit und Reinheit hineingeboren worden war? Wie hatte er nur seinen Körper und seine Seele derart zerstören können? Er beugte sich über Vater und Tochter und schaute in ihre Augen. Er sah mit einem Blick, dass Mülenberk die Wahrheit gesagt hatte. Ähnlicher konnten einander zwei Augenpaare nicht sein.

»Dann ist mein Erbe für dich bestimmt, Romulus. Und mit dir für Tartarus, als schwärende Wunde in seinem arroganten unmenschlichem Fleisch.«

»Klaus, was du in Tartarus erlebt hast, war traurig. Wir können die Geschichte aber nicht zurückdrehen. Westenhoff wollte dir helfen. Und andere hätten es bestimmt auch getan, wenn du es nur zugelassen hättest.«

»Erzähl mir keinen Quatsch. Einen schwulen drogenabhängigen Bundesbruder hättet ihr eher rausgeschmissen, als ihm zu helfen.«

»Haben wir aber nicht. Obwohl wir es nach der Satzung gemusst hätten. Du hast deine Mitgliedsbeiträge nicht mehr gezahlt. Das hätte unweigerlich den Ausschluss zur Folge gehabt.«

»Und wieso habt ihr mich nicht rausgeschmissen?«

»Über das Thema wurde natürlich auf einem Convent gesprochen und es wurde der Beschluss gefasst, noch abzuwarten und Kontakt mit dir aufzunehmen, damit wir auch deinen Standpunkt hören konnten. Du warst allerdings für uns nirgendwo erreichbar. Einen festen Wohnsitz konnten wir auch nicht ausfindig machen. Von dem Zeitpunkt an erhielt unser Kassierer Jahr für Jahr pünktlich zu jedem Zahltag anonym einen Umschlag mit der Post, in dem das Geld für deinen Mitgliedsbeitrag lag. Lediglich ein Zettel lag jedes Mal dabei: *Mitgliedsbeitrag für Bundesbruder Klaus Kupp. Möge sein Weg ihn wieder zu uns zurückführen.*«

Kupp sah ihn ungläubig an. »Wer hat das für mich getan?«

»Ich war es jedenfalls nicht. Und Tom war es auch nicht. Einem der Bundesbrüder warst du jedenfalls sehr, sehr wichtig.«

Er dachte nach. Es fielen ihm Namen ein. Bundesbrüder aus seiner Studentenzeit, mit denen er viel Zeit verbracht hatte. Wieso hatte er diese Menschen und jene Zeiten verdrängt und vergessen? Die Drogen hatten ihn zerstört.

Mülenberk hakte nach. »Es gibt sie, diese ganz großen Männerfreundschaften. Auch bei Tartarus. Ich habe sie gerade in den vergangenen drei Tagen erlebt.«

»Für mich gab es sie nie«, gab Kupp trotzig zurück.

»Vielleicht, weil du ihnen nie eine Chance gegeben hast. Klaus, ich habe gestern einen Menschen erschossen. Um einen anderen, einen unschuldigen Menschen zu retten. Es waren zwei Studenten von Tartarus, die mich ungeachtet ihrer eigenen Gefährdung aus der Lebensgefahr herausgeholt haben. Und es waren unsere Bundesbrüder, die dafür gesorgt haben, dass ich nicht in einem holländischen Knast bis ans Ende meiner Tage vergammle, sondern hier bei euch sein kann. Zugegeben: auch keine besonders luxuriöse Situation.«

Je mehr Marie hörte, desto mehr sank ihr der Boden unter den Füßen weg. Ihr ganzes Leben hatte sich in den letzten Stunden so unglaublich verdichtet, dass sie erdrückt zu werden drohte.

Klaus Kupp sah Mülenberk sehr lange in die Augen. Er nahm die Spritze, ließ sie auf den Boden fallen und zertrat sie. Dann packte er die Aktentasche mit dem Lösegeld, der .357 Magnum und den Handys und drehte sich zur Tür.

»Danke, Klaus«, sagte Mülenberk. »Was können wir für dich tun? Wohin gehst du?«

»Niemals zurück. Wohin ich gehe, dorthin kannst du mir jetzt nicht folgen.« Mit diesen Worten verließ Kupp den Keller. Sie hörten, wie er das Tor von außen verschloss.

Wohin ich gehe, dorthin kannst du mir jetzt nicht folgen. Mülenberk erkannte das Zitat aus dem Johannesevangelium. Kupp war einmal sehr gläubig gewesen. Es waren Worte, die Jesus sprach, nachdem er von dem Verrat erfahren hatte. Kurz vor seiner Hinrichtung. Es konnte nichts Gutes bedeuten.

Vater und Tochter blieben im Caracciola-Keller zurück. Mit Handschellen aneinander gebunden. Wissend, dass andere Bindungen viel stärker waren. Die Zeit, die sie jetzt brauchten, um miteinander zu reden, hatte Klaus Kupp ihnen hinterlassen.

27. Kapitel

Tom Lammers hatte sich in einen kühlen Raum seines Hauses zurückgezogen, damit er in seiner Schwäche nicht auch noch der Hitze des Sommertages ausgeliefert war. Er hörte ein Taxi in den Hof vorfahren und fühlte sich erleichtert. Seit einigen Stunden hatte er keinen Kontakt zu Marie und Roman gehabt. Jetzt waren sie endlich da. Autotüren schlugen. Das Taxi fuhr wieder davon. Gleich würden sie da sein. Aber wieso klingelten sie? Marie hatte doch einen Schlüssel.

Es klingelte nochmals. Mühsam stand er auf und öffnete die Tür. Sie standen sich gegenüber. Beide erstarrten und erschraken über den Anblick des anderen. Tom Lammers und Klaus Kupp hatten sich ganz anders in Erinnerung. Ihre Freude am Wortspiel hatten sie allerdings nicht verloren.

»Salve, Tom. Morituri alter alterum salutant.«[*] Dabei hob Kupp die Hand zum Gruß. In der anderen hielt er seine Aktentasche.

»Aut non. Oder auch nicht, mein alter Freund. Aut non«.

Sie fielen einander in die Arme.

Lammers sah Kupp traurig an. »Was ist nur aus uns geworden, alter Freund. Was hat das Leben aus uns gemacht?«

»Frage besser, was ich aus meinem Leben gemacht habe«, stellte Kupp sarkastisch fest.

»Komm erst mal herein«, sagte Lammers. »Wir haben viel zu erzählen.«

»Aber wenig Zeit.«

Lammers war so überrascht gewesen, dass er erst jetzt nach seiner Tochter fragte.

»Wo ist Marie? Und wo ist Roman?«

»Sei unbesorgt. Ihnen geht es gut. Viel besser als uns. Sie haben jetzt Gelegenheit, sich auszusprechen.«

---

[*] Die Todgeweihten grüßen einander.

»Wo sind sie?«

»Tom, hast du was zu trinken? Was richtig Starkes und richtig Gutes?«

Lammers nickte. Es war weniger die Gastfreundschaft, die ihn bewog, dem Wunsch zu folgen. Es war die Art, in der Kupp die Bitte vorgetragen hatte. Er konnte seine Wahrnehmung nicht genau deuten, folgte ihr aber.

Als er kurze Zeit später mit einer Flasche und zwei Gläsern zurückkam, war Kupp bereits eingenickt. Er tippte vorsichtig an dessen Schulter, bis er die Augen öffnete.

»Hier, Klaus, ein Diaka Vodka. Es ist der teuerste der Welt. Er kommt aus Polen und wird mit Diamanten gefiltert, die ihm eine ganz besondere Reinheit verleihen. Diese Flasche hier enthält nur Swarovski-Steine. Es gibt ihn aber auch mit Goldstücken oder Diamanten.«

»Ja, das ist der Richtige für uns. Diamanten wären zwar besser gewesen, aber sei's drum.«

Lammers füllte die Gläser und sie stießen an.

»Wie früher?«, fragte Kupp.

»Natürlich. Wie früher.«

Sie nahmen die Gläser in die Rechte, hakten die Arme ineinander und tranken die erste Hälfte des Glases. Dann stellten sie die Gläser ab, tauschten sie, hakten wieder ein und tranken das Glas des anderen zur Neige.

»Wieso bist du mit dem Lösegeld nicht abgehauen, Klaus?«

»Du hast es die ganze Zeit gewusst, nicht wahr, Tom?«

»Ja.«

»Warum hast du die Polizei nicht eingeschaltet?«, wollte Kupp wissen.

»Warum sollte ich einem alten Freund und Bundesbruder nicht vertrauen? Ich nehme immer noch an, dass du deine Gründe hast, weshalb du das Geld brauchst. Was ich aber nicht verstehe, ist, warum du mich nicht einfach gefragt hast. Ich hätte dir doch geholfen.«

»Du siehst doch, Tom: Ich bin am Ende. Ich habe mich so geschämt, dir so unter die Augen zu treten. Außerdem war ich mir nicht sicher, wie du reagieren würdest. Du hast mich schon einmal verraten.«

»Ich habe dich nicht verraten. Du wolltest es leider dein Leben lang nicht begreifen. Meine Liebe zu dir war erloschen. Sie hatte ihre Zeit. Jede Liebe hat ihre Zeit und jede Zeit hat ihre Liebe. Die anderen Zeiten hatten andere Lieben, aber sie konnten unsere Liebe nie ersetzen.«

»Jetzt ist es zu spät. Schenk nochmal ein.«

»Klaus, wieso bist du hergekommen?«

»Ich bringe dir das Geld zurück.« Kupp holte den Umschlag aus seiner Aktentasche und legte ihn auf den Tisch. »Hier ist es. Nur das Taxigeld fehlt.«

»Wofür brauchtest du das Geld?«

»Für eine neue Leber. Ich hätte in zwei Tagen einen Transplantationstermin in Südamerika gehabt.«

»Wieso *hätte*? Nimm das Geld und flieg los«, forderte Lammers ihn auf.

»Ich sagte ja schon, dass es zu spät ist.« Er fühlte die .357 Magnum in der Aktentasche und überlegte kurz.

»Lass uns den Scheidebecher trinken, bevor ich gehe«, bat er Lammers. »Das letzte Glas ist immer das Beste.«

»Wie früher?«, fragte Lammers.

»Natürlich. Wie früher.«

Sie hakten die Arme ein und tranken wie zuvor jeder die Hälfte. Als sie die Gläser gewechselt hatten und die Arme erneut einhaken wollten, brach Klaus Kupp zusammen. Das Glas fiel ihm aus der Hand und zerbrach. Er rutschte auf den Boden. Blut floss ihm aus der Nase. Die zerstörte Leber hatte ihren Dienst aufgegeben.

Lammers ließ sich ebenfalls zu Boden gleiten und beugte sich über den sterbenden Freund.

»Ich muss gehen, Tom.«

»Ja, Klaus.«

»Danke für die gemeinsame Zeit. Sie war die schönste meines Leben. Alles andere verzeih mir.«

»Es gibt nichts zu verzeihen, alter Freund.«

»Tom, ich habe eine letzte Bitte.« Seine Stimme wurde schwach, er öffnete noch einmal die Augen und sah Lammers starr an.

»Ich möchte Tartarus in Ehren verlassen.«

Lammers wusste nicht, ob Kupp das Versprechen, dies werde so geschehen, noch gehört hatte. Sein alter Freund Klaus Kupp war in seinen Armen verblutet. Wie Esther. In wessen Armen würde er sterben? Wie viel Zeit blieb ihm noch?

»Alter Junge, bis wir uns wiedersehen, halte Gott dich fest in seiner Hand. Im Reiche des Lichts sehen wir uns wieder.« Lammers drückte seinem Freund die Augen zu und weinte bitter. Er weinte um Klaus. Er weinte um Esther. Er weinte um sich selbst. Er weinte um die Endlichkeit dieses beschissenen Lebens.

Er wusste nicht, wie lange seine Tränen gereicht hatten. Irgendwann war er am Ende seiner Kräfte über Klaus Kupp zusammengebrochen. Als er neben dem Toten wach wurde, neigte sich der heiße Sommertag seinem Ende zu. Sein erster Gedanke galt Marie. Er musste Marie finden. Klaus hatte nichts verraten. Aber vielleicht konnte er in der Aktentasche einen Hinweis finden.

Er kroch auf allen Vieren zur Tasche und kippte sie aus. Eine geladene .357 Magnum und drei Handys fielen heraus. Was hatte Kupp nur mit der Waffe gewollt? Er würde es nie erfahren.

Er erkannte sofort das Handy, das Kupp ihm für Anweisungen zur Lösegeldübergabe geschickt hatte. Er öffnete die Nachrichten und überflog die empfangenen SMS. Er stand auf und ging an seinen Schreibtisch. Auf dem Tartarus-Handy wählte er die Nummer des X. Das Geschehene würden sie unter Bundesbrüdern allein zu Ende führen. Niemand sonst sollte je davon erfahren.

Tom Lammers kam es so vor, als habe der X seinen Anruf bereits erwartet.

28. Kapitel

Er hatte seinen Privatwagen geholt, um nach Remagen zu fahren. Den Dienstwagen brauchte dort niemand zu sehen. Er wusste nicht, was ihn erwartete, deshalb hatte er vorsichtshalber Brecheisen und Vorschlaghammer eingepackt.

Oberstaatsanwalt Westenhoff fuhr rückwärts vor das Tor des Caracciola-Kellers. Er stieg aus, ging bis auf die Straße und sah sich um. Niemand beachtete ihn. Menschen saßen am Rheinufer, genossen die laue Abendluft nach der Hitze des Tages. Eigentlich ein Urlaubsgefühl. Eigentlich. Er nahm die Brechstange aus dem Kofferraum und ging zum Tor. Zu seinem Erstaunen steckte von außen ein Schlüsselbund. Vorsichtig drehte er den Schlüssel um. Kaum hörbar öffnete sich das Türschloss und er betrat den Keller.

Er fand Marie und Mülenberk schlafend vor. Sie saßen immer noch auf den Stühlen am Tisch. Die Köpfe hielten sie aneinander. Die Hände, die mit den Handschellen aneinander gebunden waren, hielten sie ineinander gefaltet. In ihren Gesichtern glaubte er, ein Gefühl stillen Glücks zu erkennen.

Er wollte sie noch nicht wecken. Zu friedlich war das Bild, das sich ihm bot. Allerdings sah er auch, dass noch vor kurzem gar nicht alles friedlich zugegangen war. Er sah die leeren Flaschen und die zertretene Spritze. Er untersuchte die anderen Räume, von denen er noch aus seiner Studentenzeit wusste. Er erkannte den Raum, in dem Marie gefangen gehalten worden war.

Als er sicher war, dass sie alleine waren, ging er zum Flügel und begann leise das Bundeslied von Tartarus zu spielen. Mülenberk wurde als erster wach. Er traute sich nicht, die Augen aufzumachen. War Klaus Kupp zurückgekommen? Hatte er sein Werk hier noch nicht vollendet? Er öffnete die Augen und sah einen überaus fröhlichen und entspannten X am Flügel sitzen.

Mülenberk war erleichtert. »Eine schöne Art, geweckt zu werden. Danke.«

»Aber gerne doch. Habe ich mir auch gedacht«, entgegnete der X.

Jetzt war auch Marie wach geworden. »Gott sei Dank. Es ist vorbei.«

»Ja, es ist vorbei. Und es ist sehr traurig zu Ende gegangen. Bundesbruder Kupp hat deinem Vater das Geld zurückgebracht, ihn um Verzeihung gebeten und ist dann in seinen Armen gestorben. Sein Körper war wohl von Drogen und Krankheiten restlos zerstört.«

»Oh, nein! Und wie geht es meinem Vater?« Als sie es aussprach, wurde Marie bewusst, dass sie ja jetzt zwei Väter hatte. Anfangs war sie sehr skeptisch gewesen, aber je länger sie mit Mülenberk gesprochen hatte, umso dankbarer für dieses überraschende Geschenk war sie geworden. Sie hatte nun einen Papa und einen Vater, die ihre Liebe mit ihr teilen würden. Dabei hatte sie schon gespürt, dass sie keine Liebe zu teilen brauchte. Es war einfach mehr Liebe vorhanden.

»Er hatte einen Schwächeanfall. Das war alles zu viel für ihn. Ich habe unseren Bundesbruder Dr. Justus von Opitz gebeten, nach ihm zu schauen. Er hat seine Praxis in Düsseldorf und wird sicher schon bei ihm sein.«

»Warum nicht die Ärzte, die ihn kennen?«, fragte Marie etwas ungehalten. »Die Bundesbrüderlichkeit kann man auch zu weit treiben.«

»Wir brauchen aber auch noch einen Totenschein für Klaus Kupp, der in deinem Elternhaus verblutet auf dem Boden liegt. Daneben ein zerbrochenes Glas. Und eine .357 Magnum. Ein Arzt wäre verpflichtet, die Staatsanwaltschaft hinzuziehen, um eine Straftat auszuschließen. Von Opitz wird dafür sorgen, dass alles geräuschlos und unbürokratisch über die Bühne geht. Die Magnum werde ich entsorgen. Das dürfte im Interesse aller Beteiligten sein.«

»Daran habe ich gar nicht gedacht. Danke.« Marie war froh, dass ihrem Vater weitere Aufregungen erspart blieben.

»Hätte die Staatsanwaltschaft jetzt vielleicht einmal die Güte, uns zu befreien?« Mülenberk klapperte vorwurfsvoll mit den Handschellen.

»Ich hole Werkzeug.« Als der X den Bolzenschneider aus dem Wagen geholt hatte, sah er den Schlüsselbund, der immer noch im Tor steckte. Er zog ihn ab. Die Schlüssel zu den Handschellen hingen tatsächlich daran. Klaus Kupp hatte offensichtlich gewollt, dass die Befreiung seiner Geiseln unproblematisch erfolgen konnte.

Als die Handschellen abgenommen waren, nahm Mülenberk den X in den Arm. Marie kam dazu und legte ihre Arme um beide. So standen sie schweigend eine ganze Weile.

Der X fand als erster wieder Worte. »Über das ein oder andere werden wir noch zu reden haben, lieber Romulus. Jetzt sollten wir erst mal sehen, dass wir wegkommen. Vorher machen wir aber noch klar Schiff. Niemand soll erfahren, was hier geschehen ist.«

Sie packten die Gläser, die leeren Flaschen und die Handschellen in einen Müllbeutel. Dann fegten sie alles zusammen und ließen den Kehricht mit der Spritze ebenfalls im Beutel verschwinden. Marie ging in den Raum, in dem Kupp sie festgehalten hatte, und beseitigte dort alles, was darauf hinweisen könnte. Zufrieden nahm der X die Arbeit ab.

»Wir sollten jetzt gehen«, drängte er.

Als sie am Tor waren, drehte Mülenberk sich um.

»Ich muss nochmal zurück.«

Er ging zum Flügel und ließ vorsichtig den Deckel herunter. Das Leben hatte den Schlussakkord für ihren Bundesbruder Klaus Kupp gespielt.

Draußen erwartete sie ein Rest der Schwüle des Tages. Am Straßenrand standen bereits die Mülltonnen für die Leerung am nächsten Morgen. In der dritten Tonne fand der X genügend Platz für die Entsorgung der Indizien. Oberstaatsanwalt Westenhoff empfand eine kindliche Freude darüber, einmal auf der anderen Seite des Gesetzes stehen zu dürfen. Es fühlte sich gar nicht so schlecht an, wie er immer gemeint hatte. Schnell wischte er diese Gedanken beiseite.

Mülenberk atmete die warme Luft ein paar Mal tief ein und aus, so als wollte er die Erlebnisse der letzten Tage loswerden. Er wollte Freiheit spüren.

29. Kapitel

Bei Tartarus hatten sich die Geschehnisse schnell herumgesprochen. Immer wieder mussten Meyerholz und Siggi die Geschichte erzählen, wobei sie sorgfältig darauf achteten, dass sie die Begebenheiten, über die Stillschweigen vereinbart worden war, nicht erwähnten. Mal ließen sie etwas weg, mal erfanden sie etwas dazu. Bald hatten sie gar keine Lust mehr zu erzählen. Sie wollten wieder in ihren gewohnten Studier-Rhythmus kommen. Meyerholz durfte Sarah erst am kommenden Wochenende besuchen. Die Ärzte in der niederländischen Drogenklinik gaben ihr gute Heilungsprognosen, jedoch würden zu frühe Außenkontakte in der Phase der Entgiftung und des psychischen Aufbaus den Behandlungserfolg gefährden.

So hatten sie sich noch einen freien Sommernachmittag gegönnt, um gemeinsam das Erlebte zum Abschluss zu bringen. Eine Wanderung in der Kühle des Ahrtals, heraus aus der tropischen Schwüle in Bonn, schien ihnen dafür bestens geeignet.

Sie entschieden sich für den Ahrsteig-Verbindungsweg, den Mülenberk ihnen einmal empfohlen hatte. Der Steig verband Kreuzberg und Walporzheim und führte durch die schönsten Bereiche des mittleren Ahrtals.

Der Weg bot mit den herrlichen Ausblicken auf die Orte und die steilen Weinhänge vielfältige Impressionen, so dass sie schnell in einer anderen Welt eingetaucht waren. Ihre Gespräche verstummten und sie hatten das Gefühl, mit jedem Schritt ihren erlebnisreichen Ausflug nach Holland weiter hinter sich lassen zu können.

Auf halber Strecke verspürten sie ausreichend Hunger und Durst, um vom eigentlichen Weg abzuzweigen und im Weinort Mayschoß das Restaurant »Bahnsteig 1« im Bahnhofsgebäude zu besuchen. Die „Bahn" spiegelte sich in der Ausstattung des Restaurants wider. Sie gingen in den hinteren Teil des Restaurants, wo der Inhaber Thorsten Rech, selber begeisterter Verbindungsstudent, einen Raum ganz für Studentenverbindungen eingerichtet hatte. Mützen, Schläger, Bilder, ein Klavier, Liederbücher und andere farbenstudentische Devotionalien laden zu geselligen Stunden ein. Eine kleine Verbindungsoase an der Ahr. Mitglieder von Tartarus waren hier oft und gern gesehen. Und da das Restaurant über einen eigenen Bahnanschluss verfügt, brauchte sich niemand Gedanken um eine gute Heimfahrt zu machen.

Thorsten Rech begrüßte sie gewohnt freundlich. Eher noch freundlicher als sonst. Denn er hatte etwas läuten gehört, »dass ein paar Leute von Tartarus ein Riesending gedreht hätten«. Mehr hatte er allerdings nicht erfahren können.

Meyerholz und Siggi entschieden sich für ein frisches Kölsch und das Studentenmenü. Wandern macht durstig und hungrig. Da Rech sie mit dem Kölsch großzügig bewirtete, plauderten sie gerne aus dem Leeuwarden'schen Nähkästchen. Von Maaika und Annika. Von ihren Minnediensten. Von ihrer erinnerungslosen Zeit im Institut der Universität und wie sie von dort wieder weggekommen waren. Das »VanGogh«, Mülenberk und ihre kleinen Geheimnisse erwähnten sie mit keinem Wort.

Als Thorsten Rech in die Küche ging, um das Essen zu holen, grinste Siggi und kramte in seiner Hosentasche herum.

»Wir haben ja noch ein Erinnerungsstück.« Er hielt Meyerholz den USB-Stick hin, den er im Büro von Maaika und Annika gefunden hatte. »Den hatte ich ja völlig vergessen.«

Meyerholz war skeptisch. »Wenn etwas Wichtiges drauf ist, sollte ihn der X haben. *Schaun mer mal, dann sehn mer scho.*«

»Unverhofft kommt oft. Aber da kommt erst mal Thorsten mit unserem Essen.«

Große Teller mit mächtigen Koteletts, darüber zwei Spiegeleier, dazu Stampfkartoffeln mit dicken Bohnen standen vor ihnen. Dazu zwei, drei oder auch mehr leckere Kölsch. Das verstanden sie unter wahrem Studentenleben. Rech kannte sein Publikum. Er ließ sie in Ruhe essen. Nur ab und an erneuerte er unaufgefordert ihr Bier.

Die Frage, ob es geschmeckt hatte, beantworteten die beiden mit blank gefegten Tellern.

»Solche Gäste liebe ich«, freute sich Rech.

»Du, Thorsten, kannst du uns eine halbe Stunde einen Laptop leihen?«, bat Siggi.

»Brauchst du Internet?«

»Nein, geht so. Und wenn nicht, kann ich mir mit meinem Handy ja schnell eine Verbindung aufbauen.«

»Dann reicht der aus der Küche«, stellte Rech fest und kam mit einem Laptop wieder, das zu Beginn seines Betriebswirtschaftsstudiums mal technisch up to date gewesen war. Nun war es Elektronik-Schrott. Aber Rech hing daran und für die Erstellung der Speisekarten und der Einkaufslisten reichte es allemal.

Siggi grinste. Das Schätzchen hatte sogar zwei Schnittstellen für USB-Anschlüsse.

Während der Laptop die Programme hochfuhr, wandte sich Siggi an Rech. »Weißt du eigentlich, dass die Bezeichnung *Windows* ursprünglich aus einem alten Indianer-Dialekt stammt? Sie bedeutet so viel wie: ›Weißer Mann starrt durch Glasscheibe auf Sanduhr.‹«

»Ich krieg noch mal einen Lungenriss. He! Da kommt ein Bus auf den Parkplatz gefahren. Jetzt wird es hier lustig. Der Damen-Kegelverein ›Die Bahnsinnigen‹ fällt ein. Sie haben das halbe Lokal bis tief in die Nacht reserviert. Ich bin dann mal weg.«

»Bring uns vorher noch zwei Kölsch!«, rief Siggi ihm hinterher.

»Passt!«, stellte Meyerholz zufrieden fest. »Jetzt können wir in Ruhe das Schätzchen betrachten.«

Als sie zwei Stunden unter Zuhilfenahme diverser alkoholischer Getränke gearbeitet hatten und nun den USB-Stick herauszogen, nachdem sie den Zwischenspeicher auf dem Laptop gelöscht hatten, wussten sie, was Martens in Dedenbach gesucht hatte. Sie zahlten und ließen sich einen Bewirtungsbeleg ausstellen. Für ihr Wissen würde der X sicherlich gerne die Spesen übernehmen. Da waren sie ganz sicher.

Als sie durch das Lokal zum Bahnsteig gingen, um die Regionalbahn nach Bonn um 19:15 Uhr zu erreichen, intonierten die Kegelschwestern gerade *Zehn kleine Jägermeister.*

Siggi schüttelte den Kopf. »Thorsten, dieser Gauner. Erwähnt mit keinem Wort, dass die Bahnsinnigen eine Horde junger Frauen sind. Kein Wunder, dass der so schnell weg war.«

Sie wollten gerade zur Tür hinaus, als zwei Blondinen auf sie zukamen.

»Ihr wollt doch nicht etwa schon weg?«, grinste die kleinere der beiden. »Ich bin Anita. Und das ist Marion.«

»Und wir sind Christoph und Siggi!«, krähte Siggi.

Ein paar Minuten später saßen sie wie Hähne im Korb der Bahnsinnigen und durften rasch feststellen, dass unter ihnen auch einige bahnsinnliche waren. Sie hatten beschlossen, dass Geschichte sich nicht wiederholt. Diesen Abend an der Ahr würden sie mitnehmen. Was die Welt ihnen morgen bringen würde, war ihnen heute egal. Heute war heut'.

30. Kapitel

Die Zeit ging ins Land, und der Sommer neigte sich. Noch war nicht Herbst, doch Vorboten konnte man in der Eifel schon wahrnehmen. Der Duft von Pilzen im Wald war ein untrügliches Zeichen dafür, dass die Erntesaison begonnen hatte. Die Gartenbeeren waren abgeerntet und nach traditioneller Eifler Art verarbeitet, Brombeeren gab es noch vereinzelt, Holunder und Nüsse würden folgen. Und nach dem ersten Frost die Schlehen.

Jetzt waren die Beeren der Ebereschen reif. Im Jahr des Jägers war die Reife der Vogelbeere ein Indiz für das Nahen der Brunft des Rotwildes. Alte Jäger-Lehrsätze wie: »Die Ebereschen werden rot, es naht des rechten Hirschen Tod« zeugten davon. Dann würden die Hirsche mit ihren Brunftschreien die Wälder in der Eifel erbeben lassen. Nicht folgenlos. Denn wenn die Hirsche Hochzeit feiern, wird das Kesselinger Tal zum Magneten für Rotwildfreunde. Ab 16 Uhr parken dann Autos aus Düsseldorf bis aus Mainz dicht an dicht am Straßenrand. Eifel-Touristen, Familien mit Kindern und Hunden sind dabei. Bewaffnet mit Kameras, Minox-Ferngläsern, Flachmännern, belegten Brötchen und Thermoskannen starren sie über die weiten Grünflächen zum Waldesrand und warten auf den großen Moment.

Noch verschonen sie die Eifel. Vielleicht lag es auch an den Ebereschen im Garten des Eifel-Gasthofs »Kleefuß«. Denn nach dem Mythos bringen sie Glück und bereits die keltischen Druiden pflanzten sie, um Unheil von Orten und Menschen abzuwenden.

Tom und Marie Lammers hatten zu einem Erntefest in die Eifel geladen. *Wir wollen uns Zeit für unsere ganz persönliche Ernte nehmen. Dankbarkeit ist ein sehr fruchtbarer Boden.* So stand es in der Einladung, der alle gefolgt waren.

Auf die Gäste wartete ein zünftiges Wildschwein-Bankett. Die Lammers hatten das ganze Haus einschließlich der Übernachtungszimmer gebucht. Niemand sollte nach Hause fahren müssen. Als am späten Nachmittag ein Landregen einsetzte, wurde im Festzimmer der Kaminofen angezündet, der mit seiner Wärme und Behaglichkeit den Regentropfen an den Scheiben Paroli bot.

Am großen runden Tisch gab es keine Sitzordnung. Die Gastgeber verließen sich darauf, dass zueinander finden würde, was zueinander gehörte. Und so kam es auch.

Der Parkplatz vor dem Gasthof füllte sich gegen achtzehn Uhr wie von Zauberhand. Tom und Marie Lammers empfingen ihre in feinen Zwirn gekleideten Gäste mit einem Pinot-Sekt von der Ahr. Sofort erhob sich zwangloses, oft von Lachen untermischtes Geplauder, das Tom Lammers unterbrach, um zu Tisch zu bitten.

Er saß neben Marie, an ihrer anderen Seite hatte Mülenberk Platz genommen. Neben ihm Anna und Sarah, denen sich Meyerholz und Siggi anschlossen. Westenhoff schloss den Kreis, wobei ein Platz zwischen ihm und dem Gastgeber frei blieb.

Lammers stand auf. »Liebe Freunde, Marie und ich danken euch, dass ihr alle gekommen seid. Der Sommer bescherte uns nicht nur sehr heiße Tage, sondern auch Erlebnisse, deren vollständige Verarbeitung und Bewältigung wohl noch vor uns liegt. Doch das Leben hielt auch wunderbare Geschenke für uns bereit.«

Er nahm sein Glas und prostete Marie zu, die den Stab sofort aufnahm. Die Schwächung durch die heimtückische Krankheit war ihrem Vater anzumerken.

»Wie ihr mittlerweile ja wisst, habe ich seit diesem Sommer zwei Väter«, sagte sie. »Ich bin dem Leben für dieses besondere Geschenk mit seinen tragischen Wurzeln unendlich dankbar. Ich gebe zu, dass ich noch eine Zeit brauchen werde, um den neuen Vater in mein Leben zu integrieren. Da beide Väter wunderbare Menschen sind, die eine tiefe alte Freundschaft verbindet, machen sie es mir leicht.«

Die Tür ging auf und ein attraktiver Mittfünfziger trat ein. Marie war wegen der ansteigenden Tränen dankbar für die Unterbrechung. Ein leises Raunen ging um den Tisch. Alle hatten sofort den Eintretenden erkannt. Der nahm wie selbstverständlich den Platz neben Tom Lammers ein. Lammers wollte aufstehen, doch der späte Gast bat ihn, sitzen zu bleiben, indem er ihm sanft die Hand auf die Schulter legte. Er ergriff das Wort.

»Liebe Gäste, Tom bat mich, seiner Einladung Folge zu leisten. Ich habe lange gezögert, bis mir klar geworden ist, dass jede Brücke, die ich nicht überquere, bedeutet, eine Chance auf ein neues Leben zu verpassen. Deswegen habe ich gedacht: Ich muss etwas ändern. Wann ich diesen Schritt in die Öffentlichkeit gehe, weiß ich noch nicht. Aber er ist eine logische Konsequenz. Es gibt keinen Grund mehr, mich zu verstecken.«

Er war es gewohnt, in der Öffentlichkeit zu stehen, doch jetzt merkte man ihm an, wie er mit sich ringen musste. Er nahm sein Glas, trank einen großen Schluck, bevor er weitersprach.

»Heute ist unser Coming out, lieber Tom. Ja, ihr hört richtig: Tom und ich sind schwul und seit Jahren ein Paar. Ich bin sehr erleichtert darüber, dass es nun ausgesprochen ist. Gleichwohl bitten wir euch darum, dies vorerst hier im Raum zu lassen. Ich stehe derzeit in schwierigen internationalen Verhandlungen mit einigen Gesprächspartnern, die mich unweigerlich ablehnen würden, wenn sie von meiner Homosexualität erführen. Monatelang aufgebautes Vertrauen würde damit zerstört. Das sind leider die Spielregeln in diesem speziellen Fall.«

Wie von unsichtbarer Hand dirigiert, erhoben sich alle spontan und applaudierten, um ihrem Respekt Ausdruck zu verleihen und das Versprechen zu bekunden, Stillschweigen zu bewahren. Ein weiteres Ereignis, dass sie verarbeiten mussten. Gut, dass jetzt das Wildschwein serviert wurde.

Anna sah Mülenberk mit dem für sie so typischen Blick an. »Und du hast mir kein Wort davon erzählt. Warte nur.«

»Der Eifler als solcher ist nun mal verschwiegen.« Damit war das Thema für ihn erledigt.

Anna hatte sich von jener schrecklichen Nacht und den Sorgen um Sarah schneller erholt, als er es für möglich gehalten hatte.

Dankend hatte sie die Unterstützungsangebote, die besonders Westenhoff ihr unterbreitet hatte, abgelehnt und war ihren eigenen Weg gegangen. Einen Weg, den die Großmutter schon der kleinen Anna erklärt hatte. Sie hatte sich einer alten Eifler Heilerin anvertraut, die manch einer lieber als Hexe verbrannt hätte, wenn es die Zeiten erlaubt hätten. Mülenberk hatte nur soviel verstanden: Die schlechte Nachricht war, dass alles Erlebte in den Körper Einzug hält. Die gute war: Was hineingeht, geht auch wieder hinaus. Und die alte Frau hatte es offensichtlich geschafft, Annas inneres Gleichgewicht wiederherzustellen. Wie, war Mülenberk ein Rätsel. Es war deutlich, dass Anna bald ihre Unbeschwertheit zurückgewinnen würde. Die Arbeit ging ihr wieder leicht von der Hand und auch sonst war ihr nichts anzumerken. Er freute sich auf das Doppelzimmer im Eifler Gasthaus mit ihr, denn die »Wilde Sau« blieb heute wegen Familienfeier geschlossen.

Es war nicht zu übersehen, wie verliebt ineinander Christoph und Sarah waren. Sarah würde noch eine ganze Weile brauchen, bis sie die Geschehnisse im »VanGogh« hinter sich gelassen hätte. Die Entgiftung hatten die erfahrenen holländischen Ärzte schnell im Griff gehabt. Für die Therapie der psychischen Folgen hatte Westenhoff in Bonn einen Platz besorgt. Als Sarah die Genesung ihrer Mutter sah, hatte sie sich mit den sie behandelnden Ärzten besprochen, die eine Begleitung ihrer Therapie durch eine erfahrene Heilerin zu ihrer Überraschung ausdrücklich befürworteten. Seit dieser Zeit tauchte in ihren Träumen der unmittelbar neben ihr zerschmetterte Schädel von Ourumov immer seltener auf. Sie war auf einem guten Weg, die furchtbaren Erlebnisse zu verarbeiten. Dabei empfand sie eine tiefe Dankbarkeit für das, was Mülenberk für sie getan hatte.

Westenhoff und Siggi unterhielten sich prächtig. Sie achteten sorgfältig darauf, dass ihre Gläser immer gut gefüllt waren, denn »so ein lecker Schweinchen muss schwimmen«! Siggi erfuhr, dass Mülenberk in den Berichten der holländischen Kollegen nicht auftauchte. Aussagen von Martens, er sei beschossen worden, bevor die Polizei vor Ort gewesen sei, waren nicht zu beweisen gewesen. Dass am Tatort keine Geschosse zu finden waren, interessierte die holländische Staatsanwaltschaft in Anbetracht des eindeutigen Ablaufs nicht einmal am Rande. Sie war froh, diese Akte binnen Kurzem schließen zu können. Der Prozess gegen Martens würde bald beginnen. Seine schwere Behinderung würde Mülenberks Schuss für immer in ihm wach halten.

Westenhoff ließ eine Frage nicht los. »Siggi, das Einzige, was wir noch nicht wissen, ist der Zusammenhang zwischen Martens und Dedenbach. Martens schweigt sich einfach aus. Das werden wir wohl nie klären.«

Siggi setzte ein verschwörerisches Lächeln auf. »Was ist es dir denn wert?«

»Wie meinst du das?«

»Nun, nehmen wir mal an, ich könnte dir das genau erklären. Was wäre es dir wert?«, fragte Siggi listig.

»Kannst du?«

»Klar. Ich kann. Wie viel?«, pokerte Siggi.

»Du führst doch etwas im Schilde. Was willst du?«

Siggi kramte betont langsam die Verzehrrechnung vom Mayschoßer Bahnhof heraus und überreichte sie dem X. Der überflog sie.

Westenhoff pfiff durch die Zähne. »Sauber, die Herren Studenten. 286 Euro für einen kleinen Ausflug ins Ahrtal. Was habe ich damit zu tun?«

»Nun, sagen wir es so. Es sind die Spesen, die entstanden sind, während Christoph und ich unsere Recherchen in Sachen Dedenbach gemacht haben. Gegen Übernahme der Kosten lassen wir dich gerne an unserem Wissen teilhaben!«

»Das ist Erpressung. Absolut unbrüderlich!«, protestierte Westenhoff. Mülenberk hakte nach.

»Da hast du Recht. Das war nicht richtig.« Siggi zog Westenhoff die Rechnung aus der Hand und steckte sie ein. Er wusste, dass die Neugierde des Oberstaatsanwaltes siegen würde.

»Also gut, Siggi. Hier sind 300 Euro. Die bleiben erst mal auf dem Tisch liegen. Wenn deine Informationen es wert sind, sind eure Spesen damit beglichen. Wenn du mir Schrott erzählst, stecke ich sie wieder ein. Und du löffelst dich mit zwei Großen.«

Siggi nickte und grinste breit. Zwei große Bier auf Ex zu trinken, was in der Studentensprache als Löffeln bezeichnet wird, wäre keine echte Strafe für ihn. Dann erzählte er, was Meyerhof und er auf dem USB-Stick gefunden hatten und was sie daraus kombiniert hatten. Der Oberstaatsanwalt hörte gespannt zu und unterbrach ihn nicht.

»Es hatte vor fünf Jahren damit angefangen, dass Martens in Leeuwarden eine kleine Pharmafirma aufgekauft hatte, die in Insolvenz gegangen war«, begann Siggi. »Die Firma hatte sich auf die Entwicklung neuartiger Narkosemittel aus Pilzen für die Zahnheilkunde spezialisiert und hatte auch gute Aussichten auf ein patentiertes Verfahren. Kurz vor der Patentanmeldung wurden allem Anschein nach durch Industriespionage alle Daten gestohlen. Das Verfahren wurde, wenn wir die Informationen auf dem Chip richtig interpretiert haben, in China in kürzester Zeit fertig entwickelt und die Chinesen bekamen die Patentrechte. Der holländische Investor war ruiniert und letztlich froh, dass Martens ihm sein Unternehmen für wenig Geld abkaufte.

Martens hatte ursprünglich mit dem Business seines neuen Unternehmens gar nichts am Hut. Er diente ihm als eine Zwischenstation bei der Geldwäsche für undurchsichtige internationale Transaktionen. Da er sich verpflichtet hatte, die Mitarbeiter mindestens noch ein Jahr zu beschäftigen, forschten diese munter weiter und erstatteten dem neuen Inhaber regelmäßig Bericht.

So erfuhr Martens von einer für ihn hochinteressanten Nebenwirkung eines Wirkstoffes, der als Spray in den Mund verabreicht wurde. Zwar wurden die Zähne schnell betäubt, aber die behandelten Personen konnten völlig die Kontrolle über sich verlieren. Darauf wiesen erste Testreihen an Labortieren hin. Da in dieser Entwicklungsphase Versuche an Menschen streng untersagt waren, ließ Martens sich das Präparat in kleine Sprayflaschen abfüllen, um es im »VanGogh« auf seine Wirkung zu testen.

Er stellte in der Tat fest, dass die Probandinnen willenlos wurden, allerdings auch teilweise so apathisch, dass sie für die diversen Liebesdienste nicht mehr einsetzbar waren. Er kam auf die Idee, MDMA hinzufügen. Er hatte schon erlebt, dass Frauen unter MDMA-Einfluss selbst der eigene Vergewaltiger sympathisch erschien.

Es war kein Problem für Martens, MDMA zu besorgen. Ohne Wissen seiner Mitarbeiter stellte er nachts im Labor den neuen Wirkstoff aus den Pilzen und MDMA in Reihen unterschiedlicher Konzentration her, die er sorgfältig dokumentierte. Bei Versuchen an nichts ahnenden Prostituierten stellte sich dann in der Tat ein Mischungsverhältnis als besonders geeignet in seinem Sinne heraus. Die Frauen wurden nicht nur willenlos, sondern empfanden auch noch Lust dabei.

Martens erkannte natürlich sofort den Marktwert seines teuflischen Gemischs. Bei der Zwangsprostitution würde die rohe Gewalt von sanfter Chemie abgelöst werden. Eine Revolution in einem Milieu, in dem es keine Rolle spielt, ob die Frauen kaputt geschlagen oder mit Drogen kaputtgemacht werden. Die Chemie hinterließ keine Hämatome oder Prellungen, was einen weiteren Vorteil darstellte.

Ein Problem musste Martens allerdings noch lösen. Wie konnte er den Wirkstoff Psilocybin aus dem Spitzkegeligen Kahlkopf in größeren Mengen bei gleichbleibender Qualität produzieren? In der Entwicklungsphase hatten sie ein Heidengeld für den Aufkauf freiwachsender Pilze aufgebracht. Er musste andere Lösungen finden.

So wandte er sich als Inhaber eines Forschungslabors an die Universität Van Hall Larenstein in Leeuwarden und erteilte ganz offiziell einen Forschungsauftrag, der auch noch aus Fördertöpfen der EU mitfinanziert wurde. Jetzt kamen Annika und Maaika ins Spiel, die von der Universität Forschungsstipendien für den Auftrag von Martens erhielten. Nach vielen Versuchsreihen fanden sie heraus, dass der Spitzkegelige Kahlkopf am besten auf einem Substrat aus den Pferdeäpfeln von Shetlandponys und chemisch unbehandeltem und ungedüngtem Hafer aus ökologischem Anbau gedieh.

Annika und Maaika vermuteten, dass die Kacke der Shetlandponys einen Stoff enthält, der normalem Pferdemist fehlt, den Spitzkegeligen Kahlkopf aber bestens gedeihen lässt. Beweisen konnten sie es bisher nicht.

Im Internet entdeckten die beiden Forscherinnen dann auf ihrer Suche nach einer zuverlässigen Quelle für Shetty-Köttel das Gestüt »Eifelgoldhof«. Diese Informationen gaben sie an Martens weiter, über den sie in der Zwischenzeit auch so einiges erfahren hatten.

Zwei Studentinnen, die sie kannten, jobbten gelegentlich im »VanGogh« und berichteten über ein sehr merkwürdiges Spray, das Martens ihnen persönlich verabreicht hatte. In ihrer burschikosen Art konfrontierten sie Martens einfach mit diesen Informationen. Der drohte ihnen mit dem Entzug des Stipendiums und zwang sie so zum Schweigen. Darüber hinaus bot er ihnen an, sie unter »strengster Geheimhaltungsstufe« an seinen Praxisversuchen mitwirken zu lassen. Sie sollten ausprobieren, wie das Spray auf Männer wirkt. Und das hatten sie dann ja auch getan.

Martens fuhr nach Dedenbach, um mit dem Gestüt über den Aufkauf der Shetty-Äpfel zu verhandeln. Es war vermutlich purer Zufall, dass er in der »Wilden Sau« landete und dort nach dem spontanen Flirt mit Anna sein Spray ausprobieren wollte. Dagegen scheint es sich bei der Entführung von Sarah um sorgfältig geplante Rache an Anna zu handeln. Ohne das Eingreifen von Romulus hätte sie ihre Tochter vermutlich nicht lebend wiedergesehen. So, das war's. Jetzt brauche ich dringend ein Bier!«

»Hast du Beweise für eure Theorien, die sich, das muss ich zugeben, sehr stimmig anhören?« Die Staatsgewalt brauchte immer Beweise.

Siggi legte den USB-Stick neben die Mayschoßer Rechnung. »Den habe ich im Institut der Uni Leeuwarden – sagen wir mal – gefunden. Hier sind die Berichte der Arbeiten von Annika und Maaika drauf. Dazu gibt es noch eine verschlüsselte Datei, in der die beiden festgehalten haben, was sonst niemanden etwas anging. Zum Beispiel ihr Wissen über den wahren Zweck des Psilocybin. Und die Ergebnisse ihrer Feldversuche an ahnungslosen jungen Männern. Alles mit dem Handy gefilmt von den beiden.«

»Und du hast die verschlüsselte Datei natürlich gehackt?«

»Natürlich. Sie nutzten zur Verschlüsselung die Software VeraCrypt in der Version 1.15. Die hatte der Chaos Computer Club allerdings schon eine Woche nach Verkaufsbeginn gehackt. Dabei gaben die Entwickler als besondere Stärke Hash-Algorithmen mittels RIPEMD160, SHA-2 und Whirlpool an, die wesentlich mehr Iterationen aufweisen.«

»Gesundheit«, sagte Westenhoff, der kein Wort verstanden hatte. »Kann ich den Chip haben?«

»Klar, ist in den 300 Euro mit drin. Der Deal steht?«

Der X nickte wortlos und steckte den Chip ein.

Siggi nahm die 300 Euro an sich. Auf den X war Verlass.

»Du hast doch eine völlige Kreiselmacke. Jetzt weiß die ganze Bonner Staatsanwaltschaft, was die Mädels mit mir gemacht haben!« Meyerholz hatte den Schluss des Gespräches mitbekommen und war stinksauer.

»War doch gar nix Schlimmes dabei. Na gut, wie sie dich gezwungen haben, ihre Füße …«

»Sofort hältst du die Klappe. Hörst du?!«, schrie Meyerholz.

»Was ist mit welchen Füßen?« Jetzt war auch Sarah aufmerksam geworden, der sie diesen Teil der Geschichte wohlweislich verschwiegen hatten, um »den Therapieerfolg nicht zu gefährden«, wie sie gerne betonten.

Plötzlich waren die Gespräche verstummt, und alle sahen zu Meyerholz und Siggi hinüber. Der kollektive Eindruck, etwas Wichtiges zu verpassen, hatte die Runde ergriffen.

Der X hatte das Bedrohungspotential der Situation für einen harmonischen Abend als Erster erkannt. »Ich hatte Siggi gebeten, mir nochmal zu erzählen, wie sie Romulus aus dem Gefechtsfeuer gezogen haben. Sie haben ihn wohl zuerst an den Füßen nach unten gezogen, um selber nicht gefährdet zu werden. Das war ja auch sehr umsichtig in dieser verworrenen Situation, auch wenn der Kopf etwas gelitten haben dürfte.«

Sofort entspannten sich alle, da sie offenbar nichts verpasst hatten. Nur Meyerholz mochte sich nicht beruhigen. »Siggi, hol sofort den Stick zurück.«

»Reg dich ab, Großer. Der X hat zwar den Stick. Aber wir beide kommen darauf nicht mehr vor. Alles unwiederbringlich gelöscht! Es gibt lediglich noch eine paar Dateien, die ich auf einer externen Datenbank im Internet versteckt habe. Das war doch zu schön mit den Füßen.«

Meyerholz verspürte nicht übel Lust, seinem Freund Siggi gehörig eine zu verpassen. Doch da bemerkte er unter dem Tisch, wie die nackten Füße von Sarah seine Beine hochwanderten. Sie lächelte ihn mit ihrem verführerischsten Lächeln an. »Die wirst du mir sicher nachher schön verwöhnen, mein großer Held.« Da es ihm die Sprache verschlagen hatte, nickte er nur.

Der späte Gast erhob sich. »Liebe Freunde, ich bin froh, euch alle heute persönlich kennengelernt zu haben. Bis jetzt kannte ich euch ja nur aus Toms Erzählungen. Jetzt weiß ich auch, warum er so stolz darauf ist, euch als Freunde zu haben. Ich habe soeben einen Anruf bekommen. In die Verhandlungen ist plötzlich Bewegung gekommen. Ich werde jetzt dringend vor Ort gebraucht. Passt bitte gut auf Tom auf. Ich komme zurück, sobald es geht.«

Gemeinsam gingen Lammers und sein Partner auf den Parkplatz. Der Landregen dauerte an. Er wirkte herrlich erfrischend. Sie nahmen einander in den Arm.

»Gott halte uns fest in seiner Hand«, flüsterte Lammers leise.

»Ich komme bald zurück. Ich brauche dich«, antwortete sein Partner.

Ein gepanzerter Wagen fuhr vor, eskortiert von zwei schwarzen Limousinen. Es würde eine rasante Fahrt geben.

Lammers ging ins Gasthaus zurück. Schwere Tropfen liefen ihm über das Gesicht. Nur Marie konnte erkennen, dass es nicht Regentropfen, sondern Tränen waren. Sie streichelte zärtlich über seinen Kopf und sagte sanft: »Ich liebe dich, Vater.«

Als er sich wieder gefasst hatte, klatschte er in die Hände und rief: »Freunde, lasst uns weiter feiern. Es liegt noch eine wunderbare Nacht vor uns!«

Es wurde nicht nur eine wunderbare Nacht, es wurde auch eine lange Nacht. Gerade so wie früher bei Tartarus. Sie redeten, tanzten, tranken und lachten. Es schien ihnen fast so, als hätte der Landregen den zehrenden Staub dieses Sommers aus ihnen herausgespült und als würde die Klarheit der Eifelluft Einzug in ihre Herzen halten.

Irgendwann hatten es alle ins Bett geschafft.

Mülenberk und Anna hatten sich die Bettdecke übergezogen.

»Ich danke dir, Roman.«

»Mmh.«

»Bei deinem nächsten Besuch gibt es Frischlingsleber.«

»Mmmmmmmh.«

»Roman, da war doch was mit den Füßen?«

»Anna, ich habe keine Ahnung, was du meinst.«

»Nein?«

»Nein!«

»Dann zeige ich es dir.«

»Ach Anna«, brummte Mülenberk und machte das Licht aus. Die Helligkeit des nahenden Morgens drang schon ins Zimmer.

31. Kapitel

Er hatte einen sommerlich warmen Tag des frühen Herbstes abgewartet, um noch einmal nach Holland zu fahren. An jenen Ort, an dem Esther und er sich ein letztes Mal in den Armen gelegen waren, wodurch sein Leben nach fast vierzig Jahren auf den Kopf gestellt wurde. Er brauchte kein Navi, um den kleinen Ort wiederzufinden, auch wenn sich in den Jahren vieles verändert hatte. Unweit des Meeres fand er einen kleineren Bauernhof, auf dem er das Wohnmobil abstellen durfte. Holländer sind nicht nur hilfsbereit, sie lassen auch ungern ein Geschäft liegen. Er dürfe ruhig ein paar Tage dort stehen bleiben, hatte ihm der freundliche Landwirt zugesichert. Er sei ihr einziger Gast.

Am Strand waren nur noch wenige Besucher. Zu dieser späten Nachmittagsstunde schienen sich alle nach Ruhe und Entspannung zu sehnen. In Kürze würde die Ebbe die Flut ablösen. Kleine Schaumkronen spielten auf sanften Wellen. Das Meer umspülte seine Füße. Bald würde die Dämmerung hereinbrechen.

Das Meer schien keine Zeit zu kennen. Es war genau wie damals, als er mit Esther hier Hand in Hand entlangging. Und genauso wie damals ging er auch jetzt immer weiter. Ohne Ziel. Ohne aufzublicken. Ohne Gedanken. Seine Seele war ganz in die Vergangenheit eingetaucht. Auch wenn sie keine Spuren mehr im Sand hinterließ, spürte er Esther neben sich.

Er wusste nicht, wie lange er so gegangen war. Als er aufsah, konnte er Traum und Wirklichkeit nicht mehr unterscheiden. Er sah, wie Esther auf ihn zulief. Ihr weißes Kleid wehte im Wind. Dazu ihr Lachen. Mülenberk zögerte keinen Augenblick und lief ihr entgegen. Die Illusion war zu schön, um sie nicht festhalten zu wollen. Sie kamen sich näher und näher. Jetzt erkannte er sie.

»Marie!«

»Vater!«

Sie fielen sich in die Arme und hielten sich fest.

»Marie, woher wusstest du, wo ich bin?«

»Wie soll ich es dir erklären, ohne dass du mich für verrückt hältst?

»Versuch es.«

»Ich weiß nicht, wieviel du von der tiefen Spiritualität meiner Mutter wusstest.«

»Um ehrlich zu sein, habe ich sie manchmal nicht verstanden mit dem, was sie sagte. Sie hat auch nie den Versuch unternommen, mich daran teilhaben zu lassen.«

»Weil sie wusste, dass deine Zeit dafür noch nicht gekommen war. Sie hat mich wissen lassen, dass ich dich hier finden würde.«

Mülenberk schaute seine Tochter ungläubig an. »Wie: wissen lassen?«

Marie merkte, dass sie ihren Vater überfordert hatte. Er konnte ihr nicht folgen. Aber es war wichtig für sie gewesen, das herauszufinden. Er war in den besten Jahren. Eine gute Zeit, um andere Wege zu sehen. Sie nahm ihn an die Hand.

»Lass uns zu deinem Wohnmobil gehen. Es wird dunkel und ich freue mich auf einen Tee und einen Alten Genever.«

»Fährst du später noch nach Hause?«

»Nein, ich bleibe.«

»Wo hast du ein Zimmer?«

»Ganz in deiner Nähe.« Dabei sah sie ihn mit demselben schelmischen Blick wie Esther an, wenn sie etwas Schlitzohriges ausgeheckt hatte.

Sie sprachen nicht viel. Sie hatten bereits im Caracciola-Keller, als sie aneinander gekettet waren, festgestellt, dass sie sich ohne viele Worte verstanden.

Nur einmal unterbrach Mülenberk die Stille. »Wie geht es Tom?«

»Es geht ihm nicht gut. Die Ärzte unternehmen alles, was in ihrer Macht steht. Doch über die neuroimmunologischen Erkrankungen liegen noch viel zu wenig Informationen vor.«

»Was denkst du darüber?«

»Ich denke, dass Vater Hilfe von ganz anderer Seite braucht. Er hat ja fast sein ganzes Leben gewissermaßen in einer fremden Haut gelebt. Seine Homosexualität und diese besondere Ehe mit Mama durften niemals nach außen dringen. Ich bin so dankbar, dass er und sein Partner jetzt den ersten Schritt gemacht haben.«

»Ja, Marie, da hast du vermutlich Recht. Was kann ich tun?«

»Mach ihm Mut, den Weg in sein eigenes Leben weiter zu gehen. Es ist sehr schwer für ihn, loszulassen, weil er nicht weiß, woran er sich festhalten kann.«

Mülenberk drückte Maries Hand fester. Gedankenverloren gingen sie weiter. Es war dunkel, als sie auf dem Bauernhof ankamen.

»Och nee!« Mülenberk war genervt.

»Was ist denn?«

»Ich war bis eben allein mit dem Wohnmobil. Jetzt hat sich so ein Ochse genau daneben gestellt.«

»Warum ist das denn so schlimm?«, fragte Marie scheinheilig.

»Weil ich meine Ruhe haben will. Bestimmt ist das jetzt irgend so ein kommunikationswütiger Dampfplauderer. Da! Noch dazu ein Düsseldorfer. Düsseldorf – die verbotene Stadt im Norden Kölns.«

»Schönes Kennzeichen. D – MM 21.«

»Was mag der Spinner sich dabei gedacht haben?« Mülenberks Laune sank auf den Tiefpunkt.

»Vielleicht D wie Düsseldorf. M wie Marie. M wie Mülenberk. 2 für zwei Väter und 1 für eine Tochter.«

Bei Mülenberk fiel der Euro nur centweise. Marie musste nachhelfen.

»Schau, es ist das gleiche Modell, das du hast. Innen habe ich ihn mir etwas anders einrichten lassen. Und einen Waffenschrank brauche ich ja auch nicht.«

Mülenberk stand auf dem Schlauch. »Ich verstehe immer noch nicht.«

»Mein Vater Tom und ich haben uns überlegt, wie wir es schaffen können, das wir alle einander näherkommen. Und da du selbstverständlich deine gewohnte Freiheit behalten sollst, mit deinem Leben im Wohnmobil, deiner Jagd, deinen Freundschaften und anderen Bindungen, wollen wir nicht in dein Leben eindringen. Vielmehr wäre es unser sehnlichster Wunsch, dass wir von Zeit zu Zeit dein Leben begleiten dürfen, so, wie auch du eingeladen bist, unser Leben zu begleiten. Die äußeren Voraussetzungen dazu haben wir geschaffen. Die innere Einstellung kann nur aus dir selber kommen.«

Mülenberk war sprachlos.

Marie war voller Zuversicht. »Bei uns zu Hause ist immer ein Platz für ein Wohnmobil. Und wenn wir etwas zusammen unternehmen wollen, lassen wir die Räder rollen! Jetzt komm in mein neues Zuhause und sei mein erster Gast.«

Zögernd trat Mülenberk ein. Er spürte sofort die weibliche Atmosphäre, die den Raum belebte. Ein Bild markierte nicht nur den optischen Mittelpunkt, sondern auch den Geist der Einrichtung. Marie hatte in einer Fotocollage ihre Familie zusammengestellt: in der Mitte sie selbst und rundherum, als wären sie ihr Schutzschirm, Esther, Lammers und Mülenberk.

Sie schenkte ihnen einen eiskalten Oude Genever ein und bereitete einen Mate-Tee.

»Hier, Papa, so, wie wir beide ihn mögen. Nicht grün, sondern geröstet.«

Mülenberk nahm einen großen Schluck Genever und genoss die Wärme, die sich in seinem Inneren ausbreitete. Er war in Maries Leben angekommen.

Epilog

Der Kneipsaal war brechend voll. Das Corps Tartarus wollte sich in einer Trauerkneipe würdig von seinem Bundesbruder Klaus Kupp verabschieden.

Den schwarzen Flügel, an dem er so viele Jahre gespielt hatte, schmückte ein Trauerflor. Derselbe Ort, an dem sie gemeinsam gelacht und gefeiert hatten, war heute ein Ort des Abschieds.

Neben dem Senior blieb ein Platz für den verstorbenen Bundesbruder frei. Der Stuhl war mit einem schwarzen Tuch verhängt, auf dem Tisch standen ein Glas Bier und eine Kerze. Die Corona nahm schweigend ihre Plätze ein, jeder Teilnehmer mit einem Glas Bier. Der Senior eröffnete die Trauerkneipe.

»Liebe Bundesbrüder, wir sind zusammengekommen, um unseres Bundesbruders Klaus Kupp zu gedenken. Ihm zu Gedenken wird die Bierorgel heute schweigen. Trauerkneipe incipit! Zu Beginn steigt der Cantus *Vom hoh'n Olymp herab*.«

Es schien, als würden alle Sänger in der Corona ihre Gefühle in dieses Lied legen, das die meisten von ihnen zum ersten Mal ohne Klavierbegleitung sangen.

»Solang' es Gott gefällt, ihr lieben Brüder,
woll'n wir uns dieses Lebens freu'n,
und fällt der Vorhang uns dereinst hernieder,
vergnügt uns zu den Vätern reih'n.
|:Feierlich schalle der Jubelgesang
schwärmender Brüder beim Becherklang!:|
Ist einer uns'rer Brüder dann geschieden,
vom blassen Tod gefordert ab,
so weinen wir und wünschen Ruh' und Frieden
in unser's Bruders stilles Grab.
(leise:)|:Wir weinen und wünschen Ruhe hinab
in unser's Bruders stilles Grab.:|«

Trotz seiner angeschlagenen Gesundheit hatte Lammers darauf bestanden, den Nekrolog zu halten. Er fand die richtigen Worte, um den Lebenslauf seines Freundes zu beschreiben, das Schwierige nicht zu übergehen und das Gute zu betonen. Es war die Würdigung eines Bundesbruders, der es sich und ihnen niemals leicht gemacht hatte und dessen Leben Tartarus auch als Mahnung begreifen sollte, genauer hinzuschauen, wenn Bundesbrüder ins Straucheln geraten und ihnen niemals Hilfe und Unterstützung zu versagen.

Nach einer Schweigeminute und dem Singen des Bundesliedes forderte der Senior alle auf, auf den toten Bundesbruder den letzten Schluck zu trinken.

Sie taten es und setzten lautlos die Gläser auf dem Tisch ab.

Dann wurden alle Lichter mit Ausnahme der Kerze vor dem leeren Stuhl gelöscht.

Der Senior sprach: »Alle Gläser sind leer, nur eines ist voll. Der es trank, ist nicht mehr. Höre es, toter Bundesbruder, ich trinke dir das letzte Glas. Wie dein Leben zerbrochen ist, so zerbreche dieses Glas. Wie dein Leben verloschen ist, so verlösche dieses Licht. Im Reiche des Lichts sehen wir uns wieder. Trauerkneipe ex!«

Er trank das letzte Glas von Klaus Kupp, zertrümmerte es auf dem Boden und löschte die Kerze.

Glossar

In diesem Buch werden Begriffe aus dem Alltagsleben der Studentenverbindungen verwendet. Nachfolgend einige Erläuterungen, die in weiten Teilen dem »Studentenwörterbuch« von Friedhelm Golücke entnommen sind, herausgegeben von der Gesellschaft für deutsche Studentengeschichte.

Aktivitas – Eine Verbindung gliedert sich in studierende und berufstätige Mitglieder. Die studierenden Mitglieder sind in der Aktivitas organisiert. Sie treffen ihre Entscheidungen in Conventen. Die Aktiven wählen dort aus ihren Reihen in jedem Semester einen Vorstand (Chargenkabinett). Diese Chargierten bekleiden die Chargen (Ämter).

Alter Herr – Nicht mehr studierendes Mitglied einer Verbindung bzw. Mitglied von deren Altherrenschaft; Anrede eines Aktiven gegenüber diesem.

Band – Äußeres Zeichen der Zugehörigkeit zu einer bestimmten farbentragenden Verbindung, welches das Eintreten für deren Prinzipien unterstreicht.

Biermusikus – Klavierspieler. Ein Biermusikus ist für das Gelingen der Veranstaltungen von großer Bedeutung, daher sollte er jederzeit mit Getränken seiner Wahl bedient werden.

Biername – Spitzname für einen Studenten. Fast alle korporierten Studenten haben einen Biernamen, der sich aus persönlichen Eigenheiten ergibt. Der Gedanke, der dahinter steht, ist der des Zurückdrängens äußerer Einflüsse etwa in Form von Titeln, Reichtum usw. In der Verbindung sollen alle ohne Rücksicht auf ihr Herkommen von gleich zu gleich miteinander verkehren.

Bierorgel – Das bei einer Kneipe zur Begleitung des Gesangs verwendete Klavier.

Bundesbruder – Bezeichnung für jeden der Angehörigen einer Verbindung beim Umgang mit einander. Abkürzung Bbr.

Bursch – Vollberechtigtes Mitglied einer Verbindung im Unterschied zum Fuxen.

Burschenband – Das im Unterschied zum meist zweifarbigen Fuxenband meist dreifarbige Band der Burschen.

Cantus (lat.) – Lied, Studentenlied.

Charge (frz. *la charge* für Last, Bürde, Amt) – Führungsamt in Studentenverbindungen.

Couleurdame – von einer Verbindung offiziell und regelmäßig eingeladene Dame.

Consenior – abgekürzt XX. Vertreter des Seniors. Kümmert sich um gesellschaftliche Veranstaltungen, in schlagenden Verbindungen auch um Fechtangelegenheiten.

Convent – auch Konvent. Versammlung der Angehörigen einer Verbindung zur Regelung ihrer Angelegenheiten.

Corona – Tafelrunde bei einer Kneipe.

Corps – farbentragende und schlagende Verbindung, die politische und konfessionelle Bindungen als Verbandsprinzip ablehnt.

CV – Cartellverband der katholischen deutschen Studentenverbindungen mit ca. 30.000 Mitgliedern aus über 120 Verbindungen. Stärkster Studentenverband Europas.

Fax – Angestellter einer Verbindung, der für die Bewirtschaftung des Hauses verantwortlich ist.

Fuchsmajor – Amtsträger, der für Anleitung und Betreuung der Füxe zuständig ist.

Fux – Student in den beiden ersten Semestern seiner Zugehörigkeit zu einer Verbindung.

Fuxenzeit – Die beiden ersten Probe- und Einführungssemester eines Verbindungsstudenten.

keilen – neue Studenten für eine Verbindung werben.

Kneipe – gesellige Trinkveranstaltung in einer Studentenverbindung, bei der nach bestimmten Regeln (Comment) gezecht, d.h. getrunken wird.

Leibbursch – Bursch, den sich ein junger Fux zum persönlichen Berater wählt. Der Fux heißt in diesem Zusammenhang entsprechend Leibfux, das Verhältnis beider zueinander Leibverhältnis.

Löffeln – ist eine Form der Trinkstrafe, bei der entweder ein »geziemender Streifen« getrunken wird, oder aber das Glas geleert wird.

Mensur – Traditioneller, streng reglementierter Wettkampf zwischen zwei Verbindungsstudenten mit scharfen Waffen.

Mütze – Die Mütze ist neben Band und Zipfel Bestandteil der Vollcouleur. Sie ist in den Verbindungsfarben gehalten und kann verschiedene Formen haben.

Paukarzt – Arzt, der bei Mensuren Verletzungen zu beurteilen und zu versorgen hat.

Präside – Vorsteher einer Kneipe.

Schläger –Hiebwaffe für die Mensur. Auch Repräsentationswaffe der nichtschlagenden Verbindungen.

Silentium (lat.) – Schweigen, Ruhe.

Trauerkneipe – Kneipe besonderer Art, die zu Ehren eines verstorbenen Verbindungsangehörigen stattfindet.

Vollwichs – Paradeuniform, in vielen Teilen der Uniform eines Husaren nachempfunden. Sie besteht aus dem *Paradecerevis* (schirmlose Mütze, vorne auf dem Kopf getragen), einem *Uniformrock* (Pekesche, auch Flaus genannt), einer *Schärpe* in Verbindungsfarben, der *weißen Hose*, *schwarzen Stiefeln* (Kanonen, Stulpen), *weißen Handschuhen* und einem *Gehänge mit Schläger*.

X, XX, XXX, XXXX – Chiffrezeichen für die Chargen einer Verbindung. X bedeutet Senior, XX Consenior, XXX Schriftführer und XXXX Kassier. Die Zeichen werden heute teilweise so gesprochen, wie sie geschrieben werden, d.h. der Senior wird als »der X (Icks)« bezeichnet. Von der normalen Kleinschreibung hierfür bin ich im Roman abgewichen.

Zipfel – Der Zipfel besteht aus dem doppelten Band der Verbindung, das von metallenen Schlaufen, den Schiebern, zusammengehalten wird. Auf den Schiebern sind Zirkel, Semester, Widmungen und Namen eingetragen. Er wird von Verbindungsstudenten als Freundschaftszeichen getauscht.

Zirkel – monogrammartige Verschlingung des oder der Anfangsbuchstaben des Verbindungsnamens.

Nachwort

Lange habe ich überlegt, ob ich diese erfundene Geschichte in den Kontext einer real existierenden Studentenverbindung schreiben sollte. Die Antwort hätte mir die Verbindung selber, im von Heinz Rühmann gesprochenen Schlusstext in der jährlich zu Weihnachten zelebrierten *Feuerzangenbowle*, geben können.

»Um Himmels Willen, wenn das der Schriftsteller ist, dann macht der am Ende aus uns noch einen Roman. Oder gar einen ungezogenen Film.«
»Meine Herren, das ist bereits geschehen. Aber Sie brauchen keine Besorgnisse zu haben. Ich habe alles so stark übertrieben, daß kein Mensch Sie wiedererkennt. Übrigens, ein solches Gymnasium, wie wir das hier haben, mit solchen Magistern wie Sie und solchen Lausejungens wie ich, das gibt es ja gar nicht. Ich will auch gerne öffentlich bekennen, daß ich die ganze Geschichte von A bis Z erlogen habe [...]. Wahr sind nur die Erinnerungen, die wir mit uns tragen, die Träume, die wir spinnen und die Sehnsüchte, die uns treiben; damit wollen wir uns bescheiden.«

So habe ich das Corps Tartarus zu Bonn ins literarische Leben geschrieben, mit den Farben schwarz – rot – blau und dem Wahlspruch »Niemals zurück«.

Wahr ist, dass ich Mitglied der *Katholischen Deutschen Studentenverbindung Ripuaria zu Bonn im CV* mit den Farben blau-weiß-rot und dem Wahlspruch »Einer für alle – alle für einen« bin, und wahr ist, dass ich stolz bin, Ripuare zu sein.

Der Rest ist frei erfunden. Sollte jemand meinen, sich in den Zeilen dieses Buches wiederzufinden, so möge er den Mantel des bundesbrüderlichen Schweigens darüberlegen.

Das sündige Rheinland

Gitta Edelmann
Zwischen Godorf und Gomorrha
23 mörderische Geschichten aus Kirche und Unterwelt

256 Seiten, 13,5 × 21 cm, Paperback, ISBN 978-3-87062-176-6

Voller Ernst, aber auch mit schwarzem Humor haben sich die Autoren der wichtigsten kirchlichen Themen angenommen. So entstanden ganz besondere Auslegungen der zehn Gebote und – schließlich sind wir im Rheinland – zusätzlich des elften Gebots »Du sollst dich nicht erwischen lassen«. Weitere Anregungen gaben die sieben Todsünden wie auch die vier christlichen Hochfeste: Weihnachten, Ostern, Pfingsten und – Halloween.

Eine Leiche im römischen Köln

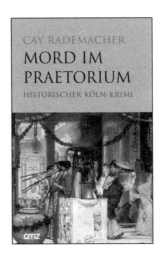

Cay Rademacher
Mord im Praetorium
Historischer Köln-Krimi

192 Seiten, 13,5 × 21 cm, Paperback, ISBN 978-3-87062-168-1

Leider muß der Bibliothekar Aelius Cessator auf die Freuden des Saturnalienfestes im römischen Köln verzichten – im Keller des Praetoriums im römischen Köln wird eine Leiche gefunden, und ausgerechnet er soll den Mörder finden. Ironisch und mit leichter Hand schildert der Bestsellerautor Rademacher die historische Umgebung, in der schließlich der Täter sein verdientes Schicksal ereilt.

Ein Fememord in Berlin

Gabriele Greenwald
Die schwarze Kasse der Terroristen
Kriminalroman

256 Seiten, 13,5 × 21 cm, Paperback, ISBN 978-3-87062-177-3

Im Berlin der 90er Jahre findet Barbara Henderson das Geld von RAF- und anderen Szene-Terroristen. Damit verschwindet sie nach Washington. Zwei Jahrzehnte geht alles gut. Nach dem mysteriösen Tod ihres Mannes und der Rückkehr in die alte Heimat machen sich die einstigen Genossen wie auch Geheimdienstler auf die Jagd nach dem Geld. Schließlich gelingt es ihnen, Barbara in ihre Gewalt zu bringen …

Tote Professoren in Bonn und Oxford

Paul Schaffrath
Bonner Fenstersturz
Rheinland-Krimi

400 Seiten, 13,5 × 21 cm, Paperback, ISBN 978-3-87062-161-2

Zwei Professoren sind tot – der eine in der Universität Bonn, der andere am St John's College in Oxford. Handelt es sich in beiden Fällen um den gleichen Täter? KHK Krüger in Bonn und DCI John Blackmore in Oxford sind ratlos. Ist die Lösung in einem Jahrzehnte zurückliegenden, bislang unaufgeklärten Mordfall am Rhein zu finden? • Der Bonner *General-Anzeiger* schreibt: »Ein neuer, vielversprechender Krimiautor betritt die Bühne.«